D1703511

reinhardt

Anne Gold

Der PREIS eines Lebens

Friedrich Reinhardt Verlag

Lektorat: Claudia Leuppi
Korrektorat: Daniel Lüthi
Gestaltung: Bernadette Leus
Illustration: Tarek Moussalli
ISBN 978-3-7245-2653-7

Der Friedrich Reinhardt Verlag wird
vom Bundesamt für Kultur mit
einem Strukturbeitrag für die Jahre
2021–2024 unterstützt.

www.reinhardt.ch
www.annegold.ch

Die Zukunft hängt davon ab, was wir heute tun.
Mahatma Gandhi

Liebe Leserinnen und Leser

Mein Verlag wird öfters auf zwei Dinge angesprochen: Das Erste betrifft die Protagonisten, die immer wieder in den Krimis auftreten. Wer das erste Mal eines meiner Bücher liest, kann schon mal den Überblick verlieren. Aus diesem Grund habe ich am Ende des Krimis eine Art Personenregister erstellt. Der andere Punkt befasst sich mit der Frage, wie ich es mit dem Gendern halte. Hier gehe ich ganz pragmatisch vor und verzichte aufgrund des Leseflusses auf zusätzliche sprachliche Mittel wie Sternchen oder Doppelpunkt. Ich hoffe dennoch, dass sich alle Geschlechtsidentitäten von meinen Texten angesprochen fühlen.

Herzlich
Anne Gold

1. Kapitel

Basel ist eine einzige Baustelle! Wie fast jeden Morgen schlenderte Kommissär Francesco Ferrari auf dem Weg zum Kommissariat durch die Steinenvorstadt. Irgendwann muss es doch ein Ende haben, aber unseren Politikern fallen immer neue Schikanen ein, um die Autofahrer endgültig aus der Innerstadt zu verbannen. Sogar einem Altsozi wie mir gehen die Massnahmen zu weit. Wie sollen die Geschäfte überleben, wenn die Anlieferung immer schwieriger wird? Gemäss dem Verkehrskonzept ist das Befahren der autofreien Kernzone der Innenstadt für den Güterumschlag nämlich nur noch zu einheitlichen Zeiten in den Morgenstunden möglich, konkret heisst das von fünf bis elf Uhr. Vielleicht liegt es ja auch an mir. Je älter ich werde, desto mehr stören mich die unzähligen und zum Teil unsinnigen Vorschriften. Zugegeben, das mag aus dem Mund eines Kommissärs etwas seltsam klingen … Fünf Minuten später passierte Ferrari die Schleuse des Waaghofs und fuhr mit dem Lift in sein Büro hinauf. Vor dem Kaffeeautomaten wurde er vom Ersten Staatsanwalt Jakob Borer abgefangen.

«Einen wunderschönen guten Morgen, Ferrari. Möchten Sie auch einen Kaffee?»

«Gerne. Gibt es einen besonderen Grund für Ihre gute Laune?»

«Nicht jeder läuft wie Sie mit einem mürrischen Gesicht durch die Gegend.»

«Na ja, Sie fahren ja auch mit Ihrem BMW von Münchenstein in die Einstellhalle, obwohl es eine direkte Tramverbindung gibt.»

«Ich fahre gerne mit dem Auto. Ein kleiner Luxus, den ich mir leiste. Was hat mein Auto mit Ihrer schlechten Laune zu tun?»

«Überall in der Stadt werden die Strassen aufgerissen. Eine Baustelle reiht sich an die andere. Es ist ein richtiger Hürdenlauf vom Barfi bis zum Waaghof. Ganz zu schweigen vom Lärm.»

«Basel muss attraktiv bleiben und dazu gehören schöne Fussgängerzonen. Was halten Sie von der Idee unserer Regierungsrätin, den Barfi zur Piazza umzubauen?»

«Ehrlich gesagt, nicht viel. Ein solches Projekt würde einige Millionen kosten.»

«Geld ist genügend vorhanden, solange die Pharmagiganten in Basel bleiben und brav ihre Steuern zahlen. Es wäre eine Katastrophe, wenn einer von ihnen wegzieht – zum Beispiel Ihre Freundin Olivia Vischer mit ihrem Konzern.»

«Keine Sorge, das wird sie nicht. Verstehe ich Sie richtig, Sie finden all diesen Mist in Ordnung?»

«Zumindest unternimmt die Regierung etwas, um Basel wohnlicher zu gestalten. Der Hintergedanke, die Autos aus der Stadt zu verbannen, ist natürlich nicht zu übersehen. Das müsste Ihnen doch als linke Socke in den Kram passen.»

«Kriege ich auch einen Kaffee?», Ferraris Assistentin Nadine Kupfer lächelte in die Runde.

«Sie sind herzlich eingeladen, Frau Kupfer. Immerhin sind Sie besser gelaunt als Ihr Chef.»

«Ich habe mir bei einer Baustelle an der Heuwaage beinahe das Bein gebrochen.»

«Ein heikles Thema … Wir sollen übrigens in Zukunft mit dem Tram fahren, von Münchenstein bis hierher sei es ein Katzensprung, meint ihr Chef.»

«Und was entgegneten Sie?»

«Dass ich gerne Auto fahre.»

«Genau wie ich. Damit ist alles gesagt», stellte Nadine fest.

«Ja, ja. Ich habe es begriffen.»

«Um das Thema abzuschliessen: Ich bin bestens gelaunt, weil es seit zwei Wochen keinen Mord in Basel gibt. Aber sehr wahrscheinlich gefällt Ihnen das nicht.»

«Doch, schon …»

«Basel ist nicht nur attraktiv, sondern auch sicher. Eine bessere Werbung gibt es nicht für unsere Stadt. Übrigens überlege ich mir, ein E-Bike zu mieten. Rent a Bike bietet neue Modelle an, die man später zu einem vernünftigen Preis übernehmen kann. Das wäre doch auch etwas für Sie, Ferrari. Sie wären nicht mehr auf den ÖV angewiesen und müssten sich kaum anstrengen.» Staatsanwalt Borer klopfte dem Kommissär auf den Bauch.

«Finger weg!»

«Wenn ich Sie genau betrachte, ist das keine gute Idee. Sie sollten sich ein normales Velo anschaffen. Mehr Bewegung wird Ihnen gut tun und vielleicht verlieren Sie ja ein paar Kilos.»

«Ich besitze ein City Bike.»

«Das im Keller verrostet.»

«Ich will kein E-Bike.»

«Aha.»

«Die sind alles andere als umweltfreundlich.»

«Soso.»

«Jetzt setzen alle auf die Elektrizität und wer produziert die? Keiner will Atomkraftwerke, was ich gut finde, Windräder sind verpönt, die sind zu laut, somit bleiben Sonnenenergie und Wasserkraftwerke. Schauen wir mal, wo wir in fünf Jahren stehen.»

«Sie wagen bestimmt eine Prognose.»

«Klar. In fünf Jahren werden die ersten E-Autos ausgemustert, denn die riesigen Batterien geben den Geist auf und landen im Sondermüll. Natürlich nicht bei uns. Die werden nach Afrika verschifft und türmen sich an den Stränden von Drittweltländern auf. Ganz nach dem Motto, aus den Augen, aus dem Sinn. Zudem wimmelt es bis dahin in der Schweiz nur noch so von Fernheizungen, wofür wir gigantisch viel Strom benötigen. Bleibt die Frage, woher wir diesen beziehen wollen?»

«Aus erneuerbaren Energiequellen.»

«Politiker-Geschwätz. Ich will Ihnen sagen, was passiert: Uns gehen die Lichter aus. Schlimmer noch – diejenigen, die heute nach sauberer Energie schreien, werden die Ersten sein, die nach neuen Atomkraftwerken japsen, weil es nicht genügend erneuerbare Energie geben wird. Die ist jetzt schon knapp.»

«Und was ist dein Vorschlag?»

«Wir müssen sparsamer mit der Energie haushalten.»

«Sagt der, der im Winter zu Hause auf mindestens fünfundzwanzig Grad hochheizt.»

«Das ist etwas anderes. Ich will nicht im Pullover vor dem Fernseher sitzen.»

«Na prima, das sind die Richtigen. Anderen Vorschriften machen, neue Ideen in die Runde werfen, aber sich selbst an keinerlei Einschränkungen halten. Jetzt haben Sie sich geoutet, Ferrari.»

«Ich wiederhole es nochmals: In einigen Jahren kommt das grosse Erwachen. Ihr werdet an mich denken, wenn wir im Dunkeln sitzen.»

«Und solange geniessen wir unsere Mobilität.»

«Ein gutes Schlusswort, Frau Kupfer. Obwohl … im Ansatz muss ich Ihnen recht geben, Ferrari. Ich frage mich auch, woher wir die gesamte Energie beziehen sollen, wenn wir uns von Öl und Gas verabschieden. Die Fachleute laufen bisher nicht Sturm, das stimmt optimistisch. Wir werden uns anstrengen müssen, um das Klimaziel zu erreichen und vor allem den Bedarf über erneuerbare Energien zu decken.»

«Und solange rast ihr mit euren SUVs durch die Gegend und verbraucht unnötig unsere Ressourcen.»

«Ihr Chef würde gut in den Grossen Rat passen.»

«Das verbitte ich mir!»

«Nur nicht so empfindlich. Sie würden uns normalen Bürgern noch ganz andere Daumenschrauben verpassen, hätten Sie etwas zu sagen. Sie waren und sind ein linker Fundi, ein Ökospinner. Aber beenden wir vorerst die Diskussion und geniessen die ruhige Woche.»

«Damit kann ich leider nicht dienen», Kommissär Stephan Moser trat mit besorgter Miene zu ihnen.

«Ein Mord?»

«Scheint so, Francesco.»

«Somit ist meine gute Laune gestorben. Doch mir scheint, Sie blühen richtiggehend auf, Ferrari … Wer wurde ermordet, Moser?»

«Professor Reto Krull.»

«Was?!»

«Wer ist das? Muss man den kennen?»

«Eine Kapazität in der Krebsforschung. Er und sein Kollege Luzius Widmer sind weltweit führend in der Immuntherapie, mit der sie sensationelle Erfolge erzielt haben. Die beiden werden bestimmt für den Nobelpreis nominiert.»

«Krull nicht mehr.»

«Sehr witzig. Wie ist es passiert?»

«Professor Krull wurde erstochen. Sein Kollege Widmer fand ihn heute früh tot in seiner Wohnung.»

«Schrecklich! Das wird riesiges Aufsehen erregen. Worauf warten Sie, Ferrari? Lösen Sie den Fall, bevor uns die Journalisten die Tür einrennen.»

«Wo finden wir den Toten?»

«In seiner Klinik auf dem Bruderholz.»

«Arbeitet er nicht im Unispital?»

«Nein. Widmer und Krull sind etwas eigenartig… Sie forschen in einem eigenen Labor und behandeln ihre Patienten auch dort.»

«Jetzt, wo du es erwähnst, Stephan. Vor einigen Wochen kam im Schweizer Fernsehen ein längerer Bericht über die beiden. Sie sind zwar Eigenbrötler, aber sehr erfolgreich. Es gibt eine gigantische Warteliste, Menschen aus der ganzen Welt wollen sich von ihnen behandeln lassen. Geld spielt dabei keine Rolle.»

«Dann wollen wir uns die Sache einmal aus der Nähe anschauen, Nadine.»

«Mit dem Tram oder dem Bus?»

«Mit deinem Porsche.»

«Sehr umweltbewusst, Ferrari. Ihre Konsequenz ist bewundernswert, Sie waren und sind mein Vorbild.»

«Hm.»

Nadine raste aufs Bruderholz und hielt vor einer Villa in der Nähe des Wasserturms. Einige Schaulustige tummelten sich hinter den Absperrungen, vermutlich Nachbarn oder Spaziergänger, die interessiert den Polizeieinsatz beobachteten. Selbstverständlich mit gezücktem Handy, damit die ganze Welt teilhaben konnte. Ferrari schüttelte nur den Kopf. Früher versuchten wir noch, solche Aufnahmen zu verhindern. Heute ist es ein Ding der Unmöglichkeit. Anscheinend war Gerichtsmediziner Peter Strub mit seinem Team bereits vor Ort, er winkte ihnen vom Eingang zu.

«Das wird dem Ruf der Klinik schaden. Ihr hättet ruhig etwas diskreter auftreten können», murrte Strub. «Bei zwei Streifenwagen ist es doch offensichtlich, dass etwas passiert ist. Aber das interessiert euch nicht. Immer voll draufhauen.»

«Sonst machst du dir auch keine Sorgen. Was ist denn los? Die Beamten handeln nur nach Vorschrift.»

«Klar, dass du kein Verständnis hast. Du mit deinen Scheuklappen siehst ja nicht viel von der Welt ... Reto liegt in seinem Büro.»

«Reto?»

«Ja, wir studierten zusammen. Er war damals schon eine einzigartige Persönlichkeit. Ich will, dass ihr das Schwein kriegt.»

«Wir tun unser Möglichstes. Wo ist die Wohnung?»

«Im zweiten Trakt, der nach hinten rausführt. Im vorderen Teil sind die Behandlungszimmer, die Villa ist ein kleines Spital. Sensationell. Soweit ich es beurteilen kann, ist alles auf dem neusten Stand. Da fehlt nichts. Luzius sagte mir, dass der Computertomograf erst vor zwei Monaten ersetzt wurde, und zwar für zig Millionen.»

«Ist Luzius auch ein Studienkollege?»

«Nein. Er bot mir das Du an.»

«Du sorgst dich also um den guten Ruf der werten Kollegen. Alles klar.»

«Willst du dich mit mir anlegen, Francesco? Das ist kein guter Zeitpunkt, ich bin nicht in Stimmung.»

«Die Forschung ist sehr wichtig, keine Frage. Und wenn sie erst noch rentabel ist, umso besser», lenkte Nadine ab.

«Der Computertomograf ist ein Geschenk einer zufriedenen Patientin. Wollt ihr zuerst den Toten sehen oder mit Luzius sprechen?»

«Zuerst zum Toten.»

Professor Krull lag im Wohnzimmer auf dem Rücken, in seiner Brust steckte ein Messer.

«Das Messer stammt aus dem Ärztekoffer dort drüben. Er war sofort tot.»

«Sein Gesichtsausdruck wirkt nicht sonderlich geschockt, eher überrascht.»

«Was darauf hindeutet, dass er seinen Mörder kannte. Kannst du schon sagen, wann der Mord geschah?»

«Ich vermute zwischen Mitternacht und zwei Uhr morgens. Nach der Obduktion kann ich dir mehr sagen, also in den nächsten Stunden.»

Ferrari sah den Gerichtsmediziner erstaunt an.

«Ich will, dass ihr den Mörder rasch kriegt. Wenn das ein Team schafft, dann ihr. Ich lasse alles liegen und konzentriere mich auf diesen Fall. Das bin ich Reto schuldig. Er war ein guter Freund, einer, der sich für seine Freunde immer Zeit nahm, sogar als er mit Angeboten von Pharmafirmen überhäuft wurde.»

«Was ist mit Widmer? Wie würdest du ihn beschreiben?»

«Ein introvertierter Typ, blieb gern im Hintergrund, aber fachlich genauso gut wie Reto. Die beiden wollten die Onkologie revolutionieren. Bei unserem letzten Zusammentreffen sagte Reto, ohne Luzius wären sie nie so weit gekommen. Er sei ein genialer Kopf. Es ist ein Glück für die Menschheit, dass sich die zwei trafen.»

«Was weisst du über Krulls Privatleben?»

«Das ist ein schwieriges Thema. Reto war kein Kind von Traurigkeit, hatte zahlreiche Frauengeschichten. Er konnte und wollte nicht Nein sagen, Nadine.»

«Er sieht gut aus für sein Alter.»

«Seine Beziehungen und Affären sind legendär. Nur bei seinen Mitarbeiterinnen hielt er sich zurück, so schlau war er. Die Frauen waren immer gleich alt …»

«Währenddem er älter wurde.»

«Genau. Seine letzte Beziehung dauert immerhin seit zwei Jahren. Sie heisst Gloria Hunger.»

«Die Sopranistin?»

«Ja. Sie tritt auf allen grossen Bühnen dieser Welt auf.»

«Muss man die kennen?»

«Jeder kulturinteressierte Mensch kennt sie, du sicher nicht. Du verschläfst schliesslich jede Oper auf der Grossen Bühne. Ich zeig dir ein Foto», Nadine tippte auf ihrem iPhone herum. «Hier, das ist sie.»

«Ach, die! Die haben wir doch im Stadttheater gesehen.»

«Am Benefizkonzert von Olivia. Gesehen habt ihr sie nicht, Yvo und du seid nämlich eingeschlafen.»

«Das stimmt doch nicht. Wir sassen nur konzentriert da und lauschten der Stimme von … von …»

«Gloria Hunger. Von wegen konzentriert, eure Köpfe lehnten aneinander und die Dame in der Reihe hinter uns sagte laut: ‹Jetzt sind die beiden auch noch eingeschlafen.›»

«Das war so ne alte, dumme Kuh. Ein Kotzbrocken. Die geht nur ins Benefizkonzert, um sich am Buffet vollzustopfen und um zu motzen.»

«Gut, dass du mich daran erinnerst. Das waren auch deine Worte, als sie dir auf die Schulter tippte.»

«Manchmal muss man deutlich werden. Yvo war der gleichen Meinung.»

«Ihr seid nur eines gewesen – peinlich, peinlich und nochmals peinlich. Wenn Olivia nicht dazwischen gegangen wäre, hätte es einen Skandal gegeben.»

«Bevor ihr euch weiter zankt, können wir Reto mitnehmen?»

«Ja, das könnt ihr.»

«Was ist los? Was schaust du mich so komisch an, Francesco?»

«Ich warte die ganze Zeit auf weitere spitze Bemerkungen. Geht dir die Fantasie aus?»

«Reto war wirklich ein guter Freund. Ich bin schockiert, dass es gerade ihn erwischte. Und ich erwarte von euch schnelle Resultate, deshalb halte ich mich bewusst zurück. So, und jetzt verschwindet.»

«Voll gemütlich.»

Professor Luzius Widmer hielt eine Tasse Kaffee in der Hand und schaute in den Garten hinaus.

«Dürfen wir hereinkommen?»

Widmer drehte sich um und deutete auf zwei Stühle am Tisch.

«Ich bin Kommissär Ferrari und das ist meine Partnerin Nadine Kupfer.»

«Peter hat Sie bereits angemeldet. Darf ich Ihnen etwas anbieten?»

«Danke, das ist nicht nötig. Sind Sie in der Lage, uns einige Fragen zu beantworten?»

«Ich versuchs. Setzen Sie sich bitte.»

«Können Sie sich vorstellen, wer der Täter ist?»

«Keine Ahnung, Frau Kupfer.»

«Hatte Professor Krull Feinde?»

«Meines Wissens nach keine, zumindest keine, die ihn umbringen wollten. Aber … in den letzten Wochen kam es zu Meinungsverschiedenheiten zwischen uns und Sebastian Elber. Er unterstützt unsere Forschung.»

«Hat Herr Elber Geld investiert?»

«Ja. Wir liessen uns vor ein paar Jahren auf ihn ein. Das war ein grosser Fehler. Wir hatten damals keine andere Wahl, denn in dieser entscheidenden Phase unserer Forschung konnten wir keine weiteren Mittel auftreiben.»

«Erhielten Sie von den Pharmafirmen keine Unterstützung?»

«Das wollten wir nicht, die Unabhängigkeit war uns immer sehr wichtig. Leider stehen wir jetzt mit Elber exakt am gleichen Punkt. Er stieg gross bei uns ein und will nun abkassieren.»

«Inklusive Wucherzinsen?»

«Wenn es nur das wäre. Inzwischen könnten wir beinahe jeden Betrag auftreiben. Zu unseren Patienten zählen reiche und superreiche Persönlichkeiten, die uns sofort unterstützen würden. Doch so einfach ist es nicht. Wir haben damals blauäugig einen Vertrag unterzeichnet, Elber ist an unserer Klinik und damit an unseren Forschungen beteiligt. Und nun will er seinen Anteil kassieren, indem er an Vischer verkauft.»

«Der Vischer-Konzern ist seriös.»

«Darum geht es nicht. Wir haben zwei Medikamente entwickelt, die bei Darmkrebs sensationell anschlagen. Diese will Elber an Vischer verkaufen. Wir möchten sie jedoch allen Pharmafirmen zur Verfügung stellen, ohne dass sich eine daran bereichert. Wir suchen daher nach einer Lösung, bei der unsere Medikamente zu einem vernünftigen Preis den Patienten zur Verfügung gestellt werden. Ich weiss, das klingt etwas naiv und weltfremd.»

«Aber es ist revolutionär. Ihre Einstellung ist bewundernswert.»

«Können diese Medikamente den Krebs wirklich heilen?», fragte Nadine interessiert.

«Ein Milliardär aus den USA nahm an unseren Studien teil, die behandelnden Ärzte hatten ihn bereits aufgegeben. Nach nur sechs Monaten ist es uns gelungen, den Tumor auf vierzig Prozent seiner ursprünglichen Grösse zu reduzieren. Bis Ende Jahr ist der Patient vollständig gesund. Und er ist nur einer von vielen. Wenn die Kombination in den USA zugelassen wird, und daran gibt es keine Zweifel, bringt sie dem Vischer-Konzern Milliarden ein.»

«Und das wollen Sie verhindern?»

«Es ist mir egal, wenn Vischer damit ein Vermögen verdient, aber nur unter der Voraussetzung, dass die Medikamente auch in Drittweltländern zu vernünftigen Preisen erhältlich sind. Und das bezweifle ich, leider. Vischer wird die Medikamente in den reichen Industrieländern einsetzen und extrem hohe Preise festlegen. Das ist nicht in unserem Sinn.»

«Wie wollen Sie das verhindern?»

«Ich weiss es nicht. Elber drohte uns mit einem Prozess, ein sehr unangenehmer Mensch. Er versuchte sogar, uns einzuschüchtern. Wir nahmen uns einen Anwalt und zeigten ihn an.»

«Wann haben Sie Herrn Krull das letzte Mal gesehen?»

«Gestern Abend an Glorias Geburtstagsfest. Es waren etwa fünfzig Gäste anwesend. Sinnigerweise auch Olivia Vischer mit ihren beiden Schwestern.

Wir vereinbarten für Mittwoch einen Termin. Sie signalisierte Bereitschaft, einen Kompromiss einzugehen, aber ich bin skeptisch. Kurz vor Mitternacht sind meine Frau und ich nach Hause gefahren, wir wohnen etwa fünf Minuten von hier.»

«War das Fest bei Frau Hunger oder bei Herrn Krull?»

«Bei Gloria im Gellert. Peter meint, der Mord sei vermutlich zwischen Mitternacht und zwei Uhr früh geschehen. Das irritiert mich, denn das Fest war zu diesem Zeitpunkt sicher noch im Gang und Reto fuhr danach bestimmt nicht nach Hause.»

«Also hierher.»

«Ja, in der Dachwohnung, wo Sie ihn gefunden haben. Ich verstehe das alles nicht … Unser neustes Forschungsergebnis ist das Resultat harter Arbeit, natürlich gab es in diesen fünf Jahren auch Rückschläge, doch wir stehen kurz vor dem ganz grossen Durchbruch und jetzt ist Reto tot …»

«Wie würden Sie Ihre Partnerschaft beschreiben?»

«Wir ergänzten uns einfach optimal, man kann von einer Symbiose sprechen. Retos Stärken fingen meine Schwächen auf und umgekehrt. … Sie müssen wissen, ich hasse öffentliche Auftritte. Viel lieber behandle ich meine Patientinnen und Patienten und arbeite im Labor. Ich bin eben der Praktiker, während Reto unser Aushängeschild war, sich in der Öffentlichkeit wohl fühlte und es liebte, zu forschen. Zu den Patienten hatte er wenig Kontakt.»

«Gibt es auch stationäre Patienten?»

«Bei einem Neueintritt untersuchen wir den Patienten gründlich, das dauert etwa drei Tage. Für diesen Zeitraum wird er oder sie bei uns einquartiert. Danach finden die Behandlungen ambulant statt. Es sei denn, es treten Komplikationen auf. In einem solchen Fall holen wir den Patienten zur Beobachtung zu uns.»

«Demnach sind Sie wie ein richtiges Spital eingerichtet?»

«Eigentlich schon. Allerdings arbeiten wir bei Komplikationen oder in Bereichen, in denen wir über keine Kernkompetenzen verfügen, mit dem Universitätsspital zusammen. Bei einem Patienten trat der Verdacht auf einen Hirnschlag auf. Er wurde sofort ins Stroke Center gebracht. Zum Glück kam dies bisher nur ein einziges Mal vor.»

«Wie viele Leute beschäftigen Sie?»

«Ungefähr vierzig, wobei die meisten ein Teilzeitpensum haben. Unsere Patienten sind vermögend und wollen sehr gut betreut werden … Ich sehe Ihnen an, was Sie denken, Herr Kommissär. Das decke sich nicht mit unserer Philosophie, dass unsere Medikamente auch ärmeren Menschen zur Verfügung gestellt werden sollen. Wir sind pragmatisch. Da die Krankenkassen unsere Medikamente erst bezahlen, wenn sie offiziell zugelassen sind, gibt es bei unseren Testpersonen sozusagen eine Zweiklassengesellschaft. Für einmal eine, bei der die Armen profitieren. Die Reichen bezahlen nämlich die Medikamente, während sie den Armen kostenlos verabreicht werden. Mit diesem System fahren wir gut.»

«Zurück zu Professor Krulls Feinden. Wer kommt sonst noch als Mörder infrage?»

«Ich kann nur spekulieren. Vermutlich sprach Peter Strub bereits darüber, Reto war kein Kostverächter. Sie wissen, was ich damit andeuten will.»

«Er liess nichts aus.»

«Exakt. Das war eine Sucht. Ich musste immer aufpassen, dass er nichts mit unseren Patientinnen anfing. Bei den Mitarbeiterinnen hielt er sich zurück.»

«Können Sie uns Patientinnen nennen, mit denen er ein Verhältnis hatte?»

«Konkret weiss ich von einer Frau, weil es hier zu einem Eklat kam.»

«Wie heisst die Frau?»

«Elfie Stocker.»

«Der Name sagt mir nichts.»

«Ihrem Mann gehört die Sinistra.»

«Ronald Stocker, der Spekulant», kommentierte Ferrari.

«Wer ist das?»

«Ronald Stocker besitzt verschiedene Firmen, die miteinander verflochten sind, Nadine. Ab und zu geht eine hops. Dann sehen die Aktionäre, meistens sind es Kleinaktionäre, keinen Rappen mehr. Es laufen verschiedene Verfahren gegen ihn – ein ganz übler Zeitgenosse.»

«Seine Frau, ein ehemaliges Fotomodell, liess sich von uns behandeln. Sie ist genau der Typ Frau, auf den Reto abfuhr. Die Katastrophe war vorprogrammiert. Er stritt zwar alles ab, als dieser Stocker jedoch hier auftauchte, musste ich zwei Pfleger aufbieten, um die beiden zu trennen. Stocker drohte Reto offen, ihn umzubringen, falls er nicht die Finger von seiner Frau lasse.»

«Könnte eine Frau die Täterin sein?»

Widmer schmunzelte.

«Reto hinterliess viele Leichen, im übertragenen Sinn. Doch erstaunlicherweise hasst ihn keine seiner ehemaligen Geliebten. Wie er das geschafft hat, bleibt nun für immer sein Geheimnis.»

«Fällt Ihnen sonst noch jemand ein? Oder gab es irgendwelche Schwierigkeiten oder Streitereien?»

«Ich möchte wirklich nicht spekulieren.»

«Wir sind um jeden Hinweis dankbar.»

«Also gut, aber diese beiden Personen, die ich jetzt nenne, sind nicht fähig, einen Mord zu begehen. Da wäre zum einen Anton Eisner. Seine Frau war meine Patientin und ist sehr krank. Als ich in Amerika war, vertrat mich Reto. Er verabreichte ihr ein zweites Medikament, das sich nicht mit dem ersten vertrug. In der Folge musste ich leider die Behandlung abbrechen, weil durch diese Kombination ihre Organe angegriffen wurden. Die Patientin hat sich bis heute nicht erholt, wir konnten die Therapie deshalb nicht fortsetzen.»

«Kam es zu einem konkreten Vorfall zwischen Krull und Eisner?»

«Herr Eisner drohte Reto.»

«Und der andere Fall?»

«Emma Zuber, sie ist noch ein Teenager. Während meiner Abwesenheit verabreichte Reto auch ihr ein zweites Medikament, wodurch Komplikationen auftraten. Inzwischen haben wir es wieder im Griff.»

«Sie behandeln sie weiter?»

«Ja. Nach einiger Überzeugungsarbeit konnte ich das Vertrauen von Emma und ihrer Mutter zurückgewinnen. Aber bitte, verstehen Sie mich nicht falsch: Diese beiden Vorfälle haben nichts mit Retos Tod zu tun.»

«Eine letzte Frage: Wer erbt den Anteil von Professor Krull?»

«Er geht vollumfänglich an unsere Stiftung, wie übrigens auch ein Teil des Ertrags. Bei der Stiftungsgründung haben wir beide fünfzehn Prozent unserer Beteiligung eingebracht. Sollte ich vor meiner Frau sterben, wird sie eine monatliche Rente aus der Firma beziehen und Stiftungsratspräsidentin. Nach ihrem Tod geht der Teil, der noch in unserem Privatbesitz ist, ebenfalls an die Stiftung. Unsere Ehe ist leider kinderlos geblieben … Möchten Sie noch die ganze Klinik sehen?», ohne eine Antwort abzuwarten, schritt Luzius Widmer voran.

«Ich hoffe, Sie empfinden es nicht als pietätlos, dass ich Sie gerade jetzt, in diesem schrecklichen Augenblick durch unsere Klinik führe. Ich möchte Ihnen nur kurz zeigen, was wir in den letzten Jahren auf die Beine gestellt haben. Retos Anteil an unserem gemeinsamen Schaffen kann nicht genug gewürdigt werden. Ohne ihn wäre das alles nicht möglich gewesen. Sein Tod ist ein grausamer Verlust – für mich persönlich, aber auch für die Krebsforschung im Allgemeinen. Er war die grösste Kapazität auf diesem Gebiet.»

«Sie trugen bestimmt auch viel zum Gelingen bei.»

«Ja, das ist richtig, aber die entscheidenden Impulse kamen immer von Reto. Wir werden sehen, was die Zukunft bringt. Ich befürchte, ohne seine Fähigkeiten werde ich keine weiteren Medikamente entwickeln können.»

Widmer begleitete sie zum Ausgang.

«Das war sehr beeindruckend.»

«Danke. Ich wollte Ihnen die andere, geniale Seite von Reto zeigen. Ich weiss ja, dass es genügend gehörnte Ehemänner und Partner gibt, die nichts von ihm hielten. Auch Kolleginnen und Kollegen stiess er öfters vor den Kopf, indem er ihre Arbeiten kritisierte, meistens zu Recht, und sie öffentlich vorführte. Das trug ihm keine Freunde ein. Am schlimmsten waren seine Kommentare in Fachpublikationen. Mit dem einen oder anderen Kollegen lag er dermassen im Clinch, dass sie sich wegen Verleumdung vor Gericht trafen. Die Prozesse, ich glaube, es waren drei, gewann Reto jeweils problemlos. Ich warnte ihn immer wieder, bat ihn, diskreter zu sein, doch er lachte nur. Kompromisslos ging er seinen Weg.»

«Für die Forschung war das ein Segen.»

«Sie sagen es. In diesem Bereich hörte er auf mich und war auch zu Kompromissen bereit. Das ist nun plötzlich alles anders… Sollten Sie noch Fragen haben, können Sie mich jederzeit kontaktieren.»

«Vielen Dank.»

«Ein interessanter Mann.»

«Und erst noch Professor. Das wird deinem Yvo nicht gefallen.»

«So meine ich es nicht. Widmer kennt seine Grenzen, das finde ich gut. Reto war der Star, ohne ihn werden die Forschungen wohl kaum weitergehen.»

«Damit scheidet er als Mörder aus. Ausserdem hat er ein Alibi, er war zur Tatzeit mit seiner Frau zusammen. Bleiben vorerst Eisner, Stocker, Elber und Zuber. Das sind immerhin vier Verdächtige.»

«Emma Zuber ist ja weiterhin in Behandlung. Krulls Fehler scheint in diesem Fall nicht gravierend gewesen zu sein.»

«Gut, dann nehmen wir uns zuerst die anderen vor.»

«Es könnte auch irgendein anderer gehörnter Gatte beziehungsweise Freund gewesen sein. Und wenn ich an die Tatwaffe denke, müssen wir auch eine verschmähte Frau in Betracht ziehen. Es war auf jeden Fall eine Tat im Affekt.»

«Das Opfer und der Mörder oder die Mörderin kannten sich, sie waren nach Mitternacht verabredet.»

«Was wiederum eigenartig ist. Am Geburtstagsfest deiner Freundin machst du doch keinen anderen Termin ab, schon gar nicht um Mitternacht. Du bleibst über Nacht bei deiner Freundin im Gellert.»

«Es sei denn, während des Fests lief etwas schief.»

«Selbst dann passt das Ganze nicht zusammen. Keiner wartet auf gut Glück, bis das Opfer irgendwann in der Nacht heimkommt, um es umzubringen. Die Tat geschah spontan, da bin ich deiner Meinung. Sonst wäre der Mörder bewaffnet auf der Lauer gelegen.»

«Dann wollen jetzt mal was essen. Mit vollem Magen ermittelt es sich besser und wir wollen ja nachher schauen, ob die weltberühmte Sopranistin bereits wach ist und uns ein Liedchen trällert.»

«Wie wärs im Viertel-Kreis?»

«Da war ich noch nie. Ich lasse mich gerne überraschen.»

Sie erwischten gerade noch den letzten Zweiertisch im Garten. Ferrari bestellte das Menü, Hackbraten mit Kartoffelstock und Bohnen, Nadine entschied sich für einen Salatteller.

«Woran denkst du?»

«Ich verstehe Typen wie diesen Krull nicht. Er war megaerfolgreich und in einer festen Beziehung. Weshalb muss er dann laufend fremdgehen?»

«Um sich zu beweisen. Wie alt ist er?»

«Mitte fünfzig.»

«Da spürt ihr Männer nochmals den siebten Frühling. Die einen beweisen sich, indem sie einen Sportwagen kaufen, die anderen fühlen sich zum Casanova berufen.»

«Das trifft aber nicht auf alle zu, Yvo und ich sind nicht so.»

«Soso. Ihr zwei gehört zu den ganz Raffinierten.»

«Das verstehe ich nicht.»

«Ihr angelt euch von Anfang an superintelligente und sensationell aussehende Frauen, die einiges jünger sind. So müsst ihr im Alter nicht wechseln.»

«Sehr objektiv betrachtet. Ich wäre auch mit Monika zusammen, wenn sie älter wäre. Das Alter ist mir egal. Wir gehören einfach zusammen. Mh, das Essen ist wirklich gut … Ehrlich gesagt, sympathisch ist mir das Opfer nicht. Ich hoffe, dass im Laufe der Ermittlungen nicht noch mehr negative Seiten ans Tageslicht kommen.»

«Das würde dem Mörder einen Bonus eintragen.»

«Kann durchaus sein.»

«Und wenn es eine Mörderin ist, die dem Herrn Kommissär passt, lassen wir sie womöglich sogar laufen.»

«Das nicht, aber wir würden Verständnis für die Tat aufbringen.»

«Lass das bloss nicht unseren Ersten Staatsanwalt hören. Wollen wir zahlen?»

«Ja, ich lade dich ein.»

«Kannst du dir das bei deinem Gehalt leisten?»

«Knapp. Ich bin zum Glück mit einer vermögenden Frau liiert. Wenns nicht mehr reicht, leiht mir Monika bestimmt etwas. Das ist für dich kein Thema, du bist selbst vermögend.»

«Stimmt, wenn auch nicht durch meinen Job. So, lass uns losgehen, wir sollten noch was arbeiten heute.»

«Hast du die Adresse von Gloria Hunger?»

«Klar, local.ch sei Dank.»

«Ich bin gespannt, was uns die Sopranistin zu sagen hat.»

Wir fahren von einer Prachtsvilla zur nächsten, dachte Ferrari, als Nadine ihren Porsche in die Einfahrt stellte. Eine Sopranistin muss gut verdienen, wenn sie sich solch ein schmuckes Eigenheim leisten kann. Vor dem Eingang herrschte emsiges Treiben, Mitarbeiter eines Cateringservices trugen unzählige Kisten aus dem Haus. Nadine drängte sich an ihnen vorbei.

«Entschuldigen Sie, wo finden wir Gloria Hunger?»

«Sie ist in der Küche. Den Flur runter, die letzte Tür rechts. Sagen Sie ihr bitte, dass wir fertig sind und gehen.»

«Klar, machen wir.»

Pro forma klopften sie an die Küchentür und traten ein. Gloria sass mit einer Zigarette am Küchentisch.

«Dürfen wir reinkommen?»

«Bitte.»

«Ich soll Ihnen ausrichten, dass die Caterer jetzt gehen.»

«Die habe ich zum letzten Mal engagiert.»

«Warum?»

«Die Firma arbeitet nur mit Aushilfskräften. Die können nicht einmal anständig servieren. Und die bestellten Häppchen waren nicht gut, miese Qualität. Wer sind Sie überhaupt? Kennen wir uns?» Konzentriert musterte sie den Kommissär. «Sie sind ein guter Freund von Olivia Vischer und von Yvo Liechti. Moment … Ich habs, Sie sind Kommissär Ferrari.»

«Sie kennen mich?»

«Wie könnte ich jemanden vergessen, der während meines Auftritts ein Nickerchen macht. Yvo Liechti leistete Ihnen Gesellschaft. Das war an der Benefizgala von Olivia. Sie haben mich beinahe aus dem Rhythmus gebracht. Ich dachte die ganze Zeit, was mache ich, wenn die zwei plötzlich schnarchen.»

«Also … So war es wirklich nicht.»

«Ich glaube doch. Und wer sind Sie?»

«Ich bin Yvos Lebenspartnerin, Nadine Kupfer.»

«Setzt euch zu mir. Ich schlage vor, wir duzen uns. Das ist einfacher. Möchtet ihr einen Kaffee?»

«Gern. Ich übernehme das, bleib nur sitzen, Gloria. Es ist gestern bestimmt spät geworden.»

«Die Party war eine einzige Katastrophe. Meinen Geburtstag habe ich mir anders vorgestellt.»

«Was ist schiefgelaufen? Hier, dein Kaffee.»

«Danke. Nebst dem Catering war auch die Geburtstagstorte eine Katastrophe und zur Krönung stritt ich mich mit meinem Freund.»

«Reto Krull.»

«Ihr seid gut informiert. Sein Timing ist einfach perfekt. Er gab mir gestern den Laufpass. Er könne meine Launen nicht länger ertragen, ich sei eine totale Zicke. Die Details erspare ich euch.»

«Sagte er das vor den Gästen?»

«Nein, zum Glück nicht. Nur Miranda Widmer bekam es mit und versuchte zu schlichten. Ich war total perplex. Es traf mich vollkommen unerwartet.»

«Um welche Zeit war das?»

«Nachdem ich die Torte angeschnitten hatte. So gegen elf... Reto liess uns einfach stehen.»

«Gab es keine Anzeichen, dass er sich von dir trennen wollte?»

«Wir stritten uns in der letzten Zeit öfters, aber wir versöhnten uns auch immer wieder. Nein, damit habe ich definitiv nicht gerechnet... Ich rief ihn heute schon zigmal an, es kommt nur die Combox.»

«Er wird nicht antworten, es tut uns sehr leid. Wir haben schlechte Nachrichten für dich.»

Gloria sah Nadine fragend an.

«Reto Krull wurde gestern Nacht umgebracht.»

«Was!?! ... Das ist unmöglich ... Nein, das ist nicht wahr!»

«Er wurde erstochen.»

Gloria Hunger schloss für einen Augenblick die Augen, Tränen liefen über ihr Gesicht.

«Ich … Das muss ich jetzt zuerst verdauen … Seid ihr hier, weil ihr glaubt, dass ich ihn umgebracht habe?» Zitternd zündete sie sich eine weitere Zigarette an.

«Warst du es?»

«Ich bin noch nie so beleidigt worden wie gestern von Reto. Ich war dermassen sprachlos und total vor den Kopf gestossen ob all der Vorwürfe. Ich konnte überhaupt nicht darauf reagieren, mir fehlt leider die Schlagfertigkeit. Miranda ging dazwischen und bat ihn, aufzuhören mit dem Resultat, dass er auch über sie herzog. Sie liess ihn auflaufen und schob ihn durch den Hinterausgang in den Garten. Die frische Luft würde ihm guttun, sagte sie. Als sie nach einigen Minuten nach ihm sehen wollte, war er weg … Ich wars nicht, Nadine, auch wenn ich durchaus ein Motiv habe. Wann genau starb er?»

«Zwischen Mitternacht und zwei Uhr früh.»

«Die Party ging bis um drei. Zum Schluss sassen wir nur noch zu viert im Garten: Olivia, ihre beiden Schwestern und ich. Die meisten Gäste gingen so um eins. Olivia bemerkte bissig, die seien nur anstandshalber so lange geblieben.»

«Nicht sehr nett.»

«Aber zutreffend. Olivia ist geblieben, weil sie merkte, dass es mir schlecht ging … Sie redete mir gut zu, ich solle den Idioten sausen lassen. Am Mittwoch kriege er eins von ihr auf den Deckel. Sie wollte nämlich über die neuen von Reto und Luzius entwickelten Medikamente verhandeln. Olivia ist an einer Beteiligung interessiert.»

«Widmer erzählte uns davon. Ist Olivia da nicht eher die Bittstellerin?»

«Keine Ahnung, am besten ihr fragt sie selbst. Vermutlich wollte sie mich beruhigen.»

Gloria griff nach der Zigarettenpackung, doch Ferrari war schneller und legte sie zur Seite.

«Deine Stimmbänder sagen Danke, wenn du aufs Rauchen verzichtest.»

«Das kommt sowieso nicht mehr drauf an.»

«Es ist trotzdem besser.»

«Was löste den Streit zwischen euch aus?»

«Meine Eifersucht, meine berechtigte Eifersucht. Retos Verhalten war eine einzige Beleidigung. In der letzten Zeit flirtete er sogar in meiner Anwesenheit ganz offen mit anderen Frauen, gestern Abend tat er es mit dieser Conny Zürcher.»

Der Kommissär sah Nadine fragend an.

«Die nahm an einer Bachelorette-Sendung teil, du kennst sie bestimmt.»

«Ich schau mir diesen Mist nicht an.»

«Wirklich? Seit Neustem versucht sie sich als Sängerin – mit mässigem Erfolg.»

«Wieso war Conny Zürcher an dein Fest eingeladen?»

«War sie nicht. Sie begleitete Volker, Volker Blaser, meinen Manager. Er will sie in Zukunft unter Vertrag nehmen. Ich bin ausgeflippt, als er mir die Tussi vorstellte.»

«Und Reto Krull fuhr auf sie ab?»

«Oh ja. Ich nahm ihn zur Seite und sagte ihm, dass er damit aufhören soll. Ich fände es voll daneben, wenn er an meinem Geburtstag diese Schnepfe anmache. Ich glaube, das führte zum Eklat.»

«Wie reagierte Blaser?»

«Er amüsierte sich köstlich.»

«Du solltest vielleicht deinen Manager wechseln.»

«Volker ist in Ordnung, er hält zu mir und bemüht sich sehr. Ich bin auf dem absteigenden Ast, die ganz grossen Engagements sind vorbei, Tempi passati. Das sah Reto auch so. Er sagte wörtlich: ‹Du bist Vergangenheit, ich bin die Zukunft. Dein Lack ist in jeder Beziehung ab.›»

«Charmant.»

«Aber irgendwie zutreffend. Ich bin sicher, dass er mit dem kleinen Luder abgehauen ist.»

«Wieso?»

«Sie war plötzlich nicht mehr da und Volker wusste nicht, wo sie steckt. Ich kann mir gut vorstellen, wohin und mit wem sie verschwand.»

«Gibst du uns bitte die Nummer deines Managers?»

«Sicher ...», sie schrieb die Handynummer auf einen kleinen Notizzettel. «Hier bitte und entschuldigt, dass ich nicht die trauernde Witwe mime. Sein Tod schmerzt mich, sehr sogar, doch gestern Nacht zerbrach etwas in mir – meine Gewissheit, dass sich Reto ändern würde. Irgendwann. Nach dem Streit fiel es mir wie Schuppen von den Augen, das würde nie geschehen. All die Monate hatte ich mir was vorgemacht.»

«Sprach er mit dir über die Klinik und die Forschung?»

«Ja, oft. Im Moment beschäftigte ihn der Vertrag, den sie mit einem Investor unterzeichneten, Elber heisst er. Sie wollten sich von ihm freikaufen. Der lachte nur darüber, denn er wusste natürlich, was der Vertrag wert ist.»

«Gab es Streit zwischen Luzius und Reto?»

«Eigentlich nie. Wenn Reto auf jemanden hörte, dann war es Luzius. Er konnte ihn mit einer Handbewegung ruhigstellen. Hätte Luzius anstelle von Miranda den Streit mitbekommen, wäre Reto zur Vernunft gekommen.»

«War Reto in der letzten Zeit anders als sonst?»

«Nein. Ich weiss nur, dass ihm der Streit mit Elber extrem unter die Haut ging. Es kam deswegen auch zu Spannungen mit Luzius.»

«Wie äusserten sich die?»

«Fragt Luzius. Ich bekam nur mit, dass sie sich uneinig waren. Das war vermutlich das erste Mal in der langjährigen Zusammenarbeit. Luzius ist der Schlichter, Reto der Kämpfer. Möglicherweise wollte Luzius eine Auseinandersetzung vermeiden. Da ist … war Reto anders, er ging immer mit dem Kopf durch die Wand. Eine Konfrontation war genau seine Kragenweite.»

«Ob das Sinn gemacht hätte, bezweifle ich.»

«Über solche Dinge machte er sich keine Gedanken. Wenn er sich ungerecht behandelt fühlte, gab es für ihn keinen Kompromiss. Elber wird nun mit Luzius leichtes Spiel haben. Reto sagte immer, Luzius sei sein bester Freund, sein genialer Partner, doch mit ihm gewinne man keinen Krieg. Das war sein Part.»

«Gibt es eine Liste der gestrigen Gäste?»

«Glaubt ihr, dass einer Retos Mörder ist?»

«Wir müssen in alle Richtungen ermitteln, reine Routine.»

«Volker hat die Liste. Ich rufe ihn nachher an, er wird sie euch mailen.»

Nadine reichte ihr ihre Visitenkarte.

«Danke. Kann … Kann ich Reto nochmals sehen?»

«Willst du dir das wirklich antun?»

«Das bin ich ihm schuldig.»

«Sobald die Untersuchungen abgeschlossen sind, rufe ich dich an», versprach Nadine.

«Danke … Wo ist mein Zigarettenpäckchen? Ich sehe es nirgends.»

«Das ist in meiner Jackentasche gut aufgehoben. Du hörst mit dem Rauchen auf und ich verspreche, beim nächsten Benefizkonzert von Olivia wachzubleiben.»

«Falls sie mich nochmals engagiert.»

«Natürlich wird sie.»

«Bist du sicher?»

«Hundertpro. Olivia und ihre Schwestern sitzen nicht mit dir bis um drei Uhr früh zusammen, wenn du ihnen nichts bedeuten würdest. Sie ist die grösste Zicke, die arroganteste Person, die ich kenne, und gleichzeitig die loyalste Freundin, die du dir wünschen kannst.»

«Francesco weiss, wovon er spricht. Du solltest nie etwas Negatives über ihn bei Olivia, ihren Schwestern oder Ines Weller äussern. Sie würden dich skalpieren. Ihr Liebling ist unantastbar.»

«Hm!»

«Ich rufe dich morgen an. Wenn du willst, begleite ich dich in die Gerichtsmedizin.»

«Danke. Das Angebot nehme ich gerne an.»

«Unser Toter war ein genialer Kopf, aber offenbar kein netter Mensch. Wenn das stimmt, dass diese Sängerin …»

«Conny Zürcher.»

«… plötzlich verschwand, könnte ich mir gut vorstellen, dass sie von Krull abgeschleppt wurde.»

«Somit rückt sie an die Spitze unserer Verdächtigen.»

«Ruf bitte diesen Blaser an, er soll uns ihre Adresse geben. Wir befragen noch diese Conny und dann ist Schluss für heute.»

«Ich fahre dich danach nach Hause.»

«Nein!»

«Wieso nicht?»

«Jedes Mal, wenn du mir das anbietest, sitzt bereits der gesamte Hexenclub bei uns zu Hause und wälzt irgendein Problem. Euer Akademikerinnen-Geheimbund ist immer für eine Überraschung gut.»

«Du übertreibst masslos.»

«Und wer darf dann eure Probleme lösen? Ich natürlich.»

«Ganz schön arrogant... Aber wie du willst. Dann werfe ich dich bei der erstbesten Haltestelle raus.»

«Das klingt gut.»

Nadine telefonierte kurz mit Volker Blaser.

«Conny wohnt am Maispracherweg.»

«Wo ist denn der?»

«In der Nähe vom BVB-Depot an der Rankstrasse.»

«Noch nie gehört.»

«Sagt der Ur-Basler. Tja, Mann hat nie ausgelernt.»

Nadine fuhr durch die Bäumlihofstrasse, bog vor dem Coop rechts in die Hirzbrunnenstrasse ein und parkierte in der Magdenstrasse. Interessiert betrachtete Ferrari die Genossenschaftswohnungen aus den 1950er-Jahren. Schon eigenartig. Es gibt Orte in Basel, die mir vollkommen fremd sind. Conny Zürcher wohnte im zweiten von drei Blöcken. Nadine drückte auf die Klingel und ohne, dass jemand nachfragte, öffnete sich die Tür. Im ersten Stock erwartete sie eine junge, nicht ganz taufrische Frau. Ein paar blonde Haarsträhnen fielen ihr wild ins Gesicht.

«Was wollen Sie?», fragte sie mit rauer Stimme.

Ferrari hielt ihr seinen Ausweis hin.

«Wir möchten Sie kurz sprechen.»

Kommentarlos wich sie zur Seite. In der Wohnung herrschte ein ziemliches Chaos. Überall lagen Kleider herum und auf dem Tisch stapelten sich unzählige Modezeitschriften zwischen leeren Pizzaschachteln. Ferrari setzte sich unaufgefordert aufs violette Sofa. Eine gewöhnungsbedürftige Farbe.

«Was habe ich verbrochen?»

«Das wird sich weisen. Lassen Sie jeden rein, ohne nachzufragen?»

«Klar. Ich erwarte noch einige Klamotten von Zalando. Die spinnen total.»

«Und warum?»

«Die schicken alles einzeln. Gestern kam ein Slip in einem Couvert, vorgestern ein BH. Die könnten doch alles zusammen in einem Paket versenden. Das wäre auch umweltfreundlicher.»

«Sind das Ihre letzten Einkäufe?» Ferrari deutete auf einen Stapel Kleider, die auf einem Stahl lagen.

«Ja. Die muss ich noch aussortieren. Einiges behalte ich, der Rest geht zurück.»

«Eine ganze Menge neuer Sachen.»

«He, das muss sein. Ich kann doch als Sängerin und Model nicht immer in den gleichen Klamotten auftreten.»

«Das kostet bestimmt viel.»

«Ich sehe es als Investition in die Zukunft. Mein Manager lässt sich nicht lumpen.»

«Volker Blaser.»

«Woher wissen Sie das? Was wollen Sie überhaupt von mir?»

«Sie waren gestern auf der Geburtstagsfeier von Gloria Hunger, ist das korrekt?»

«Allerdings. Die Alte hat einen an der Waffel. Die glaubt, sie sei der grösste Star ever. Dabei ist sie seit einem Jahr weg vom Fenster. Die will niemand mehr hören.»

«Behaupten Sie.»

«Und Volker. Ich bin sein neuer Star.»

«Und total bescheiden. Lassen Sie sich bei Ihren Fans nur nicht so sehen. Eine Dusche würde Ihnen guttun.»

Sie roch an ihrem T-Shirt, zog es aus und warf es auf den Boden. Nadine reichte ihr ein neues vom Stapel, während Ferrari krampfhaft versuchte, in die andere Richtung zu blicken.

«Zufrieden?»

«Geht so. Dieses Shirt können Sie nicht mehr zurückschicken.»

«Das merken die gar nicht. Es wird sowieso entsorgt. Nochmals, was wollt ihr? Hat uns der Idiot angezeigt?»

«Welcher Idiot?»

«Im Club hat mich einer dumm angemacht.»

«Was ist gestern denn genau passiert?»

«Das war ein Abend zum Vergessen. Zuerst diese langweilige Party bei der Alten.»

«Die sauer wurde, weil Sie mit ihrem Freund flirteten.»

«Da ist doch längst der Ofen aus. Reto wollte schon lange mit ihr Schluss machen.»

«Erzählt er das?»

«Das wissen alle. Nur die dumme Kuh glaubt es nicht.»

«Du hast mit deinem Auftreten für einen riesen Streit gesorgt.»

«Echt? Das wollte ich nicht, nur Reto näher kennenlernen und die Vischer-Schwestern. Volker riet mir, mich an sie zu halten. Die könnten für meine Karriere nützlich sein. Irgendwie lief dann alles aus dem Ruder.»

«Wohin bist du mit Reto abgezogen?»

«Zu seiner Bude auf dem Bruderholz. Schickes Teil, alles vom Feinsten.»

«Wann wart ihr dort?»

«Das weiss ich nicht mehr genau, vermutlich so um halb eins. Es war auf jeden Fall nach Mitternacht. Der Typ ist sowas von krank. Er mixte uns einen Drink, danach riss er mir die Klamotten vom Leib. Bevor ich reagieren konnte, lag ich auf seinem Wasserbett. Ich habe ihm eine geknallt. Er war dermassen überrascht, dass er vom Bett flog. Ich packte meine Sachen zusammen», sie stand auf und zeigte Nadine eine zerrissene Bluse. «Die muss er mir ersetzen. Hätte ich mich nicht gewehrt, wäre ich vergewaltigt worden. Ich rannte auf die Strasse und rief Volker an. Der totale Reinfall.»

«Was tat Reto Krull?»

«Er stolperte hinter mir her und entschuldigte sich, doch das zieht bei mir nicht. Reto ist ein übles Schwein! Mit dem will ich nichts mehr zu tun haben. Als Volker kam, verschwand er wieder in seiner Wohnung. Wir sind dann zu mir gefahren, ich zog mich rasch um und schon gings weiter ins Wimpy.»

«Ist das der Club in der Steinenvorstadt?»

«Ja. Es war echt nicht mein Tag, denn dort machte mich einer um die Fünfzig dumm an. Der Typ ging mir so auf die Nerven, dass ich ihm meinen Drink ins Gesicht schüttete. Das liess er nicht auf sich sitzen und knallte mir eine. Volker schlug ihn dann bewusstlos. Dieser Idiot. Ich kann keine Anzeige gebrauchen.»

«Ein erfolgreicher Abend mit einer sensationellen Nacht.»

«Nur nicht so zynisch. Wie heisst du überhaupt?»

«Nadine. Das mit der Anzeige wird nicht so wild.»

«Trotzdem. In meinen Clips mache ich auf anständiges Mädchen, das seriöse Girl von nebenan. Dadurch hebe ich mich von der Freakshow ab, die überall läuft. Ich bin die ganz normale Frau von nebenan.»

«Das nimmt Ihnen keiner ab.»

«Die Meinung von Tattergreisen interessiert mich nicht. Ich spreche mit meinen Songs Teenies an, und ihre Mütter. Die wollen Vorbilder für ihre Töchter. Eine Anzeige passt nicht zu meinem Image … Sie brauchen gar nicht so blöd zu grinsen, Sie sind total verklemmt. Wer errötet, wenn er ein bisschen nackte Haut sieht, bringts sowieso nicht.»

«Gut beobachtet. Zurück aufs Bruderholz. Blaser holte dich ab. Hat er Reto gesehen?»

«Der verkroch sich, als er ihn kommen sah. Wieso ist das wichtig?»

«Reto wurde gestern Nacht erstochen.»

«Erstochen? Reto wurde gekillt? Von wem?»

«Das versuchen wir rauszufinden.»

«Im Moment sind Sie unser Favorit, Sie haben ein Motiv. Er wollte Sie vergewaltigen.»

«Ich habe ihn vom Bett gestossen, dabei knallte er mit dem Kopf an das Nachttischchen. Das war der Moment, um abzuhauen. Ich bin doch keine Killerin.»

«Das wird sich zeigen.»

«He, Sie haben einen Vollknall. Glaubst du auch, dass ich eine Mörderin bin?»

«Immerhin warst du in der fraglichen Zeit bei ihm.»

«Scheisse! Dann bin ich jetzt voll am Arsch.»

«Ist dir etwas aufgefallen?»

«Was denn?»

«War jemand in der Nähe?»

«Darauf habe ich nicht geachtet. Reto schloss auf. Wir fuhren mit dem Fahrstuhl hoch. Da hätte ich ihn bereits stoppen sollen. Er fummelte die ganze Zeit an mir herum.»

«Was haben Sie denn erwartet? Dass Sie nur Händchen halten? Ihnen muss doch klar gewesen sein, was passiert.»

«Ja, war es auch. Aber die Art und Weise passte mir nicht. Ich bin doch kein Karnickel.»

«Verstehe, Sie sind ein echt braves Mädchen mit Prinzipien.»

«Hören Sie auf, mich zu provozieren. Sonst vergesse ich mich.»

«Wie bei Reto?»

«Sag ihm, dass er damit aufhören soll», wandte sich Conny an Nadine.

«Hat er die Haustür zum Haus abgeschlossen?»

«Nein. Die stand die ganze Zeit offen, auch noch, als ich abgehauen bin.»

«Das heisst, jemand hätte problemlos hereinkommen können.»

«Klaro. Vielleicht ist uns ja die dumme Kuh heimlich gefolgt und hat ihren Typen abgemurkst.»

«Frau Hunger verfügt über ein Alibi. Sie war bis um drei mit den Vischer-Schwestern zusammen.»

«Scheisse! An die wollte ich herankommen. Es wäre mir beinahe gelungen, doch diese Olivia verhinderte es. Die beiden fetten Schachteln würden mich sicher unterstützen.»

«Wenn sie wüssten, wie du von ihnen sprichst, bestimmt nicht.»

«Bin ich jetzt verhaftet?»

«Noch nicht. Wie lange kennst du Reto?»

«Seit gestern. Das war unsere erste Begegnung … und unsere letzte.»

«Worüber habt ihr gesprochen?»

«Über seine Forschung. Ich verstand kein Wort. Volker sagte mir, ich solle einfach zuhören, total interessiert tun und ihn anhimmeln.»

«Und ihn anmachen.»

«Ja, ja. Wissen Sie eigentlich, wie schwierig es ist, eine Karriere ohne Kohle und ohne Beziehungen zu starten? Glauben Sie, dass irgendjemand da draussen auf mich wartet? Ganz sicher nicht. Da sind Tausende, wenn nicht Hunderttausende wie ich unterwegs. Ich sage Ihnen, Beziehungen sind alles.»

«Über die verfügt doch bestimmt Ihr Manager.»

«Wir werden sehen. Volker hängt am Tropf von Gloria, nur sind ihre Engagements nicht mehr riesig. Deshalb will er mich gross rausbringen. Immerhin verspricht er mir nichts, wie mein letzter. Der war eine Doppelnull. Volker ist total in Ordnung. Aber, um wirklich gross rauszukommen, brauche ich einen Sponsor.»

«Krull wäre einer gewesen.»

«Das hoffte ich ja, aber so wie der mich behandelte, wäre das nichts geworden. He, kennen Sie die Vischers?»

«Ein wenig.»

«Sie könnten ein gutes Wort für mich einlegen.»

«Hm.»

«Sprach Reto nur über seine Forschungen?»

«Ja. Er war total scharf auf den Nobelpreis. Er wiederholte dauernd: ‹Die Forschung ist mein Lebenswerk. Ich lasse mich von niemandem beklauen.› Ich hätte auf mein Bauchgefühl hören sollen. Als er mich ins Auto schob, dachte ich, der ist vollkommen gaga. Er hielt mich an den Armen fest, schüttelte mich und schrie: ‹Niemand kassiert mein Lebenswerk ein! Ist das klar? Am Mittwoch ist der Showdown. Ich werde sie plattmachen.› Im Auto wurde er ruhiger und entschuldigte sich für sein Verhalten.»

«Hast du gefragt, wen er plattmachen wollte?»

«Nein. Womöglich wäre er dann wieder durchgedreht. Es hing mit einer Bank zusammen, er wollte jemanden loswerden. Auf jeden Fall ging es um eine Menge Kohle … He, sicher meinte er seinen Kompagnon, diesen Widmer. Seine Alte drohte mir am Fest und nannte mich eine Schlampe. Die ist hardcoremässig drauf.»

«Das kommt davon, wenn frau auf fremder Wiese grast.»

«Gähn, gähn. Ein uralter Spruch. Nadine, kannst du mir helfen? Der Typ im Club soll seine Anzeige zurückziehen.»

«Ich glaube nicht, dass er eine erstattet hat. Schliesslich ist er nicht nur Opfer, sondern auch Täter. Ich frage mal bei den Kollegen nach.»

«Danke. Ich bin keine Killerin, ich schwörs. Fragen Sie Volker. Er wird bestätigen, dass ich mit der zerrissenen Bluse vor dem Haus gewartet habe.»

«Aber, was drinnen passiert ist, weiss er nicht.»

«Stimmt … Das wars also. Sie mögen mich nicht und verhaften mich jetzt. Die Presse erfährt davon, den Rest kennen wir alle. Auch wenn sich später meine Unschuld herausstellt, bin ich erledigt. Das sind Ihre Methoden.»

«Gut kombiniert. Was meinst du, Nadine?»

«Wir ermitteln erstmal weiter. Du hältst dich zur Verfügung, klar? Und falls dir noch etwas einfällt, rufst du mich an.»

«Danke! Okay, mach ich. Versprochen.»

«Eine Mörderin ist sie bestimmt nicht.»

«Aber jemand, der für seine Karriere zu allem bereit ist.»

«Ich würde sagen, zu vielem. Ihr zwei werdet vermutlich keine Freunde.»

«Muss es auch nicht. Genau deshalb bestelle ich keine Kleider im Internet.»

«Wegen Conny?»

«Sie bestellt für jeden passenden und unpassenden Anlass eine Unmenge an Kleidern, trägt sie einen Abend lang und schickt sie danach wieder zurück. Selbstverständlich bleibt das Verkaufsschild dabei dran. Ich finde das absolut daneben.»

«Erstens würdest du ihre Kleider sowieso nicht tragen, ist nicht dein Stil, und zweitens würden sie beim Versuch, sie anzuprobieren, zerreissen. Du passt nicht rein», kicherte Nadine.

«Sehr witzig. Es gibt sicher jede Menge Männer, die nach dem gleichen System verfahren. Ausserdem lasse ich mich gern beraten, das bekomme ich nur im Laden.»

«Du bist halt oldschool.»

«Daran ist nichts Schlechtes. Zurück zum Fall: Die Haustür stand offen, somit konnte jeder rein und raus. Ich tippe auf einen Gast der Geburtstagsparty oder der Mörder lag bei Gloria auf der Lauer und folgte Krull.»

«Ein Gast ist wahrscheinlicher. Blaser versprach, uns die Liste zu mailen. Die könnten wir noch durchgehen.»

«Das machen wir morgen. Fahr mich bitte bis zum Kraftwerk. Ich spaziere übers Werk hinauf auf den Hardhügel.»

«Ich fahre dich auch nach Hause.»

«Danke. Ich verzichte.»

«Wie du meinst.»

Nadine hielt beim Kraftwerkkiosk.

«Wo ist eigentlich Yvo?»

«Seit gestern in Rom, es geht um ein neues Projekt. Er soll einen Industriepark auf die Beine stellen, analog zum Novartis-Campus.»

«Super!»

«Er ist nicht begeistert. Die nächsten Tage schaut er sich das Gelände an und verhandelt mit den Investoren.»

«Was passt ihm denn nicht?»

«Er will kürzertreten und mehr Zeit mit seiner Nadine verbringen.»

«Das verstehe ich. Lange kann das so nicht gut gehen, er ist immer unterwegs.»

«Mich stört das nicht. Ich bin ja schon gross. Wenn ich wollte, könnte ich auch ab und zu mit auf seine Reisen.»

«Was hält dich davon ab?»

«Monika und ich müssen auf unser grosses Kind aufpassen. Das ist weit mehr als ein Fulltimejob. Und dummerweise verbringt dieses Kind sein ganzes Leben in Basel und Birsfelden, nicht in London, Rom oder Paris.»

«Hm! Ich würde schon klarkommen.»

«Träum weiter.»

Ferrari stieg aus, spurtete ums Auto, öffnete die Fahrertür und drückte der überraschten Nadine einen Kuss auf den Mund.

«Wow! Das ist doch sonst mein Ding.»

«Den hast du dir verdient, weil du dich für mich opferst.»

«Bild dir nur nichts darauf ein», erwiderte Nadine und brauste davon.

Ferrari blieb mitten auf dem Kraftwerk stehen und beobachtete die Wasserstrudel. Ein leiser Schauer lief ihm den Rücken hinunter. Wer hier reinfällt, wird von den Strudeln nach unten gezogen. Die Rettung besteht einzig und allein darin, mit aller Kraft in Richtung des Flussgrunds zu tauchen, um so dem Strudel zu entgehen. Wohl leichter gesagt, als getan. Weiter vorne hielt der Kommissär erneut inne. Leider lag im Moment kein Schiff in der Schleuse. Ich könnte stundenlang zusehen, wie die schweren Frachter durch die Wasserkraft nach oben schweben. Zügig marschierte er weiter, an der Tennisanlage, den Schrebergärten und der Mehrzweckhalle vorbei. Das letzte Stück durch den Wald auf den Hardhügel gab ihm den Rest, keuchend schüttelte er den Kopf. Obwohl ich weiss, dass ich mehr Sport treiben muss, gerade in meinem Alter ist das sehr wichtig, hänge ich lieber vor dem Fernseher ab, trinke das eine oder andere Glas Wein und jammere am nächsten Tag über mein Befinden. Es fehlt mir an Disziplin. Morgen erstelle ich ein Fitnessprogramm, an das ich mich strikt halten werde, und verzichte bereits heute auf den Alkohol.

«Oh wie schön, du bist schon da», begrüsste ihn Monika.

«Wir führten eine Zeugenbefragung im Hirzbrunnenquartier durch. Bei dem Verkehr wäre es unsinnig gewesen, zurück in den Waaghof zu fahren.»

«Geht es um den Fall Reto Krull?»

«Woher weisst du das?»

«Sie brachten es im Radio.»

«Krull war kein besonders angenehmer Zeitgenosse.»

«Ein Genie mit Macken. Seine Sexeskapaden sind legendär.»

«Das scheinen alle zu wissen.»

«Er machte nie ein Geheimnis daraus. Allerdings war er nicht der Casanova, für den er sich hielt.»

«Wie meinst du das?»

«Er ist Stammkunde bei einer Kollegin. Sein Viagrakonsum übertraf alles. Eveline warnte ihn mehrmals. Die Mengen, die er schluckte, würden sich über kurz oder lang auf seinen Körper auswirken. Er spottete nur, meinte, er lebe nur einmal und das kleine Hilfsmittel sichere seinen guten Ruf in der Frauenwelt.»

«Ohne Worte. Wo ist eigentlich Puma?»

«Unsere Katze ist im Wald. Sie wird überrascht sein, dass du bereits zu Hause bist. Hätte sie es gewusst, wäre Papas Liebling auch da. Ein Glas Wein?»

«Nein … Ich meine gerne.»

Das zum Thema Disziplin!

«Möchtest du im Garten essen?»

«Ich trau dem Wetter nicht, lieber im Wintergarten.»

Auf dem Tisch lag ein verschnürtes Dossier.

«Arbeit?», erkundigte sich Ferrari.

«Nein, aber etwas, das ich mit dir bei Gelegenheit besprechen möchte. Erinnerst du dich noch an Sophie und Ernst Mettler?»

«Ja, klar. Sie arbeitete doch in einer deiner Apotheken und ihr Mann irgendwo beim Staat.»

«Im Präsidialdepartement. Sophie ging dann nach zwei Jahren in Pension.»

«Genau. Die müssen jetzt um die achtzig sein.»

«Ernst feierte letzten Monat seinen Achtzigsten. Du kannst dir das Dossier ruhig anschauen.»

Ferrari blätterte die Akten durch.

«Sie haben ihre Hypothek erhöht.»

«Ja, bei einem Ariel Wagner.»

«Das ist vermutlich ihr Bankberater.»

«Ich finde das unverantwortlich. Bei ihrem Einkommen hätte er ihnen die Hypothek niemals erhöhen dürfen. Ich kenne das von einer meiner Angestellten. Sie und ihr Mann verdienen monatlich bedeutend mehr, als die Mettlers mit AHV und Pensionskasse erhalten. Trotzdem wurde ihr Gesuch abgelehnt.»

«Und jetzt?»

«Die Mettlers können ihre Zinsen nicht mehr bezahlen und natürlich nichts amortisieren. Jetzt kommts knüppeldick: Wagner will ihnen die zweite Hypothek von zweihundertfünfzigtausend Franken kündigen. Er riet ihnen, das Haus zu verkaufen und in eine Alterswohnung zu ziehen.»

«Dieser Wagner, wie kann man nur Ariel heissen, hat sie gelinkt. Warum erhöhten sie überhaupt die Hypothek?»

«Um ihrer Tochter Tina zu helfen. Tina liess sich von ihrem Mann scheiden, die beiden gemeinsamen Kinder leben bei ihr. Ihr Ex scheint kein besonders angenehmer Zeitgenosse zu sein. Er verschwand einfach ins Ausland und hinterliess ihr einen Schuldenberg. Sie strampelt sich zwar ab, doch es reicht hinten und vorne nicht.»

«Schlimmer kanns nicht mehr werden. Was hat das mit mir zu tun?»

«Als wir damals die Hypothek in der Liegenschaft in Basel erhöhten, mussten wir die Offerten für die Renovation vorlegen.»

«Stimmt, ich erinnere mich.»

«Wagner erhöhte einfach die Hypothek und überwies das Geld auf das Konto der Mettlers.»

«Du denkst, dass da etwas faul ist?»

«Nicht unbedingt. Ich will nur wissen, ob das legal ist. Hier geht es immerhin um die Existenz von zwei alten Menschen. Könntest du mal mit einem Spezialisten reden? Das darf doch nicht sein, dass die Mettlers alles verlieren. Dieser Berater muss zur Rechenschaft gezogen werden. Er hätte ihnen zumindest von der Erhöhung abraten müssen.»

«Ich nehme das Dossier mit und spreche mit Anita Kiefer darüber. Sie ist unsere Bankenspezialistin. Wenn jemand eine Lösung findet, dann sie.»

«Super! Ganz herzlichen Dank... Damit schulde ich Nadine ein Essen. Wir haben nämlich gewettet. Ich dachte, du lehnst jede Unterstützung ab. Sie scheint dich besser zu kennen als ich.»

«Wenn eine deiner reichen Akademikerinnen, die alle einen Schlag haben, wieder einmal in Bedrängnis kommt, fliehe ich in die Antarktis. Aber ich hasse es, wenn zwei alte Menschen über den Tisch gezogen werden.»

«Nadine sagt das Gleiche und übrigens, meine Freundinnen sind in Ordnung.»

«Soll ich eine Liste mit ihren Macken aufstellen?»

«Nicht nötig. Ich kenne die Schwächen meiner Freundinnen, genauso wie deine. Du bist der Erfinder der Macken!»

«Hm!»

2. Kapitel

Der Kommissär trat aus dem Lift und hielt inne. Muss das sein? Es wird langsam zur lästigen Gewohnheit, dass mich der Erste Staatsanwalt am Kaffeeautomaten abfängt. Jakob Borer diskutierte intensiv mit Nadine, die einen Schritt zurücktrat, um etwas Distanz zu schaffen und um einem allfälligen Schwall Kaffee auszuweichen.

«Endlich! Ich warte bereits eine Stunde auf Sie», begrüsste ihn Borer.

«Guten Morgen, Herr Staatsanwalt. Es ist kurz nach acht, sechs Minuten nach acht genau genommen. Wenn Sie es wünschen, können wir während der Ermittlungen gerne auf einem Campingbett oder einer Matratze im Büro übernachten. Dann sind wir jederzeit für Sie erreichbar … Ist etwas passiert?»

«Und ob», Borer reichte ihm einen Kaffee. «Die Regierung macht mir die Hölle heiss. Schliesslich ist kein Nobody ermordet worden. Der Stadtpräsident erwartet Resultate.»

«Er kann uns ja bei den Ermittlungen zur Hand gehen. Echt, der Trottel soll sich auf seine Shakehands-Veranstaltungen konzentrieren und den Grüssaugust spielen.»

«Das will ich nicht gehört haben. Nun, wie steht es mit den Ermittlungen?»

«Für uns ist klar, wer die Mörderin ist.»

«Aha! Wer?»

«Gloria Hunger.»

«Nein! Das darf nicht sein. Sie ist eine weltberühmte Sopranistin.»

«Durchaus ein Argument.»

«Um Himmels willen … Sind Sie sicher?»

«An ihrem Geburtstagsfest kam es zum Eklat zwischen ihr und Reto Krull, er wollte sie verlassen. Es gibt jede Menge Zeugen, die das bestätigen können. Er verliess das Fest mit einer Sängerin, eine suspekte Person. Gloria ging ihm nach und erstach ihn.»

«Oje, oje.»

«Wir brauchen jetzt einen Haftbefehl.»

«Moment … Das geht mir zu schnell.»

«Am besten zwei.»

«Zwei Haftbefehle?»

«Einen für Gloria Hunger und einen für Olivia Vischer.»

«Olivia … sind Sie vollkommen verrückt geworden?»

«Sie ist die Anstifterin. Sie stachelte Gloria auf, bis diese durchdrehte und Krull ein Messer in die Brust rammte. Auch dafür gibts Zeugen. Damit ist der Fall gelöst, und zwar in rasender Geschwindigkeit, wie Sie es wünschten.»

«Das … Ich muss mich zuerst einmal fassen … Also … Ich stelle Ihnen doch keinen Haftbefehl aufgrund vager Theorien aus. Sie könnten sich irren, das wäre nicht das erste Mal. Die Reaktion des Vischer-Clans wäre verheerend, ich darf gar nicht daran denken. Wir würden mit einer Flut von Prozessen überschüttet.»

«Das wird nicht reichen. Die Regierung fordert vermutlich Ihren Kopf. Aber gut, ohne die Haftbefehle sind uns die Hände gebunden.»

«Sagen Sie auch etwas, Frau Kupfer.»

«Wir haben noch keinen wirklichen Verdächtigen. Das ist auch nicht möglich nach einem Tag. Wir halten Sie auf dem Laufenden, wie immer.»

«Bekomme ich noch einen Kaffee?», fragte Ferrari zuckersüss.

«Ich stopfe Ihnen den Becher in den Hals, wie einer Mastgans, Sie … Sie …»

«Das heisst wohl nein. Na gut, dann wollen wir keine Zeit verlieren und seriös weiter ermitteln.»

Im Büro legte Ferrari die Unterlagen über Sophie und Ernst Mettler auf seinen Tisch.

«Echt tragisch, was da mit den Mettlers passiert», wandte er sich an Nadine. «Und alles ohne Selbstverschulden.»

«Der Ex von Tina, wie heisst er?»

«Robert Ruf.»

«Hoffentlich weiss dieser Ruf, dass die Mettlers wegen seines Verhaltens ihr Haus verlieren.»

«Das ist ihm vermutlich egal. Ich bringe das Dossier zu Anita, sie soll sich die Sache mal anschauen.»

«Sehr gut. Blaser erwartet uns um halb zehn und danach freut sich Olivia ihren Liebling zu sehen. Sie hat morgen einen Termin mit Krull, Widmer und Elber. Das heisst, jetzt nur noch mit Widmer und Elber.»

«Hm. Wenns unbedingt sein muss.»

«Etwas mehr Begeisterung. Andere würden alles dafür geben, von der reichsten Frau der Schweiz in ihrem Palast empfangen zu werden.»

«Ah, da seid ihr ja. Ich habe euch schon gestern Nachmittag gesucht, aber unser bestes Team war ausgeflogen.»

«Dem Täter auf der Spur, Peter.»

«Dagegen ist nichts einzuwenden. Ich wäre schon früher fertig gewesen, doch ich wollte Retos Werte ein zweites Mal testen. So etwas habe ich noch nie gesehen», gestand der Gerichtsmediziner.

«Machs nicht so spannend.»

«Ich dachte zuerst, dass unsere Geräte defekt sind. Reto war mit Medikamenten vollgestopft, vor allem mit Viagra und Schmerzmitteln. Ich konnte auch Kokain im Blut nachweisen. Entsprechend schlecht sind auch die Organwerte. In diesem Zustand hätte er vielleicht nur noch ein paar Jahre gelebt, wenn überhaupt. Das war nur möglich, weil er Arzt war.»

«Das verstehe ich nicht?»

«Er wäre sonst nie an solch starke Medikamente rangekommen. Ich wusste, dass er nichts anbrennen lässt. Aber gleich so … Mann oh Mann.»

«Nun siehst du deinen Freund vermutlich in einem anderen Licht.»

«Das eine hat mit dem anderen nichts zu tun, Francesco. Er war und bleibt ein guter Freund. Am Tatabend war er voll wie eine Haubitze, zweieinhalb Promille. Da musst du viel Viagra schlucken, um auf Touren zu kommen. Auf der Tatwaffe befinden sich keine Fingerabdrücke, nicht einmal die von Reto. Der Mörder muss das Messer gründlich gereinigt haben.»

«Oder er trug Handschuhe.»

«Der Mord geschah wie vermutet zwischen Mitternacht und zwei Uhr früh. Dann ist da noch etwas anderes: Am Hinterkopf sind frische Blutspuren. Die stimmen mit denen überein, die wir an seinem Nachttischchen fanden. Vermutlich kämpfte er mit jemandem.»

«Ja. Er hatte eine junge Frau abgeschleppt, die sich wehrte. Dein Freund wollte sich seinen Spass erzwingen.»

«Das ist übel, sehr übel sogar. Ich hätte nie gedacht, dass er so weit geht. Trotzdem, findet das Schwein. Am liebsten wäre mir, wenn er auf meinem Autopsietisch landet.»

«Wir geben uns alle Mühe.»

Volker Blaser, der Manager von Gloria Hunger, ein Mann Mitte vierzig mit blass-blauen Augen und langen, zusammengebundenen Haaren empfing sie in einem kleinen Büro an der Oberalpstrasse. Vermutlich eine umgebaute Dreizimmerwohnung, sinnierte der Kommissär. Im vordersten Zimmer arbeitete eine Frau, die sie bei Blaser anmeldete.

«Tragische Sache. Ich war gestern Abend bei Gloria. Sie ist vollkommen von den Socken.»

«Im Gegensatz zu Ihnen.»

«Ich mach keinen Hehl daraus, dass ich Reto nicht ausstehen konnte. Er hatte keinen guten Einfluss auf sie. Ich vermute sogar, Ihr Karriereknick hängt mit dem Drecksack zusammen. Er vögelte die ganze Zeit in der Gegend herum und gab mit seiner Potenz auch noch an. Gloria kam damit nicht klar, wollte aber auch nicht auf ihn verzichten. Ich konnte ihre Depressionen und ihr ewiges ‹Reto ist meine grosse Liebe›-Geschwätz kaum mehr ertragen.»

«Deshalb haben Sie ihn ermordet.»

«Weit davon entfernt war ich nicht, Frau Kupfer. Mindestens einmal pro Woche wünschte ich seinen Tod. Meistens, nachdem ich Gloria wieder einigermassen aufgebaut hatte und eine unbändige Wut in mir hochstieg. Wenn Sie den Mörder finden, möchte ich mich bei ihm bedanken. Ich bin so was von erleichtert.»

«Warum stellten Sie ihm Conny Zürcher vor?»

«Aus reiner Berechnung, ich wollte einen Skandal provozieren. Conny passt genau in sein Beuteschema und nach zehn Minuten ging mein Plan auf. Reto interessierte sich nur noch für Conny, es kam zum grossen Showdown. Gloria machte Reto eine Szene, daraufhin beleidigte er sie und haute mit Conny ab. Alles funktionierte genau nach Plan, mit dem Ziel, dass sich Gloria endlich wieder auf ihre Karriere konzentriert.»

«Und Conny?»

«Sie ist jung. Sie hätte eine Abfuhr von Reto verschmerzt.»

«Nicht gerade die feine Art.»

«Conny ist talentiert. Sie hat einen guten Body, kann sich in Szene setzen, aber ihre Stimme ist nichts Besonderes. Zum Durchbruch reicht es nicht. Es sei denn, jemand investiert extrem viel Kohle in sie. Gloria hingegen hat ihren Zenit noch längst nicht erreicht.» Blasers Augen leuchteten. «Sie ist ein Ausnahmetalent. Ich musste sie bloss von diesem Schwein weglotsen. Er blockierte ihre Kreativität.»

«Hätte Reto in Conny investiert, wären Sie zum doppelten Handkuss gekommen.»

«Mich interessiert nur Gloria. Ich hätte nie gleichzeitig der Manager von Gloria und Conny sein können. Ganz ehrlich, Retos Tod ist für mich ein echter Glücksfall, ein Lottosechser. Gloria wird zwar einige Zeit brauchen, bis sie über ihn hinwegkommt und sich wieder voll und ganz aufs Singen konzentrieren kann. Ist das erstmals geschafft, wird sie im nächsten Jahr an allen grossen Häusern der Welt auftreten. Das garantiere ich Ihnen.»

«Und Conny?»

«Ist Vergangenheit. Sie soll sich einen anderen Manager suchen.»

«Voll gemütlich.»

«In unserem Business wird mit harten Bandagen gekämpft. Ich kann mir keine Sentimentalitäten leisten. Es war mein Glück, Gloria kennenzulernen, und mein Pech, dass sie sich in Reto verliebte. Doch nun sind die Karten neu gemischt, das Schicksal meint es gut mit mir.»

«Wann genau holten Sie Conny auf dem Bruderholz ab?»

«Kurz vor eins, Herr Kommissär. Das lief nicht wie geplant.»

«Weil Conny sich nicht vergewaltigen liess?»

«Ich hätte niemals gedacht, dass Reto so weit geht.»

«Haben Sie ihn gesehen?»

«Nein. Als ich kam, schlug die Tür zu seinem Haus zu. Ich weiss aber nicht, ob er es war oder der starke Wind. Ich fuhr Conny zuerst nach Hause, wo sie sich umzog, und dann gingen wir ins Wimpy.»

«Wo sie von einem Typen angemacht wurde.»

«Ja, weil sie nie den Mund halten kann. Sie ist eine vorlaute Göre. Der Typ war schon arg besoffen. Conny setzte sich neben ihn und begann, ihn zu beleidigen. Er solle nach Hause gehen, er sabbere. Als er näher rückte, warnte sie ihn. Sie stehe nicht auf Betrunkene. Er lallte etwas, das ich nicht verstand, und im nächsten Moment schüttete ihm Conny ihren Drink ins Gesicht. So viel zum gemütlichen Abend.

Er reagierte schnell und klatschte ihr eine, sodass sie vom Barhocker flog. Der Typ war ausser sich. Ich versuchte ihn zu beruhigen, doch erst meine Faust brachte ihn zur Vernunft. Conny und ich erhielten Lokalverbot für ein Jahr.»

«Der andere nicht?»

«Das weiss ich nicht. Ich fuhr Conny dann nach Hause.»

«Wie gut kannten Sie Reto Krull?»

«Nicht gut, er war sehr distanziert. Manchmal begleitete er Gloria zu ihren Auftritten. Wenn Sie mich fragen, eine so grosse Nummer, wie alle behaupten, sind Krull und Widmer nicht. Sollte sich herausstellen, dass diese Supermedikamente ein Fake sind, würde mich das nicht wundern.»

«Wie kommen Sie darauf?»

«Vor etwa einem Monat schleppte mich Gloria an eine Informationsveranstaltung. Reto kam bei diesem Anlass ziemlich unter die Räder. Unter den Zuschauern sassen mehrere Onkologen und die stellten Fragen. Reto wand sich wie ein Aal, aber er gab keine Antworten, weil er angeblich den Konkurrenten nichts verraten wollte. Ich glaube eher, dass er die Fragen nicht beantworten konnte. Immerhin wusste er nachher, wie man sich fühlt, wenn man vor tausend Leuten blossgestellt wird.»

«Was ja seine Stärke war.»

«Sie sagen es. Bei meiner zweiten Begegnung mit Reto, es war nach einer Probe von Gloria im Stadttheater, gingen wir zusammen an einen Vortrag. Die Professorin, sie hiess … irgendetwas mit Schön … Susanne Schönenberger oder so, referierte über neue Behandlungsmethoden bei Tumoren. Nach einer guten Viertelstunde meldete sich Reto zu Wort und zerpflückte ihren Vortrag, sehr zum Gaudi der Anwesenden. Das, was sie vorbringe, sei nicht fundiert und in der Realität nicht umsetzbar. Graue Theorie. Das komme davon, wenn man sein ganzes Leben an der Uni verbringe und noch nie ausserhalb des Elfenbeinturms einen Franken selber verdienen musste. Schliesslich driftete das Ganze unter die Gürtellinie ab. Es sei natürlich bequemer, vor den Studenten die Koryphäe zu spielen. Vor allem vor den männlichen. Die liessen sich dann leichter abschleppen.»

«Wie reagierten die Anwesenden?»

«Die einen pfiffen Reto aus, doch die Mehrheit grölte zustimmend. Der Ordnungsdienst der Uni warf Reto aus dem Saal.»

«Was sagte die Professorin?»

«Rein gar nichts, sie stand nur geschockt am Pult. Der Veranstaltung musste abgebrochen werden. Draussen verteilte Reto Autogramme an seine, mehrheitlich weiblichen Fans. Als die Professorin an uns vorbeiging, es gab keinen anderen Weg für sie, blieb sie kurz stehen und schaute Reto an. Das war alles. Freunde sind sie bestimmt nicht geworden.»

«Kennen Sie weitere Kandidaten, die für einen Mord infrage kommen?»

«Nein, tut mir leid. Gloria kann Ihnen mit Sicherheit mehr sagen. Ich weiss nur, dass dieser Auftritt damals kein Einzelfall war. Er sass immer wieder im Publikum, wartete auf sein Stichwort und schlug zu. Ich möchte nicht unhöflich sein, doch ich muss in einer halben Stunde ein wichtiges Telefonat führen. Es geht um ein Engagement für Gloria in London diesen Herbst. Ich fürchte, dass sie noch nicht so weit sein wird. Ich versuche, es auf das nächste Frühjahr zu verschieben. Allein schon, dass eines der grossen Häuser wieder Interesse an Gloria bekundet, zeigt mir, dass wir auf dem richtigen Weg sind.»

«Dank eines Mörders.»

«Mein Dank an ihn ist grenzenlos. Ich bin sogar bereit, seinen Anwalt zu bezahlen, vorausgesetzt Gloria kommt wieder auf die Beine.»

«Und Conny servieren Sie einfach so ab?»

«Wie gesagt, es ist ein hartes Business. Ihre Karriere ist vorbei, bevor sie anfing.»

«Hm. Wer weiss, vielleicht verbringen Sie bald Ihre Tage im Gefängnis. Dort geht es auch hart zu. Ich würde gerne miterleben, wie es Ihnen nach einer Woche im Bässlergut so ergeht.»

«Die Hoffnung stirbt bekanntlich zuletzt, Herr Kommissär. Verschwenden Sie nicht allzu viel Zeit damit, mir den Mord anzuhängen. Das wird nichts. Ich weiss, dass ich ohne Gloria ein Nichts wäre. Aber jetzt bekommen wir eine zweite Chance und die lass ich mir nicht entgehen.»

«Gloria sagt, dass Sie uns die Gästeliste vom Sonntag geben können. Ist das möglich?»

«Sicher.» Er setzte sich an seinen PC und druckte sie aus. «Das sind alle geladenen Gäste. Einige sagten ab, die sind auch drauf. Aber die meisten sind gekommen.»

«Danke.»

«Netter Zeitgenosse.»

«Ich will alles über den Kerl wissen.»

«Glaubst du, er hat was mit dem Mord zu tun?»

«Nein. Ich muss mich beherrschen, wenn mir ein solcher Typ gegenübersitzt. Der ist genauso schlimm wie Krull.»

«Das unterschreibe ich. Hast du Mitleid mit Conny?», fragte Nadine.

«Nein. Die ist mir vollkommen egal.»

«Wers glaubt. Was sagst du zu Blasers Bemerkung, dass die Medikamente kein Wundermittel seien?»

«Die Erfolge, die Krull und Widmer damit erzielen, widerlegen diese Aussage.»

«Stimmt. Dann fahren wir jetzt aufs Bruderholz. Die Audienz bei der Königin ist angesagt.»

«Muss das sein?»

«Mordermittlungen sind kein Wunschkonzert.»

«Das geniesst du richtig.»

«Und schön brav bleiben. Du darfst Olivia nicht provozieren, sonst landest du eines Tages in ihrem Shredder.»

«Kein Problem. Ich mache auf Kuschelbär.»

Olivia Vischer sass mit ihren Schwestern und einem jüngeren Mann am Pool. Agnes und Sabrina kreischten, als sie den Kommissär sahen und nahmen ihn sofort in Beschlag.

«Wenn ihr genug geknutscht habt, kannst du mich auch begrüssen.»

Ferrari gab Olivia drei Küsse auf die Wangen.

«Schon lange nicht mehr gesehen, der Herr weicht mir aus. Ich bekomme nicht einmal Antwort auf meine Einladungen.»

«Es ist höchstens zwei Wochen her, seit wir uns gesehen haben.»

«Ja, das war reiner Zufall. Du hast mich in der Freien Strasse beinahe über den Haufen gerannt. Kommt ihr zu meiner Sommerparty?»

«Sicher. Wie könnte ich die verpassen.»

«Genauso wie in den vergangenen Jahren auch. Bin gespannt, welche Ausrede dir dieses Mal einfällt. Das ist übrigens Eberhard Moser, einer meiner Notare.»

«Freut mich.»

«Ganz meinerseits, Herr Ferrari. Ich habe schon viel von Ihnen gehört.»

«Genug gesäuselt. Wollt ihr einen Drink?»

«Dafür ist es noch reichlich früh, lieber einen Kaffee.»

«Nadine?»

«Ich schliesse mich Francesco an.»

«Maria, bringst du bitte zwei Kaffee und Wasser? Danke. Ich kann mir vorstellen, was euch zu mir führt. Schlimme Sache. Wir waren bis drei Uhr früh bei Gloria. Zu diesem Zeitpunkt wussten wir noch nichts von Retos Tod.»

«Kannst du uns erzählen, was am Abend passierte?»

«Das war eine der langweiligsten Partys, auf denen ich je gewesen bin. Für die meisten Anwesenden ein Pflichtanlass, nur nicht für die kleine Schlampe.»

«Meinst du Conny Zürcher?»

«Oh ja. Als sie mit Volker reinkam, wusste ich, dass es eskalieren wird. Reto bekam glasige Augen und stürzte sich förmlich auf sie. Gloria bekam das natürlich mit.»

«Das wurde von Blaser bewusst arrangiert.»

«Wundert mich nicht. Reto ist ihm schon lange ein Dorn im Auge. Für Gloria ist keiner gut genug, ausser ihm natürlich.»

«Ist er in Gloria verliebt?»

«Und wie. Sie weiss es, aber sie empfindet nur Freundschaft für ihn. Miranda nahm dann diese Conny zur Seite. Gebracht hats nichts. Ich finde es eine absolute Frechheit von Volker, solch eine Situation zu arrangieren. Diese Schlampe kennt nichts. Versucht, Gloria vor versammelter Gesellschaft den Freund auszuspannen.»

«Ganz offenbar nahm es Krull mit der Treue nicht so genau. Das kommt in den besten Familien vor.»

Nadine verdrehte die Augen und schüttelte den Kopf.

«Wie war das?»

«Ich erinnere nur an den grossen Künstler, den weltberühmten Frank Brehm.»

«Francesco hat recht.»

«Halt den Mund, Agnes. Du vergleichst Frank also mit diesem Krull?»

«Nein, das tue ich nicht.»

«Aber er hat dich auch betrogen.»

«Dich hat niemand nach deiner Meinung gefragt, Sabrina. Das nimmst du jetzt sofort zurück, Francesco.»

«Wieso sollte ich. Es ist nur die Wahrheit. Stimmt doch?»

Die Zustimmung der Schwestern kam unisono. Inzwischen waren Olivia und Ferrari aufgesprungen. Für einen Moment herrschte Totenstille.

«Was willst du mit dem Tortenmesser?», fragte der Kommissär nach einer gefühlten Ewigkeit.

«Dir deine bösen Gedanken aus dem Leib schneiden.»

Olivia setzte ihm die Spitze des Messers auf den Bauch, Ferrari wich instinktiv einen Schritt zurück.

«Hey! Jetzt wäre ich beinahe in den Pool gefallen … Nimm sofort das Messer weg.»

«Erst, wenn du dich bei mir entschuldigst.»

«Weshalb soll Francesco sich entschuldigen? Es stimmt doch. Und du setztest noch alle Mittel in Bewegung, um diesen Luftheuler zu kriegen. Vermutlich kauftest du sogar alle seine Bilder heimlich auf. Gebracht hat es nicht viel, Frank betrog dich trotzdem nach Strich und Faden.»

«Genauso war es», bestätigte Agnes. «Du warst total blind vor Liebe. Sabrina und ich warnten dich zig Mal vor diesem Möchtegernkünstler.»

«Du siehst, meine Schwestern sind wie immer deiner Meinung. Dann können sie dich …» Olivia versetzte dem Kommissär einen Stoss und der klatschte auf dem Rücken in den Pool. «… auch aus dem Pool fischen. Eberhard, hilf ihm bitte. Vermutlich kann Francescolein gar nicht schwimmen. Noch einen Kaffee, Nadine?»

Eberhard zog den Kommissär aus dem Pool.

«So sitzt du mir nicht in den Porsche», kommentierte Nadine die Szene.

«Was schaut ihr so bescheuert? Kümmert euch um euren Francesco. Er muss aus seinen Kleidern, sonst fängt er sich noch eine Lungenentzündung ein.»

«Das war total gemein. Komm, Francesco, du musst dich umziehen.»

«Im Bad hängen mehrere Morgenmäntel. Du darfst einen benutzen.»

Ferrari watschelte in Begleitung von Agnes und Sabrina in die Badelandschaft, von einem Zimmer konnte man angesichts der über hundert Quadratmeter nicht sprechen.

«Es wird einige Zeit brauchen, bis er sich umgezogen hat. Immer noch keinen Drink?»

«Lieber nicht.»

«Schau nicht so blöd, Eberhard. Ich kann nichts dafür, wenn der tollpatschige Francesco ausrutscht.

Wir sollten die Zeit nicht ungenutzt verstreichen lassen, Nadine. Was möchtest du noch wissen?»

«Was ist der Zweck eures Treffens morgen?»

«Wir wollen die Besitzverhältnisse klären. Sebastian Elber hält einen Anteil an der Klinik, das war keine kluge Lösung. Luzius und Reto hätten damals zu mir kommen sollen. Jetzt bist du dran, Eberhard.»

«Vischer ist an den Medikamenten sehr interessiert, aber nicht zu jedem Preis. Gemäss Vertrag müssen alle drei Partner bei einer Beteiligung eines Vierten einverstanden sein, ebenso bei einem Verkauf. Jetzt sind es nur noch zwei. Soviel ich weiss, gibt es auf Krulls Seite keine Erben.»

«Sein Anteil fliesst in die gemeinsame Stiftung.»

«Umso besser, dort hat Luzius Widmer das Sagen. Morgen wollten wir die Faktenlage klären und eine Variante entwickeln, die allen zugutekommt. Mir wäre lieber, Widmer wäre ermordet worden. Sorry, das war jetzt pietätlos.»

«Das verstehe ich nicht», entgegnete Nadine irritiert.

«Sebastian Elber sitzt bei den Banken tief im Minus. Mit ihm konnten wir uns schon einigen. Es bleibt ihm gar nichts anderes übrig, als uns seine Anteile zu verkaufen.»

«Oder einem anderen Pharmagiganten.»

«Das wird nicht einfach sein. Bis die Medikamente in den wichtigsten Ländern zugelassen werden, vergehen Jahre. Und eine Garantie gibt es nicht. Wir sind bereit, das Risiko einzugehen.»

«Und weshalb käme Ihnen der Tod von Widmer gelegen?»

«Das klingt jetzt schon irgendwie krass… Krull und Widmer sind Sektierer. Sie ordnen ihren Forschungen alles unter, mit einem Unterschied: Krull war durch seinen Lebensstil einer Finanzspritze nicht abgeneigt, sofern man ihm den Ruhm des genialen Forschers liess. Widmer hingegen sieht sich als Krebsmessias. Er will seine Medikamente der ganzen Welt zur Verfügung stellen, kostenlos versteht sich. Sie sehen, der harte Brocke des Trios ist Widmer.»

«Was bieten Sie ihm an?»

Eberhard schaute fragend zu seiner Chefin.

«Es gibt keine Geheimnisse vor Nadine und Francesco.»

«Wir sind bereit, die Medikamente am Anfang in den sogenannten Drittweltländern beziehungsweise in jenen Staaten, in denen Vischer eine Niederlassung hat, kostenlos abzugeben, natürlich in dosierten Mengen und unter Kontrolle. Wir wollen keinen Handel, das würde den Markt in den anderen Ländern kaputtmachen.»

«Grosszügig.»

«Da wäre noch eine Kleinigkeit: Bei der ersten Testphase kam es zu bedeutenden Nebenwirkungen bei einzelnen Patienten. Wir kennen fünf Fälle von Leber- und Galleschäden. Einer dieser Patienten befindet sich in einem sehr schlechten Zustand. Vermutlich werden diese fünf ehemaligen Patienten prozessieren. Ist das erst einmal publik, können wir die ganze Sache vergessen.»

«Wie wollen Sie das verhindern?»

«Über einen aussergerichtlichen Vergleich. Wir verhandeln bereits mit dem Anwalt, der die Sammelklage vorbereitet. Krull und Widmer waren damit einverstanden.»

«Und trotzdem bist du an den Medikamenten interessiert?», fragte Nadine.

«Es gibt immer den einen oder anderen, der ein Medikament nicht verträgt. Das kann vorkommen. Sie leben ja alle noch und sie werden sich schnell erholen, wenn wir unser Füllhorn über sie ergiessen. Aber zuerst müssen wir Widmer davon überzeugen, dass wir der richtige Partner sind. Morgen Nachmittag kann ich dir mehr sagen … Der Bademantel steht dir gut, Francescolein. Bist du darunter nackt?»

«Finger weg!»

«Nur nicht so prüde. Was machst du mit meiner Dolce & Gabbana-Tasche? Das ist eine Einzelanfertigung, die hat zehntausend Franken gekostet.»

«Da sind meine nassen Sachen drin.»

«Wir haben sie Francesco geschenkt. Das war die einzige, in der alles Platz hatte.»

«Ihr geht grosszügig mit meinem Besitz um, liebe Schwestern, notabene mit meiner Lieblingstasche. Wenn ich jedoch daran denke, dass nun Francescos miefende Klamotten drin sind, will ich sie nicht mehr. Bleibt ihr zum Mittagessen?»

«Nein, danke. Ich will mich umziehen.»

«Bist du wirklich nackt?»

«Nein. Ich war in deinem Schlafzimmer und habe in deinem begehbaren Wandschrank einen Slip von dir gefunden. Der steht mir ausgezeichnet.»

«Das wohl kaum. In die kommst du nicht rein.»

Nadine erhob sich.

«Dann auf, auf. Fahren wir nach Birsfelden.»

«Wir gehen auch. Maria, unser Chauffeur soll vorfahren. Wann sehen wir dich wieder?»

«Wann immer ihr wollt, aber bitte ohne eure bekloppte Schwester!»

«Vorsicht, Francescolein. Das Küchenmesser liegt noch auf dem Tisch.»

«Am Freitagnachmittag sind wir in Basel. Wie wärs auf der Terrasse vom Les Trois Rois? Sagen wir um fünf?»

«Gern.»

«Das trifft sich ausgezeichnet. Ich bin dann ganz in der Nähe.»

«Wir können gut auf deine Anwesenheit verzichten, Olivia. Wir möchten uns allein mit Francesco unterhalten. Wenn du trotzdem auftauchst, lassen wir dich vom Sicherheitsdienst entfernen.»

«Ganz meine Meinung, Agnes. Komm, lass uns gehen.»

«Harte Sitten. Du hörst es, Nadine. Wir zwei sind nicht gefragt.»

«Damit müssen wir leben.»

«Soll ich dich hinausbringen, Francescolein.»

«Ich verzichte.»

«Wie du meinst. Dann kümmern wir uns wieder ums Wesentliche. Eberhard, bereiten wir uns auf morgen vor.»

Auf dem Weg in die Stadt schilderte Nadine ihrem Chef das eben geführte Gespräch mit Olivia und Eberhard.

«Solche Medikamente dürfen gar nicht auf den Markt kommen.»

«Das kann noch Jahre dauern, sofern es auch wirklich die Zulassung erhält. Sollte Widmer mit Prozessen überflutet werden, ist die Sache sowieso gegessen … Bist du wirklich nackt unter dem Bademantel?»

«Es tut mir schrecklich leid, dass ich keine Ersatzunterhose mit mir rumtrage. Was ist denn das?»

«Scheint eine Polizeikontrolle zu sein.»

«Fahr einfach weiter. Gar nicht beachten.»

Nadine hielt an und liess die Fensterscheibe hinunter.

«Hallo, Kurt.»

«Schön dich zu sehen, Nadine. Das gibts doch nicht!? Seit wann trägst du einen Bademantel im Dienst?» Kurt Jecker starrte den Kommissär fassungslos an.

«Ein kleines Missgeschick. Er ist bei Olivia Vischer in den Pool gefallen.»

«Johnny, Niko, kommt her. Das müsst ihr sehen … Ich mach ein Foto, das müssen wir für die Nachwelt festhalten.»

«Immer schön lächeln, Francesco.»

«Wenn ihr das veröffentlicht, reisse ich euch die Eingeweide raus», raunte Ferrari und schnallte sich ab.

«Schön sitzen bleiben», befahl Nadine. «Wenn du auf die Kollegen losgehst, öffnet sich womöglich noch dein Bademantel. Den Ausblick wollen wir uns alle ersparen. Können wir weiterfahren, Kurt?»

«Selbstverständlich. Wir schicken euch das Foto, Stephan, Georg und Borer nehmen wir auch auf den Verteiler … Weshalb hupt der Idiot dort hinten? Lasst die nächsten Autos durch, den Huper nehmen wir auseinander.»

Langsam fuhr Nadine an den Kollegen vorbei.

«Vielen, vielen Dank. Hättest du nicht einfach weiterfahren können?»

«Du wirst zur Sensation. Der erfolgreiche Kommissär, der im Bademantel ermittelt. Das gibt eine super Schlagzeile.»

«Hm!»

Nadine musste eine halbe Stunde warten, bis sich Ferrari umgezogen hatte. Schlecht gelaunt schletzte er die Haustür hinter sich zu.

«Ich hätte grosse Lust, Olivia wegen einer Tätlichkeit gegen einen Beamten einzusperren.»

«Das wäre mal etwas anderes. Sie stellt sich auf den Standpunkt, dass du ausgerutscht bist.»

«Es gibt genügend Zeugen.»

«Wen?»

«Agnes, Sabrina, Eberhard und dich.»

«Ich konnte nicht genau erkennen, was passiert ist. Du lagst plötzlich im Wasser. Alle wissen, was für ein Tollpatsch du bist.»

«Gut, das merke ich mir. Wieso hältst du hier?»

«Du kannst uns in der Bäckerei zwei Sandwiches holen und etwas zu trinken. Wir essen heute ausnahmsweise im Porsche.»

«Agnes und Sabrina werden für mich aussagen», nahm der Kommissär das Gespräch wieder auf und biss genüsslich in ein Salamisandwich.

«Du hast Olivias wunden Punkt getroffen, sie ganz bewusst provoziert. Eine wahre Meisterleistung!»

«Ich habe nur die Wahrheit gesagt.»

«Es wundert mich, dass sie dir nicht das Kuchenmesser in den Bauch rammte.»

«Dann läge ich jetzt tot im Swimmingpool. Immerhin käme meine Mörderin hinter Gitter.»

«Schluss mit der Sinnlosdebatte. Du lernst es nie. Schluck das Sandwich runter und pass mit dem Cola auf. Ich will keinen klebrigen Sitz. Es reicht mir schon, dass du mit deinem Schlüsselbund mein Polster verkratzt. Was machen wir als Nächstes?»

«Wir fahren nochmals zur Sopranistin.»

«Das wird bestimmt ein Erlebnis bei deiner Laune.»

Gloria Hunger öffnete mit total verweintem Gesicht.

«Gibt es neue Erkenntnisse?»

«Noch nicht. Wir möchten dich nur fragen, ob dir noch etwas eingefallen ist.»

«Kommt bitte rein. Ich kann euch leider nicht weiterhelfen. Ich bin zu keinem vernünftigen Gedanken fähig. Es dreht sich alles in meinem Kopf. Ich muss immer und immer wieder an unseren Streit von Sonntagnacht denken. Das … Das war unsere letzte Begegnung. Es gibt kein Zurück und keine neue Chance. Die letzte Versöhnung bleibt Utopie. Das Leben kann sehr grausam sein. Ich erzählte euch ja, dass wir in der letzten Zeit häufiger Konflikte hatten. Kein Wunder, denn ich war mangels Engagements fast nur noch in Basel. Uns fehlte eine gesunde Distanz, die wir während meiner Tourneen normalerweise hatten.» Sie wischte sich die Tränen aus den Augen. «Leider lässt meine Stimme nach. Ich bin nicht mehr in der Lage, jeden Abend aufzutreten. Für ein Konzert reichts, aber nicht für mehrere Auftritte pro Woche.»

«Warst du wegen deiner Stimme beim Arzt?», fragte Nadine.

«Bei verschiedenen. Sie rieten mir alle zu einem Timeout, um die Stimme zu schonen. Timeout heisst, in Vergessenheit zu geraten. Das kann ich mir nicht leisten, die Konkurrenz schläft nicht.»

«Wir waren bei Blaser. Er ist nicht besonders betrübt über den Tod von Krull.»

«Volker hasste ihn von Anfang an und versuchte immer wieder, einen Keil zwischen uns zu treiben. Ihr müsst wissen, Volker liebt mich. Er würde alles für mich tun.»

«Auch morden?»

«Ja, aber er war es bestimmt nicht. Volker rief mich vor einer Stunde an, er entschuldigte sich für vorgestern. Anscheinend hat er sich von dieser Conny getrennt. Er will sich voll und ganz auf meine Karriere konzentrieren. Er glaubt, dass ich im nächsten Jahr wieder im Rampenlicht stehe. Schön wärs.»

«Hast du einen Verdacht, wer der Mörder sein könnte?»

«Nein. Ich meine, es gibt viele Menschen, die auf Reto wütend sind. Zum Beispiel eine seiner Kolleginnen, eine Professorin an der Uni. Sie heisst Susanne Schönbichler. Reto unterbrach sie während ihres Vortrags. Er warf ihr vor, dass ihr Ansatz in der Praxis nicht umsetzbar sei, und stellte sie vor ihren Studenten bloss, das war sehr peinlich. Volker und ich sassen damals ebenfalls im Publikum. Aber das reicht doch nicht für einen Mord.»

«Sonst jemand?»

«In der vergangenen Woche kam es zu einer unschönen Begegnung. Reto und ich assen zusammen im Roten Bären. Als wir den Apéro tranken, trat ein Mann an unseren Tisch. Ohne Vorwarnung packte er Reto am Jackett und schrie: ‹Sollten bei meiner Frau bleibende Schäden festgestellt werden, bringe ich Sie um!› Ich war schockiert, Reto blieb wider Erwarten ganz ruhig. Zwei Angestellte des Restaurants führten den Mann nach draussen, wo ihn die Polizei abholte. Ich sah den Streifenwagen durchs Fenster.»

«Sprachst du Reto darauf an?»

«Selbstverständlich. Er erklärte mir, dass sie am Anfang bei einigen Patienten mit einer zu hohen Dosis eingefahren seien. Bei dieser Frau sei es danach zu Komplikationen gekommen. Offenbar hatten ihr die Ärzte im Unispital noch wenige Monate gegeben, ein sogenannter hoffnungsloser Fall, doch sie lebt immer noch. Reto glaubte felsenfest, dass sie inzwischen geheilt wäre, wenn er mit seiner Therapie hätte fortfahren können. Der Mann verbot es, obwohl die Frau weitermachen wollte. Leider weiss ich nicht, wie er heisst. Sonst fällt mir nichts ein. Tut mir leid, Francesco. Hast du auch schon einen geliebten Menschen vollkommen unerwartet verloren?»

«Glücklicherweise nicht.»

«Sei dankbar dafür. Es entsteht eine unglaubliche Leere. Ich habe euch gestern gesagt, dass ich nicht wirklich trauere, weil etwas in mir zerbrach. Das war der Schock. Heute …», sie stockte und fuhr sich mit zitternder Hand über die Stirn. «Heute brach meine Welt zusammen. Ich weiss nicht, wie ich ohne Reto weiterleben soll. Er war meine grosse Liebe, ein wunderbarer Mensch, ein …»

«Entschuldige, wenn ich dir ins Wort falle. Nach den bisherigen Gesprächen und Informationen scheint

Reto Krull eine äusserst zweifelhafte Persönlichkeit gewesen zu sein. Das Zusammenleben mit ihm war bestimmt nicht einfach. Lag es daher nicht auf der Hand, dass es irgendwann zu einem Knall kommen musste? Du darfst dir keine Vorwürfe machen, wie es endete.»

«Das sagt Olivia auch. Es hätte funktionieren können, doch meine Eifersucht machte alles kaputt.»

«Es ist wirklich nicht deine Schuld. Reto suchte wohl zeitlebens nach Bestätigung und Anerkennung. Er wollte auf nichts verzichten.»

«Das stimmt … Trotzdem, ich wusste ja von Anfang an, wie er ist … war. Ich darf mich also nicht beklagen, weil er dauernd fremdging.»

«Du hast gehofft, er würde sich ändern. Doch Menschen wie Reto sind sich selbst am nächsten. Sie ziehen ihr Ding durch, leben ihr Leben, schauen weder links noch rechts und nehmen keine Rücksicht auf andere. Er nutzte deine Liebe aus und – es tut mir leid, das sagen zu müssen – er schadete deiner Karriere. Bestimmt gab es auch viele schöne Momente, doch je länger die Beziehung dauerte, desto mehr belastete sie dich. Leider. Wenn ich auch während des Konzerts eingeschlafen bin, eines ist mir klar: Du hast eine wunderbare Begabung. Deine Stimme entführte uns alle in eine andere Sphäre, liess uns für einige Stunden die Alltagssorgen vergessen. Deine Stimme ist ein wahres Geschenk. Die Menschen kommen von weit her, um dich singen zu hören. Alles hat ja bekanntlich seine Zeit. Jetzt ist die Zeit zum Trauern. Lass es zu, stell dich dem Schmerz und versuche, den Verlust zu verarbeiten, um irgendwann neu aufzubrechen. Denn dort draussen warten deine Fans, Gloria. Vergiss das nie.»

«Ich … Ich versuchs.»

Sie erhob sich und umarmte den Kommissär.

«Du bist ein guter Mensch. Danke für deine lieben Worte.»

«Können wir dich allein lassen?», erkundigte sich Nadine besorgt.

«Olivia kommt vorbei. Sie müsste eigentlich schon hier sein.»

«Auf diese Begegnung kann ich heute gut verzichten.»

«Ist etwas vorgefallen?»

«Olivia wird es dir sicher erzählen.»

Am Ausgang umarmte Gloria Hunger auch Nadine lange.

«Ich danke euch beiden von Herzen. Ich werde über deine Worte nachdenken, Francesco. Sie haben mir gutgetan.»

«Gut gemacht, Chef.»

«Danke. Gib Gas! Dort kommt die Spinnerin mit ihrem Maserati.»

Als sie sich kreuzten, hielt Nadine hielt kurz an.

«Ist er wieder trocken?», erkundigte sich Olivia spitz.

«Vollkommen. Du musst mit einer Anzeige wegen tätlichen Angriffs auf einen Beamten rechnen.»

«Sagt er das?»

«Er will dich sogar einsperren.»

«Mal etwas anderes. Gib mir einen Tag vor der Verhaftung Bescheid, damit ich einen Caterer aufbieten kann, der mir im Waaghof das Essen serviert … Lächle Olivia lieb zu, Schätzchen. … Oh, er spielt die beleidigte Leberwurst. Wart ihr bei Gloria?»

«Ja. Sie zählt ab heute zur Fraktion von Agnes und Sabrina. Für sie ist Francesco ein Gott.»

«Anscheinend schlummern versteckte Talente in ihm. Man sieht sich.»

«Tschüss», Nadine winkte kurz, beschleunigte von null auf gefühlte hundert, um im nächsten Augenblick auf einen frei gewordenen Parkplatz einzuschwenken.

«He! Was machst du? Warum hältst du?», raunte der Kommissär.

«Conny versuchte, mich mehrmals zu erreichen. Das habe ich voll vergessen. Ich ruf sie kurz zurück … Hallo, Conny … Ich verstehe dich nicht … Jetzt mal ganz ruhig … Stell die Musik leiser … Das hat er uns gesagt … Okay, wir kommen.»

«Was will sie?»

«Sie ist voll durch den Wind. Da ist erneut dein psychologisches Geschick gefragt.»

«Wohl eher deins.»

«Da hast du vermutlich recht.»

Widerwillig folgte Ferrari seiner Partnerin in die Wohnung von Conny Zürcher. Die junge Frau wirkte niedergeschlagen und wütend zugleich. Offenbar hatte sie geweint. Während sich Conny auf das Sofa plumpsen liess, öffnete der Kommissär die Fenster im Wohnzimmer.

«Frische Luft kann nicht schaden. Hier miefts gewaltig.»

Conny schaute ihn wütend an und wandte sich dann an Nadine.

«Volker war hier. Er wirft mich raus, das wars. Er will sich ganz auf Glorias Karriere konzentrieren. Was er sagte, klang alles sehr vernünftig. Im Klartext heisst das, sie ist die ganz grosse Nummer, ich bin eine Doppelnull … Was mache ich denn jetzt?»

«Suchen Sie sich einen vernünftigen Job, wie die meisten Menschen.»

«Sie … Sie stecken dahinter! Das ist Ihre Art, sich an mir zu rächen. Volker erzählte mir, dass Sie bei ihm waren.»

«Du warst kein Thema bei unserem Besuch. Wir ermitteln in einem Mordfall, vergiss das nicht. Volker informierte uns aber über sein Vorhaben, sich von dir zu trennen.»

«So ein Arschloch! Er ist genau gleich wie all die anderen. Zum Abschied sagte er noch, ich dürfe die Sachen behalten, die er mir geschenkt hatte. Wie grosszügig! Scheisse! Ich habe so auf ihn gesetzt …»

«Vielleicht reicht Ihr Talent einfach nicht, um gross rauszukommen.»

Nadine bedachte ihren Chef mit einem wütenden Blick.

«Das ist doch Ihre Stimme, oder?»

«Ja. Ich konnte vier Songs in einem Studio aufnehmen. Ich höre sie mir in einer Endlosschlaufe an. Das beruhigt mich irgendwie.»

Ferrari drehte die Lautstärke auf.

«Einer schlechter als der andere. Geradezu peinlich.»

«Was verstehen Sie schon von Popmusik. Sie sind doch eher der Klassiktyp oder der Volksmusikfan.»

«Mitnichten. Ich liebe Popmusik und höre mir immer die Charts an. Gefällt mir ein Song, lade ich ihn runter.»

«Ich bin beeindruckt. Dass Sie das Downloaden beherrschen, hätte ich nicht gedacht… Bitte gehen Sie jetzt. Ich bin echt am Boden und brauche niemanden, der noch auf mir rumtrampelt.»

«Warte einen Moment. Ich will mir Francescos Analyse anhören. Was stört dich an den Songs?»

«Die Songs haben keinen eingängigen Refrain und die Texte sind hundsmiserabel. Da kommt bei mir das grosse Gähnen auf.»

«Die Songs stammen von Werner Reber.»

«Wer ist das?»

«Der Partner von Volker. Er komponiert Songs, die Texte schreibt er auch selbst.»

«Dem sollte man Berufsverbot geben. Hör dir diesen Mist an, Nadine. Vergleich ihn mit Emili Sandé, Lisa Lavie, die in Europa auch nie den Durchbruch geschafft hat, oder mit Mimi Webb. Ich könnte dir Dutzende aufzählen.»

«Du bist immer für eine Überraschung gut. Was schlägst du vor?»

«Nichts.»

«Weil sich Conny getraut, dir zu widersprechen?»

«Weil ich nichts mit der Sängerin anfangen kann. Ihre Stimme ist in Ordnung, alles andere nicht.»

«Was wollen Sie damit andeuten?»

«Mir passen Menschen nicht, die zu allem bereit sind, nur um ein bisschen Erfolg zu haben. Ob Frau oder Mann spielt dabei keine Rolle.»

«Sie wollen damit sagen, dass Sie mich für eine Nutte halten, die mit jedem pennt?»

«Weit davon entfernt sind Sie nicht.»

Wütend sprang Conny auf, ihre Augen funkelten. Nadine hob beschwichtigend die Hand und zog sie aufs Sofa zurück.

«Alles mit der Ruhe. Wir atmen jetzt tief ein und aus.»

«Ich glaube, Sie wussten, was Reto Krull von Ihnen wollte? Oder etwa nicht?», setzte Ferrari nach. «… Keine Antwort? … Wie siehts mit Ihrem Manager aus? Mit dem sind Sie vermutlich auch im Bett gelandet. Ihre grosse Liebe wird er nicht sein oder täusche ich mich? … Keine Antwort … Das sagt alles. Lass uns gehen, Nadine, bevor ich noch ganz andere Dinge von mir gebe.»

Conny schluchzte herzzerreissend.

«Es … Es stimmt alles. Ich will es gar nicht beschönigen. Mein Leben ist eine einzige Katastrophe. Ich bin jetzt achtundzwanzig und stehe vor dem Nichts. Volker war meine letzte Chance. Ich war mir so sicher, dass er an mich glaubt. Und ja, wir haben zusammen geschlafen. Ein einziges Mal, das war ein totales Fiasko. Er wurde sentimental und fing an, zu heulen. Als er mich Gloria nannte, bin ich gegangen … Ich war von Anfang an nur die Nummer zwei … Krull hätte meine Rettung sein können: Er ist wohlhabend, hat Beziehungen, die ich nicht habe. Doch menschlich ist er ein Schwein. Leider realisierte ich das zu spät, sonst wäre ich nicht mit ihm in seine Villa gegangen. Ich bereue es. Aber Volker redete den ganzen Abend auf mich, das sei eine einmalige Gelegenheit, die ich unbedingt ergreifen müsste. Als Reto mich aufs Bett warf, mir die Bluse zerriss, wurde mir bewusst, wie tief ich gesunken war. Ich knallte ihm eine und rannte raus. Das war so was von befreiend … Sie haben also recht, es stimmt alles, was Sie über mich sagen.»

Nadine versetzte dem Kommissär einen Fusstritt ans Schienbein.

«Autsch! Spinnst du? Das gibt einen blauen Fleck. Ich … Okay, ich entschuldige mich. Es gibt nicht nur junge Frauen, die sich an alte Säcke ranmachen. Ich kenne eine Reihe von jungen Männern, die ältere Frauen bezirzen, nur um berühmt zu werden.»

«Schöne Entschuldigung. Darauf kann ich verzichten. Sie halten mich trotzdem für eine Nutte.»

«Das nehme ich zurück, ich war wohl etwas voreilig. Es tut mir leid. Sie werden jedoch niemanden finden, der in diese Songs investiert.»

«Was schlägt denn der Herr Berater vor?»

«Sie brauchen einen fähigen Komponisten, der gute Songs für Sie schreibt. Ihre Stimme ist in Ordnung und Sie sehen auch ganz passabel aus»

«Fangen Sie schon wieder damit an?!»

«Gutes Aussehen ist von Vorteil. Es wird sowieso extrem schwer, als Schweizerin eine internationale Karriere zu machen. Die Liste jener, die scheiterten, ist lang. Ich bin gespannt, ob es ZIAN schafft. Immerhin klappte es bei Stefanie Heizmann und Kings Elliot.»

«Wer ist denn ZIAN?»

«Ein Basler Sänger, du kennst bestimmt den einen oder anderen Song. Sensationell. Dem traue ich eine grosse Karriere zu, aber leicht wirds trotzdem nicht.»

«Dann bleibt noch die abschliessende Frage, wie können wir Conny helfen?»

«Gar nicht. Wir kennen uns im Musikgeschäft nicht aus. Keine unserer Freundinnen oder Freunde ist in diesem Business tätig.»

«Wie würdest du vorgehen? Rein hypothetisch.»

«Zuerst muss klar sein, welches Image transportiert werden soll. Entweder machen Sie auf Vamp oder gestörte Nudel, wie Nicki Minaj, oder auf seriös wie Shania Twain.»

«Hey, die kommt nächstes Jahr in die Schweiz!»

«Aha. Wenn klar ist, wie Sie sich verkaufen wollen, ist die Komponistin oder der Komponist gefragt.»

«Kennst du jemanden? Oder komponierst du selbst?»

«Nein. Mein Ex schreibt Songs. Die sind aber auch nicht besser als die von Werni.»

«Gut. Dann müssen wir einen Superstar engagieren. Und das bedeutet?»

«Nein, nein und nochmals nein.»

«Wer will schon für eine Nutte komponieren.»

«Selbstmitleid bringt dich auch nicht weiter. Francesco sieht am Freitag die Schwestern von Olivia, die könnten dich doch unterstützen.»

«Ohne mich. Du kannst sie gerne selber fragen.»

«Das wird nichts bringen. Nur du kannst ihre Schatulle öffnen.»

«Sie kennen die Vischers gut?»

«Sehr gut sogar. Er badet ab und zu in Olivias Swimmingpool. Agnes und Sabrina trocknen ihn dann ab und helfen ihm in den Bademantel.»

«Nein. Das mach ich nicht.»

«Warum nicht?», fragte Nadine.

«Weil er eine schlechte Meinung von mir hat, Entschuldigung hin oder her. Ihnen graut vor Frauen wie mir. Ist es nicht so, Herr Ferrari? Ich werde Ihren Rat befolgen. Eine Freundin leitet ein Modegeschäft, bei ihr kann ich jederzeit als Verkäuferin anfangen.

Schluss mit der Träumerei. Die Klamotten schicke ich noch heute zurück. Danke, dass Sie mir die Augen öffneten. Nicht jede ist zum Star geboren.»

«Bravo! Gut gemacht, Chef.»

«Es ist nicht seine Schuld. Er kann nichts dafür, dass ich seit Jahren einer Illusion nachrenne. Ende der Diskussion. Du hast mich gestern gefragt, ob mir noch etwas aufgefallen ist.»

«Und?»

«Ich hatte die ganze Zeit das Gefühl, dass uns jemand hinterherfährt, von der Villa im Gellert bis aufs Bruderholz. Das Auto bog kurz vor Retos Haus in eine Nebenstrasse und parkierte dort.»

«Erwähntest du dies Krull gegenüber?»

«Klar, er lachte nur. Faselte was von Verfolgungswahn.»

«Konntest du sehen, wer fuhr?»

«Nein. Aber es war ein rostbrauner SUV. Ich dachte noch, wenn ich mir einen solchen Panzer leisten kann, dann sicher nicht in dieser Farbe. Irgendwie kam es mir so vor, als hätte er vor der Villa von Gloria gewartet. Es kann auch Zufall gewesen sein.»

«Es wird nicht so schwierig sein, einen rostbraunen SUV zu finden. Wir klären das ab.»

«Hoffentlich bringt es euch weiter.» Sie wandte sich an den Kommissär: «Ich bin Ihnen nicht böse, Sie haben in vielem recht, wenn auch nicht in allem. Ich bin Ihnen sogar dankbar, dass Sie Klartext mit mir reden. Klar, es tut weh, doch so kann es nicht weitergehen. Die letzten Jahre lebte ich in einer Illusion, wurde so oft enttäuscht. Ich weiss, was ich kann. Meine Stimme ist gut, mir fehlt nur leider das Beziehungsnetz und vor allem, jemand der an mich glaubt. Und natürlich eine Riesenportion Glück.»

«Ich … Ich …»

«Sagen Sie lieber nichts. Nadine, ich möchte nicht, dass ihr mit den Vischer-Schwestern sprecht. Das ist lieb gemeint, aber das bringt nichts.»

«Überleg es dir.»

«Es bleibt dabei. Ich rufe jetzt gleich meine Freundin an. Mode zu verkaufen, ist kein schlechter Job.»

«Bravo, kann ich da nur sagen.»

«Es war nur die Wahrheit.»

«Bereits zum zweiten Mal heute … Du hast ihr alle Illusionen geraubt.»

«Das wollte ich nicht.»

«Dann denk zuerst nach, bevor du redest. Ich mag Conny. Sie hat ihre Fehler, wie wir alle, inklusive dir, aber sie kämpft wenigstens für ihren Traum.»

«Auf eine etwas eigene Art.»

«Echt jetzt? Sind wir im 21. Jahrhundert noch keinen Schritt weiter? Schläft eine Frau mit einem alten Mann, ist sie eine Nutte. Im umgekehrten Fall musste er sich opfern. Ich mag Conny.»

«Du wiederholst dich.»

«Sie soll ihre Chance bekommen.»

«Und wie?»

«Das überlasse ich dir.»

«Nein, das ist nicht meine Baustelle.»

«Gut. Dann stell dich auf harte Zeiten ein. Du wirst durchs Fegefeuer gehen.»

«Hm.»

Ferrari ging die Gästeliste von Gloria durch. Alles bekannte Leute, wenngleich die Supereichen fehlten, die bei Olivia Vischer ein- und ausgingen. Olivia! In diesem Jahr werde ich wohl an der Sommerparty teilnehmen müssen. Eine weitere Absage schluckt sie nicht. Der Kommissär schrieb zwei Namen auf ein Blatt Papier. Die sagen mir gar nichts, vielleicht kennt Nadine die beiden. Gedankenversunken schob er die Liste zur Seite. Vielleicht bin ich mit Conny zu hart umgegangen. Sie hat eine gute Stimme, doch ohne Beziehungen läuft tatsächlich nicht viel. Agnes und Sabrina könnten problemlos einen guten Komponisten engagieren … Nein, darauf lasse ich mich nicht ein. Sollte die Sache schieflaufen, bin ich schuld. Olivia würde mir das nie verzeihen und mich mit Vorwürfen überhäufen, weil ich ihre Schwestern in dieses Abenteuer gestürzt habe.

«Aufwachen, Chef!»

«Ich dachte über Conny nach. Mir ist das Risiko zu hoch. Was ist, wenn sie sich plötzlich als Vamp outet?»

«Wird sie nicht.»

«Ist es für dich normal, dass sich eine Frau vor einem unbekannten Mann umzieht?»

«Sie wollte dich nur provozieren.»

«Das ist ihr gelungen.»

«Du kannst es dir bis Freitag überlegen.»

«Kennst du die beiden Namen?»

«Klar. Beide singen am Theater Basel, der eine ist ein Bariton, der andere ein Tenor. Die Namen auf der Gästeliste sind nicht weltbewegend, keine VIPs. Ich war ein wenig enttäuscht, als ich sie durchging.»

«Ging mir auch so. Gloria tritt halt nicht mehr auf den grossen Bühnen der Welt auf.»

«So schnell gerät man in Vergessenheit. Übrigens, es gibt einige braune SUVs, die in Basel zugelassen sind. Die Kollegen brauchen ein, zwei Tage zur Abklärung. Und diesen Roland Stocker können wir vergessen. Er befindet sich mit seiner Frau seit einer Woche auf Rhodos. Ich sprach kurz mit ihr, sie bleiben noch weitere drei Wochen. Die Ehe scheint wieder intakt zu sein.»

«Morgen nehmen wir uns Elber, Eisner und die Schönbichler vor. Schauen wir noch rasch bei Anita rein. Vielleicht hat sie etwas herausgefunden.»

Kommissärin Anita Kiefer lächelte Ferrari verschmitzt an.

«Ich wusste gar nicht, dass sich ein Kommissär von der Mordkommission einen Bademantel von Dior leisten kann. Der ist sündhaft teuer.»

«Wenn du uns die richtigen Informationen lieferst, schenke ich ihn dir.»

«Und obendrauf eine Tasche von Dolce & Gabbana, es ist eine Einzelanfertigung für zehntausend Franken.»

«Ich wollte schon immer bei meinen Freundinnen mit so einer angeben, Nadine.»

«Sie denken sicher, es sei eine Fälschung.»

«Dein Partner ist schlecht drauf.»

«Heute liefs nicht nach Wunsch.»

«Die Tasche nehme ich. Den Bademantel kannst du behalten. Ich müsste immer daran denken, dass du ihn getragen hast.»

«Konntest du die Akten schon anschauen?»

«Ja. Auf den ersten Blick kann ich nur sagen, es ist alles legal. Das Haus ist für eine Million versichert, das ist die Basis für die Hypothek. Die erste Hypothek beträgt fünfhunderttausend, da stimmen alle Bedingungen. Ich begreife jedoch nicht, dass dieser Wagner mit der Erhöhung einverstanden war. Keine Bank geht ein solches Risiko ein, denn die Mettlers leben von ihren Renten.»

«Und doch ist es passiert.»

«Banken rechnen normalerweise mit viereinhalb bis fünf Prozent Hypothekarzinsen. Das ist zu hoch, zumindest noch. So sind sie auf der sicheren Seite. Beim Einkommen der Mettlers ist mit einer Hypothek von fünfhunderttausend Franken die oberste Grenze erreicht. Irgendetwas stimmt nicht.»

«Wagner ist die Schlüsselfigur.»

«Soll ich mit diesem Wagner reden? Natürlich ganz unverbindlich.»

«Das fänden wir super.»

«Für Dolce & Gabbana mache ich fast alles … Nadine, Francesco, ich habe eine grosse Bitte. Ihr dürft auch Nein sagen. Okay?»

«Rück schon raus damit.»

«Mein Mann Teddy arbeitet als Notar bei Olivia Vischer. Er ist der liebevollste Vater und der beste Ehemann, den ich mir wünschen kann. Doch … ehrlich gesagt, ihm fehlt der Ehrgeiz. Leider. Im nächsten Jahr feiert das Vischer-Unternehmen das hundertjährige Jubiläum. Zu diesem Anlass findet ein grosses Fest für alle Angestellten statt und zusätzlich ein VIP-Anlass, zu dem nur die Abteilungsleiterinnen und -leiter eingeladen sind. Mir wäre es ein grosses Anliegen, wenn Teddy eine VIP-Einladung bekommen würde.»

«Du weisst, was dann passiert?»

«Ja. Er fliegt raus. Das ist egal, denn er wird sowieso nicht mehr lange dort arbeiten. Das Arbeitsklima ist schlecht. Der Chef ist ein kleiner König und alle lassen ihn gewähren. Teddy wird problemlos eine andere Kanzlei finden, wo er sich wohlfühlt. Der VIP-Anlass wäre für ihn so etwas wie der krönende Abschluss bei Vischer. Er redet die ganze Zeit davon.»

«Da ist jetzt mein Chef gefragt.»

«Wir reden mit Olivia. Versprechen kann ich natürlich nichts.»

«Du kannst schon mal ein Superabendkleid in einer Boutique aussuchen.»

«Mir reichts, wenn Teddy eingeladen wird.»

Der Weg zum Büro war ein einziges Spiessrutenlaufen. Die Kolleginnen und Kollegen schmunzelten, einige lachten lauthals los.

«Sie haben mir gerade noch gefehlt», blaffte Ferrari den Ersten Staatsanwalt an.

«Sind Sie wieder trocken? Wie ist das passiert? Wollten Sie Frau Vischer Handschellen anlegen und sie wehrte sich?»

«Haha, sehr witzig.»

«Ich schlage Sie zum Beamten des Monats vor. Ganz Basel kennt Sie ab morgen.»

«Wieso?»

«Mehrere Journalisten riefen an. Sie wollten wissen, ob das Gerücht stimmt. Zum Glück war ich gut vorbereitet. Sie wissen ja, Taten sagen mehr als tausend Worte.»

«Sie haben …»

«Es ist ja kein anrüchiges Foto. Sie sitzen im Morgenmantel brav auf dem Beifahrersitz. Regierungsrat Schneider musste wahnsinnig lachen, er wird das Foto seinen Regierungskolleginnen und -kollegen zeigen. Vermutlich gibt es morgen einen Sturm auf den Waaghof, alle wollen den berühmten Kommissär im Dior-Bademantel live sehen. Das Ganze erinnert mich an Udo Jürgens, der ja bei jedem Konzert die Zugaben im Bademantel gab.»

«Vielleicht sollte sich Francesco seinen Fans im Bademantel präsentieren.»

«Grossartige Idee.»

«Sie haben der Presse das Foto zugespielt?», Ferraris Stimme überschlug sich.

«Genau, und der Regierung. Spricht etwas dagegen? … Bleiben Sie stehen! Kommen Sie mir nicht zu nahe! Helfen Sie mir, Frau Kupfer. Jetzt dreht er vollkommen durch …»

Borer rannte in sein Büro und schloss zur Sicherheit ab.

«Das darf doch nicht wahr sein. Ich verkomme zur Lachnummer der ganzen Stadt.»

«Da musst du durch. Ich fahre dich besser nach Hause. Vielleicht erkennt man dich bereits im Tram. Bestimmt ist das Foto schon online.»

Ferrari setzte sich vor den Computer und checkte die Online-Portale. Nichts, zum Glück. Und morgen bringe ich Borer um!

«Hallo, Schatz», begrüsste ihn Monika gut gelaunt. «Heute ist eine Sondersitzung unseres Hexenclubs anberaumt. Aber keine Angst, wir wollen nichts von dir.»

«Das fehlt mir gerade noch. Was für ein Scheisstag.»

Mürrisch begrüsste der Kommissär Monikas Freundinnen und setzte sich der Höflichkeit halber für einen Moment dazu. Ich bleibe nicht länger als zehn Minuten, dann ziehe ich mich ins Arbeitszimmer zurück.

«Wem gehört der Bademantel und die Tasche?»

«Mir. Olivia warf mich in ihren Pool.»

«Du hättest ruhig die nassen Sachen aufhängen können.»

«Sorry, daran dachte ich nicht. Damit ihr es alle wisst, es existiert ein Foto von mir im Bademantel.»

«Das wäre dieses!», Nadine streckte ihr iPhone in die Runde.

Die Hexen flippten total aus.

«Bist du drunter nackt?»

«Ja, die Slips von Olivia sind mir zu klein. Morgen erscheint das Bild in der Zeitung und überall online. So, es ist alles gesagt.»

«Das ist an Peinlichkeit nicht mehr zu übertreffen», befand Cloe.

«Quatsch. Man sieht ja nichts auf dem Foto.»

«Nur den Kommissär im Bademantel, Li.»

«Ich geh dann mal besser.»

«Moment. Im Namen aller Clubmitglieder möchten wir dir danken, dass du dich für das Ehepaar Mettler einsetzt. Vier von uns haben als Dank einen Kuchen gebacken. Wir hoffen, dass du je ein Stück nimmst.»

«Ich … Ich wollte eigentlich heute nichts mehr essen.»

In der nächsten halben Stunde stopften die Hexen den Kommissär mit Kuchen voll.

«Stopp!», raunte der Kommissär. «Ich kann nicht mehr. Vielen Dank, es war sehr fein. Jetzt muss ich mich aber einen Augenblick hinlegen.»

Ferrari verabschiedete sich von den Damen und liess sich im Arbeitszimmer mit einem tiefen Seufzer aufs Sofa fallen. Puma beobachtete ihn kritisch.

«Mir ist schlecht, kleine Maus. Ich habe viel zu viel gegessen, dabei wollte ich heute Diät machen. Spring ja nicht auf meinen Bauch, sonst muss ich mich übergeben.»

Nach einer Stunde hatte sich sein Magen ein wenig beruhigt, doch die Übelkeit war geblieben.

«Ah, hier bist du. Du bist ja ganz bleich», stellte Monika besorgt fest.

«Mir ist schlecht.»

«Das wäre mir nach vier Stück Kuchen auch. Willst du ein Rennie?»

«Gute Idee, ja sehr gern … Ich kann wirklich nichts dafür, Olivia spinnt total!»

«Sie kann manchmal ziemlich anstrengend sein. Meine Freundinnen finden dich toll, ich soll dich nochmals von ihnen grüssen.»

«Danke. Es wäre mir lieber, wenn du mich toll findest.»

«Das tue ich und das weisst du auch.» Sie küsste ihn zärtlich. «Nadine erzählte uns, dass die Kommissärin mit Ariel Wagner reden wird. Ich hoffe so sehr, dass die Mettlers ihr Haus nicht verlieren.»

«Anita kennt sich im Bankgeschäft sehr gut aus. Ihr kann er nichts vormachen.»

«Das ist gut. Soll ich Olivia die Tasche und den Bademantel zurückbringen?»

«Nur den Bademantel. Die Tasche schenke ich Anita für ihre Bemühungen.»

«Da wird Olivia nicht begeistert sein.»

«Sie wirds verschmerzen.»

«Ich hole dir schnell ein Rennie.»

Als Monika fünf Minuten später zurückkam, schlief der Kommissär tief und fest und hielt schnarchend mit beiden Händen seinen Bauch fest.

3. Kapitel

Am Barfi-Kiosk kaufte der Kommissär sämtliche Tageszeitungen, die dort auflagen, und lief im Stechschritt zum Waaghof. Mit angehaltenem Atem blätterte er Zeitung für Zeitung durch, ohne fündig zu werden. Uff! Nirgends ist das Foto abgebildet! Die Journalisten haben etwas gut bei mir. Wobei, vielleicht erscheint das Bild auch erst morgen oder am Wochenende. Andererseits will ja jede Zeitung die erste sein. Hm. Wie sieht es bei den Online-Plattformen aus? Die schnellsten sind meistens OnlineReports und Prime News. Auch nichts! Ich bin nochmals davongekommen. Total erleichtert warf er die Zeitungen auf den Boden.

«Guten Morgen, Chef. Was ist denn das?»

«Keine Zeitung hat das Foto gebracht.»

«Du bist ganz schön eingebildet. Glaubst du wirklich, dass sich die NZZ und die Süddeutsche für ein Foto von dir im Bademantel interessieren? Du wirkst sowieso etwas verklemmt auf dem Bild.»

«Das kann man nie wissen. Es sind schon ganz andere von den Medien verrissen worden.»

«Wie der Herr meint.»

«Guten Morgen, Herrschaften», Jakob Borer trat wie immer ohne anzuklopfen ein. «Mir scheint, ich muss nicht danach fragen, ob das Foto erschienen ist.»

«Ist es nicht, zum Glück. Und das ist bestimmt nicht Ihr Verdienst, Herr Staatsanwalt.»

«Dann können Sie sich ja wieder problemlos in der Öffentlichkeit zeigen und den Fall endlich lösen.»

«Endlich? Wir arbeiten erst seit zwei Tage daran, verfolgen jede Spur. Etwas Geduld ist gefragt. Dieser Krull war offenbar ein genialer Forscher, doch als Mensch eher schwierig. Er stand auf junge Frauen, hatte verschiedene Verleumdungsklagen am Hals und brauchte Geld.»

«Ich kannte einmal einen, der …»

«Komm, Nadine, besuchen wir Elber. Die uralten Schwänke unseres Staatsanwalts fehlen mir gerade noch.»

«Ich wüsste auch einen neuen.»

«Bitte, aber schnell. Wir müssen einen Mordfall lösen.»

«Ich kenne einen Kommissär, der eine katastrophale Nacht hinter sich hat. Er dachte, er müsste wegen eines kompromittierenden Fotos den Dienst quittieren.»

«Sehr witzig.»

«Am Morgen stellte sich alles als Fake heraus, Fake News sozusagen.»

«Was soll das heissen?», misstrauisch zog der Kommissär eine Augenbraue in die Höhe.

«Der superseriöse Erste Staatsanwalt dachte nicht eine Sekunde daran, das Foto den Medien zuzuspielen.»

«Sie … Sie …»

«Die Geschichte ist noch nicht zu Ende», fuhr Borer fort. «Der Kommissär sah auf einmal ein, wie gemein es ist, andere Menschen vorzuführen. Deshalb tat er es in Zukunft nie wieder. Ende gut, alles gut. Ist diese Wendung nicht schön, Frau Kupfer?»

«Wunderschön. Ich mag Geschichten mit einer Prise Moral und einem Happy End.»

«Genau wie ich. Ich wünsche Ihnen einen erfolgreichen Tag, Herrschaften.»

«Er … Er hat mich verarscht! Wusstest du davon?»

«Erst seit heute früh», antwortete Nadine.

«Das zahle ich ihm heim. Oh! Ich werde ihn erbarmungslos zur Strecke bringen.»

«Gut. Wir machen noch kurz eine Tenükontrolle, bevor es losgeht. Wo ist deine Reserveunterhose?»

Wortlos schob Ferrari Nadine zur Seite und stapfte zum Lift. Beim Kaffeeautomaten unterhielten sich zwei Beamtinnen. Als sie den Kommissär sahen, unterbrachen sie ihr Gespräch.

«Was gafft ihr denn so? Habt ihr nichts zu tun? Sollte irgendjemand auf diesem Stock, nein, im ganzen Waaghof eine Bemerkung machen oder eine Grimasse schneiden, lernt er oder sie mich kennen. Verstanden?»

Fragend blickten die beiden Beamtinnen zu Nadine, die um die Ecke bog.

«Was hat er denn?»

«Francesco ist etwas aufgewühlt, das hat gar nichts zu bedeuten. Einfach nicht beachten. Im Alter werden die Kommissäre sonderbar. Hier zwei Jetons für einen Gratiskaffee… He, warte auf mich!» Nadine konnte gerade noch die sich schliessende Lifttür mit der Hand offenhalten. Kopfschüttelnd trat sie ein. «Geht das jetzt den ganzen Tag so weiter?»

«Meine Rache wird grausam sein. Das schwöre ich.»

«Na prima. Das kann ja heiter werden.»

Das Büro von Sebastian Elber befand sich in einem grossen Gebäudekomplex am Rhein in der Nähe der Dreirosenbrücke. Die Empfangsdame, eine ältere Person mit piepsender Stimme, führte Nadine und Ferrari ins Besprechungszimmer, wo Sebastian Elber bereits auf sie wartete.

«Bitte, bedienen Sie sich. In der Kanne mit dem blauen Punkt ist heisses Wasser, der Tee befindet sich in dem Holzkistchen. In der roten ist Kaffee.»

«Vielen Dank.» Der Kommissär stellte sich ans Panoramafenster. «Eine super Aussicht.»

«Stimmt. Manchmal realisiere ich es gar nicht mehr. Dort drüben ist der St. Johanns-Park, daneben befinden sich die Büros von Herzog & de Meuron und rechts der Novartis-Campus. Es gibt nur einen Wermutstropfen.»

«Und der wäre?» Ferrari drehte sich zu Elber um.

«Bei der Dreirosenbrücke lungern den ganzen Tag komische Gestalten herum. Unsere Mitarbeiterinnen wurden auch schon belästigt.»

«Wir kennen das Problem. Es gibt immer wieder Anzeigen, deshalb patrouillieren unsere Kollegen auch öfters hier. Aber sie können natürlich nicht vierundzwanzig Stunden vor Ort sein.»

«Klar. Ich arbeitete lange in Frankfurt, in der Nähe des Hauptbahnhofs. Die Verhältnisse dort sind echt schlimm, da leben wir hier in einer heilen Welt. Gleichwohl möchte ich als Frau in der Nacht nicht allein unterwegs sein. Bitte, setzen Sie sich. Der Tod von Reto geht mir ziemlich nahe … Ich war noch nie mit einem Mord konfrontiert.»

«Wie gut kannten Sie Reto Krull?»

«Nicht besonders gut. Der erste Kontakt entstand auf Empfehlung eines anderen Kunden. Bei unserem ersten Treffen brachten er und Luzius die Abschlüsse der letzten drei Jahre mit. Aufgrund der finanziellen Situation und ihren Zukunftsvorstellungen war mir rasch klar, dass ich ihre letzte Rettung war und dass ich bei einer Beteiligung in ein Hochrisikogeschäft einsteigen würde. Von Swissmedic zog ich vorgängig Informationen ein. Ich wusste also, wie die Lancierung eines neuen Medikaments abläuft und wie lange so etwas dauern kann. Ich war gut vorbereitet und machte ihnen ein Angebot.»

«Und wie sah dieses aus?»

«Für mein Engagement verlangte ich eine Beteiligung von fünfunddreissig Prozent. Hier ist eine Kopie des Vertrags. Sie können ihn gern mitnehmen.»

«Danke. Waren Krull und Widmer damit einverstanden?»

«Ganz und gar nicht. Sie brachen die Verhandlung ab, das heisst, in erster Linie Reto … Er wählte deutliche Worte, meinte, sie hätten nicht zehn Jahre an einer Weltsensation gearbeitet, nur damit ein mieser, kleiner Erpresser einen Drittel abzocke …»

«Wie reagierten Sie?»

«Ich blieb ganz ruhig. Wissen Sie, das höre ich immer wieder. Die Leute kommen zu mir, weil ich ihr letzter Rettungsanker bin, und begreifen nicht, dass das seinen Preis hat. Ich riet ihnen, Lotto zu spielen oder ins Casino zu fahren. Nach etwa zwei Wochen kam Luzius allein zu mir, entschuldigte sich für das Benehmen von Reto und gab ihr Einverständnis.»

«So, wie es scheint, lohnt sich das Geschäft für Sie.»

«Im Nachhinein sind die acht Millionen gut investiert, Herr Ferrari. Doch zum Zeitpunkt des Vertragsabschlusses waren meine engsten Mitarbeiter ganz anderer Meinung.»

«Wie verhielt sich Krull danach?»

«Er wich mir aus, so gut es ging. Später begegnete er mir mit totaler Verachtung. Als ich sie einmal geschäftlich auf dem Bruderholz besuchte, führte mich eine Mitarbeiterin zum Sitzungszimmer. Da hörte ich, wie Reto zu Luzius sagte, ich sei eine geldgeile Drecksau. Damit konnte und kann ich gut leben. Mit Olivia Vischer würde der richtige Konzern einsteigen und für mich schaut dabei ein sehr guter Preis heraus. Es ist bedeutend mehr, als andere Firmen boten. Leider wird dennoch nichts übrig bleiben. Ich habe mich verzockt. Ohne die Finanzspritze der Vischers wäre ich erledigt.»

«Darf ich fragen, wie viel Ihnen Olivia bezahlt?»

«Das hängt von den Verhandlungen heute Nachmittag ab. Wenn es bei den fünfunddreissig Prozent bleibt, erhalte ich zweihundert Millionen.»

«Zwei ...»

«Olivias ursprüngliche Idee sah vor, dass Reto und Luzius je acht Prozent abgeben. Mit meinen fünfunddreissig würde Olivia die Mehrheit besitzen. Bei Abschluss dieses Deals hätte ich sogar das Doppelte bekommen.»

«Was?!»

«Dann bliebe noch etwas für neue Investitionen übrig.»

«Das sind unvorstellbare Summen.»

«Verstehen Sie mich nicht falsch, ich bedaure den Tod von Reto, obwohl wir keine Freunde waren. Aber er wurde genau zum richtigen Zeitpunkt umgebracht. Sein Anteil fliesst nun in die gemeinsame Stiftung.»

«Und da kann man nicht einfach acht Prozent rausnehmen.»

«Richtig. Wenn Luzius nun sechzehn Prozent an Olivia verkauft, sind alle glücklich.»

«Wird er?»

«Das sage ich Ihnen heute Abend. Ich werde alles dafür tun, dass er die Anteile verkauft. Luzius hat seinen genialen Partner verloren. Er ist gut beraten, die Mehrheit an Olivia abzugeben. Er schafft es nicht allein.»

«Wo waren Sie in der Nacht von Sonntag auf Montag in der Zeit von Mitternacht bis zwei Uhr früh?»

«Zu Hause, mit meinem Lebenspartner.» Er schrieb eine Telefonnummer auf einen Notizzettel. «Hier bitte, das ist seine Handynummer. Ich könnte einer der grossen Profiteure von Retos Tod werden, doch ich bin nicht sein Mörder.»

«Wer dann?»

«Keine Ahnung. Wie wäre es mit Olivia? Oder eine der sitzen gelassenen Partnerinnen von Reto? Nicht zu vergessen Volker Blaser.»

«Glauben Sie, Volker Blaser könnte aus Eifersucht gehandelt haben?»

«Ich denke eher pragmatisch, Frau Kupfer. Ich erzähle jetzt ein wenig aus dem Nähkästchen: Reto lebte ziemlich verschwenderisch. Seine Behauptungen, er verdiene Millionen, würde ich ins Reich der Fantasie verweisen. Frau Hunger war massgeblich für seinen Lebensstandard verantwortlich.»

«Woher wissen Sie das?»

«Basel ist ein Dorf. Frau Hunger unterstützte ihn so lange, bis sie selbst am Anschlag war. Sie beichtet es ihrem Manager, der ihr aus Liebe hilft. Anstatt sich von Krull zu trennen, gibt sie ihm weiter Geld, das Geld von Blaser. Er kommt dadurch in Schwierigkeiten und bietet mir eine Beteiligung an seiner Agentur an. Ich kann nicht, weil ich selbst vor dem Aus stehe.»

«Blaser hat ein Alibi.»

«Sein treuer Diener Werner Reber ebenfalls?»

«Das wissen wir nicht.»

«Aus reinem Interesse, warum sind Sie am Ende? Sie sind doch ein cleverer Typ.»

«Das kommt davon, wenn man die Bodenhaftung verliert, Frau Kupfer. Ich habe ein riesiges Gelände im Baselbiet gekauft, Bauland an bester Lage. Ein Schnäppchen, glaubte ich zumindest. Doch beim Aushub stellte sich heraus, dass das Gelände in den 1980er-Jahren als Sondermülldeponie eines Unternehmens diente. Die Firma existiert nicht mehr. Es wird Jahre dauern, bevor der Boden gesäubert ist.»

«Gibts dafür keine Versicherung?»

«Leider nicht. Es kommt noch schlimmer. Bei der Sanierung stiessen wir auf eine kleine Helvetier-Siedlung. Jetzt wird dort nicht nur saniert, sondern auch Ausgrabungen vorgenommen. Alles in allem treibt mich das Ganze in den Ruin. Es sei denn, dass es heute Nachmittag zum Abschluss kommt.»

«Ich drücke Ihnen die Daumen.»

«Danke, Frau Kupfer. Ich kann jede Unterstützung brauchen.»

«Wen besuchen wir als Nächstes? Frau Professor Schönbichler?»

«Ja. Weisst du, wo sie wohnt?»

«Klar, an der Peter Rot-Strasse im Kleinbasel.»

«Ich fass es einfach nicht», wechselte Ferrari das Thema. «Vierhundert Millionen! Wir reissen uns jeden Tag für ein paar Franken den Arsch auf, während Olivia mit ihrem Maserati in der Gegend rumfährt und locker flockig vierhundert Kisten unter die Leute verteilt.»

«Höre ich da eine Spur Neid in deiner Stimme?»

«Nicht nur eine Spur. Stell dir vor, was man mit diesem Geld Sinnvolles anfangen könnte.»

«Bevor du mich als Gutmensch nervst, schau dich lieber nach einem Parkplatz um. Bei schönem Wetter ist es hier immer extrem schwierig, was zu finden. Die Leute kommen von überall, um im Rhein zu schwimmen, und parken das ganze Quartier zu.»

«Dort vorne fährt einer weg.»

«Gut beobachtet, Chef.»

Bevor Nadine die Parkscheibe einstellte, blickte sich sie hastig um.

«Suchst du etwas?»

«Ich stelle sie ein wenig vor.»

«Lass es bleiben. Wir brauchen bestimmt nicht mehr wie eine Stunde. Sie wohnt dort vorne im braunen Einfamilienhaus.»

Nach mehrfachem Klingeln öffnete eine ältere Dame am Stock.

«Es reicht, wenn Sie einmal klingeln, junge Frau.»

«Entschuldigung. Wir suchen Susanne Schönbichler.»

«Sie muss jeden Moment zurück sein. Sie kauft im Migros an der Grenzacherstrasse für uns ein. Wollen Sie auf sie warten?»

«Gern, wenn wir nicht stören.»

«Sie sind eine willkommene Abwechslung. Setzen Sie sich an den Tisch im Wohnzimmer oder an den im Garten. Aber vorsichtig, der wackelt ein wenig.»

«Lieber im Garten.»

Sie schlurfte voraus.

«Sind Sie Freunde von Susanne?»

«Wir möchten mit ihr über Reto Krull sprechen.»

«Also keine Freunde. Dann sind Sie von Novartis, der Roche oder von den Vischers.»

«Wie kommen Sie darauf?»

«Weil sie sich bei den Dreien beworben hat. Das mit diesem Krull ist ein schlechtes Thema. Sie wissen bestimmt, dass er Susanne bei einem ihrer Vorträge blossstellte, was sie ihren gut bezahlten Job an der Uni kostete. Die letzte Zeit war nicht leicht für meine Tochter. In Basel kennt jeder jeden. ‹Universitätsprofessorin hat Sex mit ihren Studenten›, diese Schlagzeile ging wie ein Lauffeuer durch die Stadt. Ob es wahr ist oder nicht, spielt dabei keine Rolle. Die Menschheit tratscht gern und viel. Jede Sensation ist willkommen. Und das wird ihr auch heute noch bei den Bewerbungen zum Verhängnis… Ah, da ist sie ja.

Susanne, wir sind im Garten … Oh, bitte entschuldigen Sie. Ich bin eine unhöfliche alte Schachtel. Ich vergass, Ihnen ein Getränk anzubieten. Holst du das bitte nach, Susanne?»

«Wer sind Sie?», Susanne Schönbichlers Ton war scharf.

Nadine stellte sich und den Kommissär vor, worauf die Medizinerin nur nickte.

«Ich rechnete mit Ihrem Besuch. Lässt du uns bitte allein, Mutter?»

«Sie sind Kommissäre, wie interessant. Schade, dass ich das nicht wusste. Ich hätte so viele Fragen zu Ihrer Arbeit. Ich schaue mir alle Krimis im Fernsehen an.»

«Welcher ist Ihr Favorit?»

«Ui, das ist schwierig.» Sie überlegte einen Moment. «Den Lissabon-Krimi finde ich gut. Der kommt leider nicht so oft. Den kleinen dicken Rechtsanwalt mag ich zwar nicht besonders, mir fällt sein Name nicht ein, aber er ist ein hervorragender Schauspieler.»

«Jürgen Tarrach.»

«Genau. Früher schaute ich auch immer Inspektor Barnaby an, doch inzwischen finde ich die Serie eher langweilig. Kennen Sie die auch?»

«Ja. Ich habe sie mir angeschaut, als sie im ZDF lief.»

«Jetzt wird sie auf ZDFneo wiederholt. Ist Ihnen etwas aufgefallen?»

«Nicht das ich wüsste. Was meinen Sie?»

«Bei den Opfern.»

«Ich weiss nicht, worauf Sie hinauswollen.»

«Es werden immer drei Personen ermordet.»

«Ist das so?»

«Und ob. Den Amsterdam-Krimi finde ich auch ganz gut. Ich verstehe nur nicht, warum ein Deutscher den Superermittler spielen muss.»

«Was halten Sie vom Zürich-Krimi?»

«Der ist auch gut, vor allem wegen Christian Kohlund. Für den schwärme ich seit jeher.» Sie nickte Ferrari verschwörerisch zu. «Ich gehe jetzt besser. Die beiden jungen Frauen tauschen genervte Blicke aus. Es war schön, Sie kennenzulernen, Herr Kommissär. Vielleicht ergibt es sich ein anderes Mal, dass wir uns für eine Stunde ungestört unterhalten können.»

«Das wäre schön.»

Lächelnd humpelte sie davon.

«Eine sehr sympathische und aufgestellte Frau, Ihre Mutter.» Ferrari räusperte sich. «Frau Schönbichler, kommen wir zum eigentlichen Anliegen unseres Besuchs: Wo waren Sie am vergangenen Montag zwischen Mitternacht und zwei Uhr morgens?»

«Wie jeden Tag seit meiner Entlassung – entweder vor dem Fernseher in der Hoffnung, irgendwie abschalten zu können, im Bett, wo ich mich stundenlang herumwälze, oder im Garten. Dort sitze ich die halbe Nacht und denke darüber nach, was mit mir nicht stimmt.»

«Sind Sie arbeitslos?»

«Ich habe mich an allen europäischen Universitäten beworben. Doch meinem Bewerbungsschreiben folgt mein Ruf, die Absagen kamen und kommen prompt. Auch die Privatwirtschaft will mich nicht. Eine Professorin, die Kinder vernascht, ist nicht tragbar. Ich stehe zu meinem Fehlverhalten. Ob Reto damals bei meinem Vortrag bluffte oder ob er wusste, dass ich mit einem Studenten geschlafen habe, weiss ich bis heute nicht. Wie auch immer, mit seiner Bemerkung brachte er das Ganze ins Rollen. Der Dekan fragte nach und ich gab es zu. Die Konsequenzen folgten auf dem Fuss.»

«Die jungen Männer waren sicher alle über achtzehn.»

«Konkret gab es einen einzigen und der war zweiundzwanzig. Nur glaubte mir niemand. Ich bin die Frau, die etwas mit der gesamten Uni Basel hat.»

«Eine reife Leistung.»

«Sie finden es vielleicht lustig, ich kann darüber nicht lachen.»

«Warum schoss sich Krull dermassen auf Sie ein?»

«Weil er bei mir nicht landen konnte, Frau Kupfer. Er ist nicht mein Typ. Jede Absage stachelte ihn weiter an.»

«Also ging es schlicht um gekränkte Eitelkeit.»

«Nichts anderes.»

«Dann trifft Sie Krulls Tod nicht wirklich, oder?»

«Als ich davon erfuhr, verspürte ich eine gewisse Befriedigung. Pervers, aber ich will es nicht leugnen.

In solchen Augenblicken flackert die Hoffnung auf, dass es eine ausgleichende Gerechtigkeit gibt.»

«Woher kennen Sie Krull?»

«Von der Uni, Krull war Privatdozent. Wir gingen genau zwei Mal zusammen essen, nicht mehr und nicht weniger. Ich kann nichts mit einem Mann anfangen, der das Essen runterschlingt und nur an Sex denkt.»

«Wer könnte sein Mörder sein?»

«Tut mir leid, das weiss ich nicht. Ich tippe allerdings auf einen eifersüchtigen Mann.»

«Wieso?»

«Reto wirkte auf die meisten Frauen magisch. Selbst, wenn er sie abservierte, schwärmten sie noch von ihm. Das wusste er und nutzte es auch aus. Die Männerwelt sah das nicht gern. Ich vermute, es ist jemand aus seinem näheren Umfeld gewesen. Tut mir leid, dass ich Ihnen keine grosse Hilfe bin ... Sollten Sie jemanden kennen, der Arbeit für mich hat, wäre ich Ihnen sehr dankbar. Mein neuer Arbeitgeber darf allerdings nicht von einem Vamp, einer Ex-Professorin, die Studenten verführt, zurückschrecken. Im Gegenzug garantiere ich, dass der- oder diejenige es nicht bereuen wird. Ich bin in meinem Beruf eine Kapazität.»

«Was ist Ihr Fachgebiet?»

«Nuklearmedizin.»

«Was versteht man konkret darunter?»

«In der Nuklearmedizin greifen wir auf radioaktive Substanzen zurück, um Funktionen des menschlichen Körpers abzubilden, Erkrankungen festzustellen oder zu behandeln. Sie dient also sowohl diagnostischen als auch therapeutischen Zwecken.»

«Wird die Nuklearmedizin auch zur Behandlung von Krebserkrankungen angewandt?»

«Ja, und zwar sehr erfolgreich. Die radioaktiven Mittel, die wir dem Patienten in die Vene spritzen, gelangen auf diesem Weg in die Organe. Dort werden sie eingelagert und strahlen aus. Diese Strahlen wiederum werden von einem speziellen Gerät als Bild dargestellt, das der Arzt oder die Ärztin beurteilt. Zur Behandlung von Schilddrüsentumoren wird zum Beispiel radioaktives Jod eingesetzt.»

«Das ist sehr interessant.»

«Vielleicht klingt das jetzt überheblich, aber ich bin genauso gut wie Reto und Luzius, nur nicht so risikofreundlich.»

«Wir melden uns, wenn jemand eine Nuklearmedizinerin sucht.»

«Danke.»

«Und, ist sie unsere Täterin?»

«Unwahrscheinlich. Wie kann sich ein Student bloss auf so eine graue Maus einlassen?»

«Musst du immer solch sexistischen Bemerkungen machen?»

«Das ist eine ganz normale Frage. Sie ist fünfundvierzig, sieht nicht besonders attraktiv aus. Also, was reizt einen Studenten an ihr?»

«Nicht allen geht es ums Aussehen. Bei ihr steht der überragende Intellekt im Vordergrund. Das verstehst du nicht.»

«Ach komm schon. Man könnte meinen, dass ich nur auf Fotomodels stehe.»

«So ist es ja auch.»

«Was fand Krull an ihr?»

«Der Reiz lag sehr wahrscheinlich in der Zurückweisung, damit können Männer nicht umgehen. Was man nicht bekommt, wird extrem attraktiv.»

Monika stand mit der elektrischen Gartensäge auf der Leiter und machte sich an einem Baum zu schaffen. Ferrari, der nur kurz in den Garten blickte, wollte sich gerade verdrücken, als ihm Nadine den Weg versperrte.

«Nichts da, Gartenarbeit ist angesagt.»

«Wenns nur das wäre.»

Seine Lebenspartnerin stieg die Leiter hinunter und drückte ihm die Gartenschere in die Hand.

«Ich komm nicht ran. Wie viele Male habe ich dich gebeten, diesen einen Ast, der wild heraussteht, abzuschneiden?»

«Ich weiss es nicht.»

«Bestimmt hundert Mal. Immer hattest du eine Ausrede parat. Jetzt reichts. Los, steig auf die Leiter.»

«Jaja, wird gemacht.» Nach ein paar Minuten verkündete der Kommissär stolz: «Erledigt. Das ging ziemlich schnell, ich hatte den Ast dicker in Erinnerung. So, Feierabend. Ich habe einen Apéro verdient.»

«Spinnst du!?! Das ist der falsche Ast.»

Auch das noch. Ferrari raufte sich die Haare.

«Welcher ist der richtige?»

«Der oben dran, das sieht doch ein Blinder. Du ruinierst unseren schönen Apfelbaum.»

Immer dieses Drama. Der Baum besteht aus tausend Ästen, da kommts auf den einen doch nicht an.

«Dieser hier?»

«Ja.»

«Bis ganz zum Baumstamm?»

«Was denn sonst! Stell dich nicht so dumm an.»

Ferrari setzte die Säge an. Mist, ich komme nicht ran. Ich muss die Leiter um einen Meter verschieben. Es sei denn, ich lehne mich ein wenig nach vorne. Geht doch! Wenig später fiel der Ast krachend zu Boden.

«Gut. Du kannst runterkommen.»

Leichter gesagt als getan, denn die verfluchte Säge hatte sich im Baum verheddert. Ferrari zog mit aller Kraft daran, ohne Erfolg. Bloss nicht einschalten, sonst schneide ich noch einen weiteren Ast ab. Ich muss sie hochheben, dann kann ich sie vorsichtig rausziehen.

«Was ist? Willst du dort oben übernachten?»

«Moment. Ich habs gleich.»

Der Kommissär lehnte sich ein wenig zurück und hob gleichzeitig die Säge an, eine Bewegung, die die

Leiter ins Wanken brachte. Im nächsten Augenblick kippte sie nach links. Blitzschnell warf Ferrari die Säge auf den Boden und versuchte so rasch wie möglich hinunterzuklettern. Einen Meter vor dem sicheren Boden fiel die Leiter um und der Kommissär klatschte rückwärts auf den Rasen.

«Bist du jetzt vollkommen übergeschnappt? Los, steh auf.»

«Es… Es geht nicht. Ich habe mir den Rücken gebrochen.»

«Blödsinn. Hilf mir, Nadine. Wir stellen ihn auf die Beine.»

Mit Schmerz verzerrtem Gesicht humpelte Ferrari zum Gartentisch. Monika tastete ihn vorsichtig ab.

«Schmerzt es hier?»

«Ja.»

«Und hier?»

«Auch.»

«Gebrochen ist nichts. Am meisten tut es bestimmt hier weh.» Sie tippte ihm auf die Stirn. «Einmal bitte ich dich um etwas und wie endet das Ganze? In einem Fiasko.»

«Die Säge ist noch in Ordnung.»

«Immerhin das. Danke vielmals für deinen Einsatz, Schatz. Ich wüsste nicht, was ich ohne dich machen würde.»

Ferrari fuhr hoch, griff nach der Säge und sprintete zum Baum.

«Halt ihn auf, Nadine.»

«Ich fälle das verfluchte Miststück. Die Äpfel sind sowieso alle wurmstichig. Aus dem Weg, Nadine.»

«Immer schön mit der Ruhe. Gib der lieben Nadine das Teil und setz dich.»

Sie nahm ihm die Säge aus der Hand.

«Braver Junge. Dafür gibts jetzt auch ein Glas Prosecco.»

Ferrari murmelte etwas Unverständliches, verschwand im Haus und kam nach einer Viertelstunde wieder zurück.

«Bist du wieder normal?»

«Der Rücken schmerzt. Ich habe überall rote Striemen.»

«Ich verarzte dich nachher.» Monika reichte ihm ein Glas. «Danke für deine Hilfe.»

«Das nächste Mal lassen wir einen Gärtner kommen.»

«Nicht notwendig, Sebastian hat mir seine Dienste angeboten.»

«Der kommt mir nicht in unseren Garten.»

«Wer ist das?»

«Ein lieber Nachbar.»

«Ha! Seit ihn seine Frau abserviert hat, weil sie seine Bierdeckelmanie nicht mehr aushielt, sabbert er durchs ganze Quartier.»

«Er sammelt Bierdeckel?»

«Ja, aus der ganzen Welt. Du solltest sein Haus sehen. Seit Jeannine weg ist, hängt er sie wie Bilder auf. Die ganz Wertvollen sind sogar hinter Glas. Ein Irrer!

Wenn ich den in unserem Garten erwische, beerdige ich ihn unter seinen Bierdeckeln.»

«Wie lange seid ihr eigentlich schon zusammen?»

«Achtzehn Jahre.»

«Wow! Dass du es so lange mit Francesco ausgehalten hast, ist erstaunlich, Monika. Und er ist auch nach all dieser Zeit noch eifersüchtig wie ein Teenager. Das ist irgendwie süss.»

«Ich bin nicht eifersüchtig.»

«Soso. Noch ein Glas Prosecco?»

«Nur noch ein kleines.»

«Ich soll dir einen lieben Gruss von Tinas Eltern ausrichten. Sie sind dir unendlich dankbar für deine Unterstützung. Falls sie irgendwie helfen können, sollst du sie anrufen. Hier sind ihre Adresse, Telefonnummer und die Handynummer von Sophie.»

Nadine steckte sie ein.

«Soll ich es ihm sagen?»

«Nur zu.»

«Nadine erwähnte gestern diese junge Frau», begann Monika.

«Wen?»

«Conny Zürcher.»

«Was ist mit der?»

«Wir finden es nicht in Ordnung, wie du dich ihr gegenüber verhältst.»

«Was?!?! Ich …»

«Man tritt keinen Menschen, der am Boden liegt. Wir sind von deinem Verhalten sehr enttäuscht.»

«Gib mir die Flasche, Nadine. Darauf nehme ich noch einen Schluck.» Ferrari leerte das Glas in einem Zug. «Wie sehen eure Vorstellungen aus? Soll ich ihr Manager werden? Und für jedes Engagement, das ich ihr vermittle, legt sie sich in mein Bettchen?»

«Deinen Zynismus kannst du dir sparen. Du könntest Agnes und Sabrina fragen, ob sie Conny unterstützen.»

«Das werde ich sicher nicht. Wenns schiefläuft, höre ich schon die Vorwürfe, allen voran von Olivia. Nehmt sie doch in euren Club auf, aber das wollen die akademisch gebildeten Damen nicht. Eine Proletin passt nicht zu euch, sondern viel mehr zum lieben, naiven Francesco.»

«Das ist eine hervorragende Idee. Darauf hätten wir selbst kommen können. Lad sie an unser nächstes Treffen ein, Nadine Wir nehmen sie zwar nicht in unseren Club auf, doch wir können sie unterstützen. Frauenpower pur.»

«Sie kommt bestimmt gern.»

«Dann ist ja alles bestens. Die Flasche ist leer.»

«Bleib sitzen, mein Schatz. Ich hole uns eine neue.»

Stunden und weitere zwei Prosecco-Flaschen später musste Ferrari passen, während die beiden Frauen anscheinend nie müde wurden. Als Monika um halb zwei ins Schlafzimmer kam, lächelte der Kommissär im Schlaf. Bestimmt träumt er vom Schlaraffenland, wo das Leben einzig und allein aus Genuss und Vergnügen besteht, dachte Monika. Nur Ferrari wusste, dass dem nicht so war. Er träumte vom Apfelbaum, den er einem Kunstwerk gleich zugeschnitten hatte: die Krone glich einer Hand, aus der ein Finger ragte – der Stinkefinger.

4. Kapitel

Gähnend schlurfte Ferrari am Morgen die Treppe hinunter und stolperte beinahe über Puma, die ihn auf der untersten Stufe erwartete. Er nahm sie hoch und trug sie in die Küche, wo sich Monika und Nadine bereits bestens unterhielten.

«Kommst du mich abholen?»

«Klar. Das ist das Verwöhnprogramm für meinen Chef.»

«Ich habe gar nicht gewusst, dass du die gleichen Jeans trägst wie Monika.»

«Wir kaufen immer zusammen ein. Das sollte dir längst aufgefallen sein.»

«Ist es aber nicht.» Ferrari liess sich einen Kaffee aus der Espressomaschine. «Ich brauche noch eine halbe Stunde. Es ist erst Viertel vor sieben.»

«Kein Problem, ich warte so lange. Du könntest deiner Lieblingsassistentin auch einen Kaffee anbieten.»

«Hm. Welche Farbe möchtest du?»

«Grün.»

«Ich begreife nicht, wie man am frühen Morgen so gut gelaunt sein kann. Vor allem, wenn ihr die halbe Nacht durchgemacht habt.»

«Was begreifst du nicht?»

«Bitte, dein Kaffee. Ihr könnt die halbe Nacht plaudern, ohne dass euch der Gesprächsstoff ausgeht, und seid am nächsten Morgen putzmunter und erst noch fröhlich.»

Nadine stand auf und rutschte auf der Bank ein wenig nach hinten.

«Das sind Monikas Jeans!»

«Wie kommst du darauf?»

«Wegen dem Muster am Gesäss.»

«Womit wir nun wissen, wohin der Kommissär in halbwachem Zustand bei einer Frau schaut.»

«Da kann man gar nicht wegschauen.»

«Soso.»

«Du hast im Gästezimmer geschlafen.»

«Er hats geschnallt.»

«Sehr witzig. Ich gehe ins Bad.»

Eine halbe Stunde später kam er erneut in die Küche und küsste Monika.

«Ich bin so weit. Von mir aus können wir los.»

«Wunderbar. Auf zur fröhlichen Verbrecherjagd. Fahren wir zuerst ins Büro?»

«Wo finden wir Anton Eisner?»

«Moment … Er arbeitet als Lagerchef in einer Spedition in Pratteln.»

«Ruf bitte dort an. Wenn er dort ist, besuchen wir ihn als Erstes.»

«Ja, er ist in der Spedition und hat Zeit für uns», informierte Nadine kurz darauf.

Eisner wartete rauchend vor dem Eingang auf sie. Als Nadine aufs Gelände fuhr, dirigierte er sie auf einen der wenigen freien Parkplätze.

«Auf Besucher sind wir nicht eingerichtet, leider sind auch Angestelltenparkplätze absolute Mangelware.»

«Wie bei uns im Waaghof.»

«Sie dürfen ausnahmsweise den Platz unseres CEOs benutzen. Er hat sich heute früh abgemeldet, Sommergrippe. Wir gehen am besten in mein Büro, die Treppe hoch und dann rechts.»

«Imposante Anlage.»

«Danke, das hier ist der Hauptsitz. Insgesamt verfügen wir in der Nordwestschweiz über fünf Standorte.»

Ferrari sah fasziniert zum Fenster hinaus auf die Autobahn. Die Autos stauten sich in einer endlosen Schlange.

«Wahnsinn, dieser Stau. Ist das jeden Morgen so?»

«Ja. Es sind vor allem die Pendler, die in die Stadt hineinfahren. Das Gleiche wiederholt sich am Abend. Auch während der Ferienzeit bilden sich kilometerlange Staus. Für uns ist der Standort trotzdem optimal, in drei Minuten sind unsere Lastwagen auf der Autobahn.»

«Was ist Ihre Funktion?»

«Im Moment bin ich mit meinem Team für die Waren unserer Kunden zuständig, die bei uns eingelagert sind. Ab Mitte August werde ich Chefdisponent.»

«Gratuliere.»

«Danke, Frau Kupfer. Die Beförderung bringt natürlich auch eine grössere Verantwortung mit sich, die ich gern annehme. Ich bin seit zwölf Jahren Lagerchef. Wie bei jedem Job wird alles zur Routine, daher freue ich mich über die Veränderung und die neue Herausforderung. Meine Vorgängerin und zwei ihrer besten Mitarbeiterinnen werden pensioniert.»

«Da geht viel Know-how verloren.»

«Ja und nein. Ich und meine beiden Stellvertreterinnen, die mich auch in der neuen Funktion unterstützen werden, wissen seit sechs Monaten, was auf uns zukommt. Jeder von uns war abwechselnd zwei Monate in der Disposition. Gleichzeitig arbeiteten wir unsere Nachfolger ein. Es kommt sicher am Anfang zu Problemen in den Abläufen, aber es sind keine grösseren Katastrophen zu erwarten. Möchten Sie einen Kaffee?»

«Nein, danke. Wir haben zu Hause noch einen getrunken.»

Eisner sah den Kommissär überrascht an.

«Nicht, was Sie gerade denken», berichtigte Nadine. «Ich übernachtete bei meinem Chef und seiner Frau. Es wurde gestern etwas spät.»

«Sorry, das war jetzt zu offensichtlich von mir … Ich kann mir vorstellen, weshalb Sie hier sind. Nein, ich bin nicht der Mörder von Professor Krull und ja, ich drohte ihm, sogar massiv.»

«Können Sie uns die ganze Geschichte erzählen?»

«Selbstverständlich, Frau Kupfer. Meine Frau leidet an Krebs. Die Erkrankung ist bereits so weit fortgeschritten, dass die Ärzte nicht mehr wissen, was sie noch tun sollen. Als wir von den Wundern hörten, die Krull und Widmer vollbringen, zögerten wir keine Sekunde. Wir sind zu ihnen gefahren. Die beiden erklärten uns detailliert das Vorgehen, machten uns allerdings von Anfang an wenig Hoffnung. Aber was sollten wir tun? Alle anderen hatten Helen bereits aufgegeben. Das war unsere letzte Hoffnung und so ergriffen wir den Strohhalm. Wir waren mit allem einverstanden.»

«Das heisst, Ihre Frau begann mit der Therapie.»

«Ja, genau. Zuerst machte Helen gute Fortschritte, sie blühte auf. Wir waren total glücklich, glaubten an das Unmögliche. Professor Widmer brachte uns monatlich auf den neusten Stand. Nach einem halben Jahr war der Tumor im Bauch um die Hälfte geschrumpft. Wir konnten es nicht glauben.»

«Was ist dann passiert?»

«Professor Widmer flog mit seiner Frau für sechs Wochen in die Vereinigten Staaten und deshalb übernahm Professor Krull die Therapie. Anstelle eines Medikaments verabreichte er Helen in dieser Zeit zwei verschiedene, die die Heilung stärker vorantreiben sollten. Helen bekam anfänglich etwas Schwindel und musste ab und zu erbrechen. Insgesamt fühlte sie sich aber gut. Als Professor Widmer zurückkam, stellte er bei der nächsten Untersuchung fest, dass das weite Medikament die Leber und die Galle schwer geschädigt hatte.»

«Das hätte Krull merken müssen.»

«Ja, doch im Gegensatz zu Widmer hatte er in diesen sechs Wochen keine Untersuchungen veranlasst. Widmer informierte uns, dass er die Therapie sofort unterbrechen müsse. Eine Fortsetzung wäre erst dann wieder zu verantworten, wenn die Leber- und Gallenwerte wieder in Ordnung seien. Wir fielen aus allen Wolken.»

«Das heisst, Ihre Frau musste weitere Medikamente einnehmen.»

«Genau und eben die Krebsbehandlung unterbrechen mit dem Risiko, dass der Tumor wieder wächst. Wir stimmten zwangsläufig zu, das war vor einem Jahr. Professor Widmer versuchte, Leber und Galle wiederherzustellen. Ohne Erfolg. Die Leber ist durch das unverantwortliche Handeln von Krull nach wie vor stark beschädigt und der Tumor wächst wieder. Ich ... Es ... Es ist eine Katastrophe. Dabei waren wir auf dem besten Weg. Nur, weil Krull unbedingt sein zweites Medikament austesten wollte, wird Helen bald sterben. Verstehen Sie jetzt meine Ohnmacht und meine grenzenlose Wut auf Krull?»

«Sehr gut sogar.»

«Wir haben mehrere andere Spezialisten hinzugezogen, aber die Medikamente schlagen bei Helen nicht an. Ihr Körper ist sehr geschwächt, inzwischen hat sie fünfzehn Kilo abgenommen. Das Schlimme ist, sie hat sich aufgegeben, und, wenn ich ehrlich bin, ich auch.»

«Haben Sie mit Krull gesprochen?»

«Ja, zusammen mit Professor Widmer. Für ihn war es ein schwieriges Gespräch. Er wollte seinen Kollegen nicht in die Pfanne hauen, obwohl die Fakten eindeutig waren. Ich drohte Krull mit einem Prozess.»

«Wie reagierte er?»

«Sehr gelassen. Er legte mir eine von uns unterzeichnete Einwilligungserklärung vor. Mit dieser Unterschrift hatten wir unsere Zustimmung zur Behandlungsmethode gegeben.»

«Hm.»

«In unserer Verzweiflung unterschrieben wir einfach alles. Einige Formulare verstanden wir überhaupt nicht. Krull hielt uns den Wisch einfach nur hin, sagte, wir sollen ihn durchlesen und dann unterschreiben. Dass wir nicht nachfragten, war unser Fehler. Widmer hatte uns nämlich jedes Mal erklärt, um was es ging, bevor wir unterschrieben.»

«Ist es korrekt, dass Sie ihn bedrohten?»

«Sie hätten sein süffisantes Gesicht sehen sollen … Seine spitze Bemerkung ‹Lesen können Sie aber schon?› gab mir vollends den Rest. Als er Widmers schockiertes Gesicht sah, lenkte er ein wenig ein. Er habe nach bestem Wissen und Gewissen gehandelt. Jeder Patient reagiere halt anders. Krull drückte sein Bedauern über die Komplikationen aus. Er hoffe, dass ch der Zustand wieder normalisiere … Für mich klang es vielmehr so, als ob Helen sowieso ein hoffnungsloser Fall ist, und wir dankbar sein sollen, dass sie überhaupt noch lebt. Da bin ich ausgerastet.»

«Schlugen Sie ihn vor Widmer zusammen?»

«Ja. Der wich an die Wand zurück und drückte den Notfallknopf. Sekunden später stürmten zwei Pfleger rein, die mich nicht bremsen konnten. Ich packte Krull, der am Boden lag, und schleppte ihn zum Fenster. Blitzschnell stellte sich mir Widmer in den Weg und ich kam endlich zur Besinnung. Ich weiss nicht, was sonst noch passiert wäre …»

«Wurden Sie angezeigt?»

«Bisher nicht. Ich entschuldigte mich sofort bei den beiden Pflegern und ging.»

«Trafen Sie Krull danach noch einmal?»

Eisner nickte.

«Ich lauerte ihm bei seiner Freundin, dieser Sängerin, auf und drohte ihm … Nein, eigentlich war es keine Drohung, sondern ein Versprechen. Ich sagte ihm: ‹Wenn meine Helen stirbt, bringe ich dich um. Du kannst dich schon darauf vorbereiten. Wo auch immer du dich versteckst, ich finde dich.› … Frau Hunger rief die Polizei an, die Beamten nahmen mich mit auf den Posten und verhörten mich. Ich wiederholte meine Sätze und beteuerte, dass es mein Ernst sei. Nichts und niemand würde mich davon abhalten.»

«Dann sollten wir Sie jetzt verhaften.»

«Es tut mir leid, aber ich wars nicht, Herr Kommissär. Wann genau passierte der Mord?»

«In der Nacht auf Montag zwischen zwölf und zwei Uhr.»

«Für die Zeit verfüge ich über ein trauriges Alibi. Helen klagte gegen elf über starke Bauchschmerzen. Ich liess einen Notfallwagen kommen und fuhr mit ins Unispital. Helen liegt seither auf der Intensivstation. Ich blieb bis um sechs Uhr früh, dann hat mich der Arzt nach Hause geschickt. Helen … Es geht mit ihr zu Ende.» Eisner wischte sich die Tränen aus den Augen. «Und alles wegen dieser gottverdammten Drecksau!»

«Ich verstehe Sie. Es tut mir schrecklich leid.»

«Danke, Herr Ferrari. Dabei ist Helen kein Einzelfall.»

«Wie meinen Sie das?»

«Es sprach sich herum, was Helen passiert ist. Eine Frau rief mich an und erzählte mir, dass sie etwas Ähnliches erlebt hat.»

«Wissen Sie, wie sie heisst?»

«Ich glaube Zuber. Es ging um ihre Tochter. Krull setzte wie bei uns ein zweites Medikament ein, mehr weiss ich nicht.»

«Das finden wir über Professor Widmer heraus.»

«Ich wünsche Ihnen von ganzem Herzen Kraft und Zuversicht.»

«Danke. Ich … Ich glaube nicht, dass Helen nochmals nach Hause kommt. Hoffentlich muss sie nicht lange leiden. Das hat sie nicht verdient.»

Wortlos reichte Nadine dem Kommissär ein Papiertaschentuch.

«Ich habe keine Lust, weiter nach dem Mörder zu fahnden.»

«Sollen wir den Fall abgeben?»

«Nein, auf keinen Fall. Wir finden den Mörder und, falls er das Gleiche wie Eisner erlebt hat, lassen wir ihn laufen.»

«Einverstanden.»

«So ein verfluchtes Schwein. Wie kann man als Arzt dermassen über Leichen gehen? Alles, um als genialer Forscher, der ein Medikament gegen Krebs entwickelt hat, in den Olymp einzugehen?»

«Ich frage mich, wie weit Widmer informiert war. Er wusste doch, wie sein Partner tickt.»

«Offenbar wollte er seinen Partner nicht anschwärzen, die Abhängigkeit war zu gross.»

«Stephan ruft an … Ja … Sehr gut … Danke, ich richte es ihm aus … Ein lieber Gruss.»

«Danke.»

«Der braune SUV gehört einer Autovermietung und wurde letzte Woche an eine Agentur vermietet.»

«Blaser?»

«Oder Werner Reber.»

«Ich bin gespannt, was sie uns dazu sagen werden.»

Sie mussten eine Viertelstunde warten, Volker Blaser führte ein wichtiges Zoom-Gespräch. Seine Mitarbeiterin bot ihnen Kaffee und Cookies an. Während sich Nadine zurückhielt, schlug Ferrari zu, als ob es kein Morgen geben würde.

«Stopf dir das Zeug nicht so rein. Du bist richtig peinlich», zischte Nadine.

«Die sind hervorragend. Ich habe schon lange keine solch guten Cookies mehr gegessen.»

Nadine nahm ihm den beinahe leeren Teller weg.

«Es reicht.»

«Der Chef ist jetzt fertig und erwartet Sie … Oh, es sind noch zwei übrig.»

«Das war hervorragend. Haben Sie die selbst gebacken?»

«Ja», strahlte die junge Frau. «Das ist mein Hobby. Ich kreiere immer wieder neue Rezepte. Leider wissen es meine Freunde nicht besonders zu schätzen. Nehmen Sie die beiden doch mit an die Besprechung.»

«Herzlichen Dank, aber ich bin bis oben hin voll.»

«Dann serviere ich sie später Volker.»

Der Manager sass an einem grossen Tisch und unterhielt sich mit einem Angestellten.

«Entschuldigen Sie, dass ich Sie warten liess. Die Zoom-Sitzung war sehr wichtig, es geht um ein Engagement für Gloria in Japan.»

«Das hoffentlich zustande kommt.»

«Drücken Sie mir die Daumen, Herr Kommissär. Das ist übrigens mein Stellvertreter Werner Reber.»

«Das trifft sich sehr gut. Wir möchten uns mit Ihnen beiden unterhalten.»

«Mit mir auch?»

«Ja. Sie wurden in der Tatnacht bei der Klinik gesehen.»

«Das kann nicht sein.»

«Schon gut, Werner. Du musst nicht lügen. Es stimmt, er beobachtete die beiden auf meinen Wunsch hin.»

«Das müssen Sie uns jetzt erklären.»

«Ganz einfach, Frau Kupfer. Ich nahm Conny mit voller Absicht an den Geburtstag von Gloria mit. Ich war zwar nicht sicher, ob es funktioniert, aber einen Versuch wars wert. Mein Plan ging auf. Retos Augen glänzten, als er Conny sah. Ich wusste, dass er sie noch am gleichen Abend abschleppt.»

«Und Gloria deswegen austickt.»

«Ja. Sie sollte endlich einsehen, was für ein schrecklicher Typ Reto war. Liebe macht offenbar wirklich blind. Da der Herr Professor schon ziemlich verladen war, wollte ich kein Risiko eingehen, und rief Werner. Ich bat ihn, vor Glorias Villa zu warten, und den beiden nachzufahren. Ich wollte wissen, wohin sie gehen. Der Typ war absolut unzurechnungsfähig. Ein Mord an Conny hätte mich nicht überrascht.»

«Übertreiben Sie da nicht masslos?»

«Fragen Sie Widmer. Sie müssen nur den Namen Lisa erwähnen.»

«Wer ist das?»

«Eine Pflegerin. Total zugedröhnt fiel Krull über sie her. Als sie sich wehrte und um Hilfe schrie, begann er sie zu würgen. Ohne das Eingreifen von Widmer wäre sie tot.»

«Woher wissen Sie das?»

«Lisa warnte Gloria, aber sie glaubte ihr kein Wort. Mir liess dieser Vorfall keine Ruhe und so sprach ich Widmer darauf an. Er bestätigte weder den Vorfall, noch dementierte er ihn. Leider konnte ich mit Lisa nicht reden, sie war und ist wie vom Erdboden verschluckt. Als ich einen Monat später die Zahlungen erledigte, sah ich, dass Gloria ihr hunderttausend Franken überwiesen hatte. Schweigegeld, um sie davon abzuhalten, Reto anzuzeigen. Vermutlich ist sie mit dem Geld auf und davon.»

«Es gab demnach keine Anzeige?»

«Soviel ich weiss, nicht.»

«Sie folgten den beiden also aufs Bruderholz, Herr Reber. Wie ging es weiter?»

«Ich parkte den Mietwagen, meiner ist in der Werkstatt, in einer Nebenstrasse und wollte ins Haus eindringen.»

«Warum?»

«Ich hörte plötzlich Schreie. Conny rannte halbnackt an mir vorbei. Das war eine extrem dumme Situation, denn sie blieb vor dem Haus stehen und telefonierte. Kurz darauf kam Reto. Ich versteckte mich, so gut es ging. Es dauerte einige Minuten, dann kam er zurück und stapfte nach oben. Erleichtert kam ich aus meinem Versteck und sah, wie Conny mit Volker wegfuhr. Ich wollte gerade zum Auto gehen, eine Frau der Strasse entlang kam. Vermutlich eine Krankenschwester, die ihren Dienst antrat.»

«Wieso vermuten sie, dass es eine Krankenschwester war?»

«Die Frau holte einen Schlüssel aus der Handtasche und schloss die Tür auf. Es muss also eine Angestellte gewesen sein. Wer war es sonst? Reto lebt ja allein.»

«Hat sie Sie gesehen?»

«Nein, ich versteckte mich hinter dem Baum im Vorgarten.»

«Können Sie sie beschreiben?»

«Nein. Ich konzentrierte mich darauf, dass mich niemand sieht. Als sie im Haus war, schlich ich zu meinem Auto, fuhr nach Hause und rief zur Sicherheit Volker an. Ich wollte wissen, ob Conny in Ordnung ist.»

«Das stimmt. Sie können es gern nachprüfen.»

«Sie könnten auch angerufen haben, weil Sie ihren Auftrag erledigt hatten.»

«Ich bin nicht Krulls Mörder, Herr Kommissär.»

«Ist Ihnen sonst jemand begegnet?»

«Nein.»

«Es war ziemlich riskant, Conny mit Krull zu verkuppeln. Nicht gerade die feine Art», wandte sich Nadine wieder an Blaser.

«Was sollte ich denn tun? Gloria musste endlich einsehen, dass er nur mit ihr spielt. Mehr noch, er schadet ihrer Karriere. Ausserdem steht Gloria wegen dem Schwein vor dem finanziellen Ruin. Wenn wir in diesem Jahr keine Einnahmen generieren, wird sie die Villa nicht halten können.»

«Dann müssen Sie sie unterstützen.»

«Womit, Frau Kupfer? Ich habe ihr immer geholfen und sie angefleht, ihren Lebensstil ihren Verhältnissen anzupassen. Ich erfuhr erst vor einigen Monaten, wohin das ganze Geld floss … Meine Reserven sind aufgebraucht, Glorias ebenfalls. Hinzu kommt, dass wir laufend die Engagements absagen müssen, weil Gloria gar nicht mehr auftreten kann. Wir verlieren in diesem Jahr rund eine Million.»

«Haben Sie mit Krull darüber gesprochen?»

«Mehrmals. Das interessierte ihn überhaupt nicht. Er meinte, ich solle mich nicht so aufplustern. Zudem stünden sie mit ihrer Forschung kurz vor dem ganz grossen Durchbruch. Bald würden sie im Geld schwimmen und er zahle Gloria die paar Franken zurück. Die paar Franken sehen wir jetzt nie wieder … Wenn Sie keine weiteren Fragen mehr haben, ich muss noch ein paar wichtige Telefonate erledigen. Vielleicht kann ich weitere Engagements organisieren.»

«Im Moment nicht, vielen Dank.»

Draussen wurden sie von der Mitarbeiterin aufgehalten.

«Ich habe Ihnen noch ein paar Cookies eingepackt, Herr Ferrari.»

«Oh, wie lieb. Herzlichen Dank.»

«Es wäre doch schade, wenn ich sie wegwerfen müsste … Das ist schrecklich mit Herrn Krull. Ich hoffe, dass Gloria darüber hinwegkommt. Sie hat ihn wirklich geliebt.»

«Die Zeit heilt alle Wunden, wie man so schön sagt.»

«Hoffentlich auch alle Stimmbänder, sonst muss ich mir eine neue Stelle suchen. Und das wäre schade, denn es gefällt mir hier. Ich kann meine Sprachkenntnisse richtig gut einsetzen, Sprachen sind mein zweites Hobby.»

«Wie viele Sprachen sprechen Sie?»

«Fünf. Nicht alle perfekt, aber unterhalten kann ich mich gut. Im Moment lerne ich Japanisch … Manchmal war es mir unangenehm, hier im Vorzimmer zu sitzen.»

«Warum? Sie sagten doch, Sie arbeiten gern hier.»

«Weil Volker und Gloria öfters stritten, meistens wegen Krull. Am Schlimmsten war das Gespräch, das Volker mit Krull unter vier Augen führte.»

«Hier in der Agentur?»

«Ja. Vor etwa einem Monat stürmte Krull an mir vorbei und riss die Tür zu Volkers Büro auf. Ich konnte gar nicht reagieren. Der Professor legte sofort los: ‹Wie kannst du es wagen, Gloria den Geldhahn zuzudrehen? Was glaubst du, wer du bist? Sie verdient das Geld, nicht du.› Volker blieb ganz ruhig und erklärte ihm, dass sie pleite seien und dass es die Schuld des Professor sei.»

«Wie reagierte Krull darauf?»

«Ich … Ich möchte nicht darüber sprechen.»

«Es ist wichtig.»

«Er lachte hysterisch und meinte, falls es wirklich stimme, würde er sich eine andere suchen. Es wäre sowieso eine Tortur, jede Nacht … jede Nacht einen Walfisch zu besteigen. Volker drehte vollkommen durch, ich habe ihn noch nie so erlebt. Er schlug Krull die Faust mitten ins Gesicht. Ich ging sofort dazwischen … Das war wirklich schlimm.»

«Wehrte sich Krull?»

«Nein. Er bekam richtig Angst und kroch auf allen Vieren zum Ausgang, während ich Volker zurückhielt. Das war das Schlimmste, was ich hier je erleben musste … Wenn Sie wieder einmal Lust auf Süsses haben, können Sie mich jederzeit anrufen.»

«Ich nehme Sie beim Wort. Vielen Dank für die Cookies.»

«Treffen wir auch mal jemanden, der etwas Positives über Krull sagt?»

«Wohl eher nicht.»

«Blaser hat ein Motiv.»

«Allerdings. Durch Krulls Tod wird er einen Konkurrenten los und die finanzielle Lage stabilisiert sich. Nur, er hat ein Alibi. Er war zur Tatzeit mit Conny zusammen. Ich glaube nicht, dass die beiden lügen. Wir sollten uns auf Reber konzentrieren. Er besitzt kein Alibi und war in der Nähe.»

«Ich lasse ihn durchleuchten. Wen nehmen wir uns als Nächsten vor?»

«Unser zweiter Fall ruft. Wir machen einen Abstecher zu den Mettlers.»

Nadine schaute in den Rückspiegel und blinkte.

«Die verdammten Velofahrer. Die kennen gar nichts, glauben, dass ihnen die Welt gehört. Und seit es die elenden E-Bikes gibt, kannst du gar nicht mehr einschätzen, wie schnell sie unterwegs sind. Hast du den Alten gesehen? Ich hätte ihn beinahe gerammt.»

«Mir ist übel.»

«Was?!»

«Ich glaube, mir kommen die Cookies hoch.»

«Raus aus dem Auto! Sofort! Du ruinierst mir nicht den Wagen, den Gestank kriege ich nicht mehr raus. Auf was wartest du?»

«War ein kleines Scherzchen. Ich überlege sogar, ob ich mich nicht über die Tüte hermache …»

Nadine liess kopfschüttelnd den Motor aufheulen und startete durch.

Sophie und Ernst Mettler sassen im Garten, der von der Strasse aus gut einsehbar war. Ferrari klopfte pro forma. Als Sophie Mettler die Besucher bemerkte, stand sie auf und kam ihnen entgegen.

«Entschuldigen Sie, dass wir unangemeldet vorbeikommen. Ich heisse Ferrari.»

«Das freut mich jetzt aber sehr. Sie sind der Mann von Monika.»

«Ja, genau und das ist meine Kollegin Nadine Kupfer.»

«Setzen Sie sich bitte zu uns. Was darf ich Ihnen anbieten?»

«Gern ein Glas Wasser, am liebsten ohne Kohlensäure.»

Ernst Mettler ging ins Haus und kam kurze Zeit später mit einer Flasche und zwei Gläsern zurück.

«Vielleicht hat Frau Mettler noch etwas Süsses für dich», stichelte Nadine.

«Das muss nicht sein.»

«Sie haben Glück. Ich habe heute früh einen Marmorgugelhopf gebacken. Möchten Sie ein Stück davon?»

«Nur ein klitzekleines zum Probieren.»

Eine Minute später schwebte der Kommissär auf Wolke sieben.

«Hervorragend! Mein Kompliment. Du solltest ihn probieren, Nadine.»

«Nein, danke. Ich bin total satt. Wir wurden nämlich bei unserem vorigen Besuch mit Cookies vollgestopft.»

«Ach so, das verstehe ich. Früher backte ich oft für Ernst, doch leider hat er seit drei Jahren Diabetes und muss aufpassen. Deshalb gibt es meist nur noch einen Kuchen, wenn wir Besuch erwarten. Heute sollten unsere Tochter und die beiden Enkelkinder vorbeikommen, der Gugelhopf war für sie gedacht.»

Ferrari verschluckte sich und bekam einen nicht enden wollenden Hustenanfall.

«Vor einer halben Stunde meldete sich Tina ab, ihr Jüngstes ist krank», ihre Stimme klang traurig. «Ich bin froh, dass er Ihnen schmeckt. Noch ein Stück?»

«Gern, er ist wirklich köstlich.»

«Monika meinte, Sie können uns helfen. Nur weiss ich nicht, wie.»

«Da mein Chef anderweitig beschäftigt ist, übernehme ich kurz. Können Sie uns erzählen, wie das Ganze ablief?»

«Selbstverständlich. Ariel Wagner ist unsere Ansprechperson bei der Bank. Leider, muss ich sagen. Bei jedem Besuch liess er uns nämlich wissen, dass wir uns das Haus gar nicht leisten können, unsere Renten seien zu niedrig. Er empfahl uns, zu verkaufen und in eine Wohnung zu ziehen.»

«Das störte uns sehr. Wir beschlossen, die Bank zu wechseln.»

«Dann beichtete Tina uns, dass sie bis zum Hals in Schulden steckt. Dazu muss ich etwas ausholen: Robert, ihr Ex-Mann, besass eine kleine Druckerei. Nichts Grosses. Er stellte Visitenkarten, Prospekte und andere Drucksachen her. Nach der Scheidung fiel er in ein Tief. Die Kleindruckerei lief nicht mehr, letzten Endes musste er sie schliessen. Dabei verlor er viel Geld. Kurz darauf tauchte Robert ab. Und weil Tina an der Druckerei beteiligt war, hielten sich die Gläubiger an sie.»

«Eine Viertelmillion! Wir versuchten, Robert zu finden, ohne Erfolg. So blieb uns nichts anderes übrig, als mit Ariel Wagner zu sprechen. Er war überraschenderweise sehr zuvorkommend. Er bot an, unser Haus mit einer zweiten Hypothek zu belehnen. Das war für uns in Ordnung.»

«Hat er nach dem Verwendungszweck gefragt?»

«Nein. Aber wir erzählten ihm, wofür wir das Geld benötigen.»

«Sie unterschrieben also den Vertrag und erhielten das Geld.»

«Ja. Das Geld überwiesen wir dann an Tina. Sie war überglücklich, endlich konnte sie ihre Schulden zurückzahlen.»

«Und jetzt will die Bank ihr Geld zurück.»

«Wir sind mit den Hypothekarzinsen im Rückstand und können auch die vereinbarte Amortisation nicht leisten, eine sehr unangenehme Situation.»

«Daran bin ich schuld.»

«Nein. Es war meine Entscheidung. Sophie musste operiert werden», erklärte Ernst Mettler. «Ich wollte unter gar keinen Umständen, dass sie das Zimmer mit anderen teilen muss. Da wir nicht privat versichert sind, zahlten wir die Differenz zu einem Einzelzimmer selbst.»

«Ich war von Anfang an dagegen. Dann kam es erst noch zu Komplikationen und ich musste länger als geplant im Spital bleiben.»

«Herr Wagner teilte uns dann mit, dass er die zweite Hypothek auf unserem Haus kündigen müsse, weil wir nicht bezahlen können. Wir beteuerten Herrn

Wagner, dass es sich nur um einen kurzfristigen Engpass handelt, doch er konnte nichts machen. So ist das eben, wenn man sich mit Banken einlässt. Man sitzt immer am kürzeren Hebel. Die Abhängigkeit ist erschreckend.»

«Allerdings. Das ganze System ist fragwürdig. Wer hundert Millionen Schulden hat, bekommt eher einen weiteren Kredit als zwei Pensionierte auf ihr Haus.»

«Wagner meinte, es sei ein optimaler Zeitpunkt, um das Haus zu verkaufen. Es herrsche Goldgräberstimmung. Wir würden bestimmt eine Million dafür kriegen. Nach Abzug der Hypothek bliebe sogar noch etwas übrig.»

«Es ist definitiv. Wir verkaufen das Haus, auch wenn es sehr schmerzt.»

«Bitte warten Sie noch ein wenig zu», entgegnete Ferrari. «Es gibt einige Ungereimtheiten, denen wir nachgehen möchten. Vom Ex-Mann Ihrer Tochter haben Sie nie mehr etwas gehört, oder?»

«Leider nein. Wir fanden ihn immer sehr nett, aber Tina konnte nicht mehr mit ihm zusammenleben. Vermutlich ist da ein anderer Mann im Spiel.»

«Das wissen wir nicht, Sophie.»

«Ich kenne meine Tochter. Ich hätte nur nicht gedacht, dass sich Robert so fies verhalten würde. Er erzählte uns immer, wie gut seine Kleindruckerei läuft… Tja, so kann man sich in einem Menschen irren. Möchten Sie noch ein Stück Kuchen?»

«Nein, danke, sonst platze ich. Er ist wirklich hervorragend.»

«Wie geht es jetzt weiter?», erkundigte sich Ernst Mettler.

«Wir unterhalten uns mit Ihrer Tochter sowie mit Herrn Wagner und versuchen, Robert Ruf aufzutreiben. Es kann nicht sein, dass die ganzen Schulden an Ihrer Tochter hängenbleiben.»

«Hoffentlich sind Sie erfolgreich. Wunder geschehen ja immer wieder.»

«Dein Wort in Gottes Ohr, Sophie. Vermutlich müssen wir aber in den sauren Apfel beissen und unser Haus verkaufen. So haben wir uns unsere letzten Jahre nicht vorgestellt.»

«Bist du jetzt endlich satt?»

«Im Moment schon.»

«Heute gibts nichts mehr Süsses. Wo ist die Tüte mit den Cookies?»

«Unter dem Sitz.»

«Her damit.»

Der Kommissär händigte sie Nadine unter Protest aus.

«Du bist sowas von peinlich. Stopfst dich überall mit Süssigkeiten voll. Du geniesst es nicht einmal. Was auf dem Teller liegt, verschwindet orkanartig in deinem Schlund.»

«Ich hätte einen Kaffee vertragen können.»

«Um den Gugelhupf runterzuspülen? Echt jetzt?!»

«Was machst du mit der Tüte?»

«Ich lege sie in den Kofferraum.»

«Hm. Da stimmt einiges nicht. Zuerst hilft Wagner den Mettlers, ohne zu fragen, was sie mit dem Geld machen. Und jetzt will er die zweite Hypothek kündigen.»

«Vielleicht sitzt ihm die interne Aufsicht im Nacken.»

«Oder es steckt etwas anderes dahinter. Vielleicht will sich die Bank das Haus unter den Nagel reissen.»

«Klingt plausibel. Doch das wird ihr nicht gelingen. Diesen Wagner nehmen wir auseinander.»

«Das überlassen wir Anita. Wenn sie mit ihm fertig ist, gibt er sogar den Mord an Krull zu.»

«Einverstanden. Ich rufe sie an, und Stephan auch. Er soll die Adresse von Robert Ruf herausfinden.»

«Was versprichst du dir davon?»

«Es geht ums Prinzip. Dieser Typ kommt mir nicht ungeschoren davon. Lässt seine Frau mit zwei Kindern einfach sitzen …»

«Ex-Frau und sie liess ihn sitzen.»

«Das gibt ihm noch lange nicht das Recht, Tina in eine Schuldenfalle laufen zu lassen. Der Dominoeffekt geht ja noch weiter. Sollen Sophie und Ernst Mettler wirklich ihr geliebtes Haus verlieren?»

«Natürlich nicht.»

«Der zahlt Franken um Franken zurück.»

«Du kannst ihm ja Jake auf den Hals hetzen.»

«Eine super Idee. Dafür kriegst du ein Cookie.»

«Grosszügig.»

«So machen wir es ab jetzt: Jedes Mal, wenn du eine gute Idee hast, kriegst du von Mami ein Gutigu-ti. Nur befürchte ich, bei den wenigen Geistesblitzen wirst du davon bestimmt nicht satt.»

«Hm.»

Miranda Widmer bat um ein Treffen auf dem Kommissariat. Weder zu Hause noch in der Klinik sei der richtige Ort dazu. Da sich Nadine und Ferrari etwas verspäteten, nahm sich Jakob Borer der Besucherin an. Der Erste Staatsanwalt unterhielt sich prächtig, wie es schien.

«Bitte entschuldigen Sie, Frau Widmer. Wir wurden aufgehalten.»

«Das macht doch nichts. Ich habe mich mit Herrn Borer ganz ausgezeichnet unterhalten. Es hat mich sehr gefreut, Sie kennenzulernen.»

«Ganz meinerseits. Wenn Sie mich benötigen, hier ist meine Visitenkarte.»

«Vielen Dank.»

Ferrari führte Miranda Widmer in sein Büro.

«Möchten Sie einen Kaffee oder lieber Mineralwasser?», fragte Nadine.

«Danke, das ist nicht notwendig. Ich wollte mich bei Ihnen melden, bevor Sie mich vorladen.» Der Kommissär schwieg und so fuhr sie fort: «Sie wollen bestimmt wissen, wie meine Beziehung zu Reto war. Was soll ich sagen … sie war rein sexueller Natur.»

«Seit wann hatten Sie eine Affäre?»

«Sie begann vor ungefähr einem Jahr. Mein Mann war auf einem Ärztekongress. Reto ging nicht mit und lud mich zum Essen ein. Das hätte ich ablehnen sollen. Ich wusste genau, was er wollte. Damit uns niemand sieht, fuhren wir nach Liestal in ein Hotel. Meine Kinder übernachteten an diesem Abend bei meinen Eltern.»

«Verliebten Sie sich in Krull?»

«Was für eine Frage! Natürlich nicht. Es ging nur um Sex. Reto war süchtig und ich vermisste den Sex. Nach der Geburt unserer beiden Kinder verloren Luzius und ich jegliches sexuelle Interesse aneinander. Ich kann Ihnen nicht einmal erklären, weshalb. Es gab keinerlei Streit. Nichts, es war einfach so. Man könnte von einem stillen Übereinkommen sprechen. Luzius schläft seit dieser Zeit in einem unserer Gästezimmer. Mit Reto blühte ich wieder so richtig auf, doch nach neun Monaten trennten wir uns.»

«Ging die Trennung von Ihnen aus?»

«Ja. Das Risiko wurde mir zu gross. Als ich eines Abends meinen Mann in der Klinik abholen wollte, musste ich auf ihn warten. Reto zog mich in sein Büro. Beinahe hätte uns Luzius erwischt. Ich konnte mich gerade noch rechtzeitig durch die hintere Tür verdrücken.»

«Kam bei Ihrem Mann nie ein Verdacht auf?»

«Das weiss ich nicht. Vielleicht bemerkte er bei diesem Zwischenfall etwas, aber er sprach mich nicht darauf an. Reto versuchte es danach noch ein paar Mal, doch ich liess ihn abblitzen. Ich will mich nicht von Luzius trennen, wir harmonieren ansonsten sehr gut.»

«Am Geburtstagsfest von Frau Hunger stritten Sie mit Krull. Um was ging es?»

«Das ist richtig, Frau Kupfer. Ich war total sauer, weil Volker dieses junge Flittchen mitbrachte. Ich wusste genau, was er vorhatte. Ein Blick auf Reto bestätigte meine Befürchtungen. Ich nahm ihn zur Seite und forderte ihn auf, sich um Gloria zu kümmern. Danach knüpfte ich mir dieses junge Ding vor. Genutzt hat es nichts.»

«Könnte es nicht sein, dass Sie eifersüchtig wurden?»

«Nein. Ich war mit Reto fertig. Seine Bettgeschichten waren mir egal, ich war zu keinem Zeitpunkt in ihn verliebt. Doch ich fürchtete mich vor seiner Unberechenbarkeit. Er fühlte sich unantastbar. Ein König, dem niemand das Wasser reichen konnte. Was, wenn er in einem Streit mit Luzius unser Verhältnis erwähnen würde? Ich durfte gar nicht daran denken.»

«Stritten sich die beiden oft?»

«In der letzten Zeit fast jeden Tag. Reto war gar nicht mehr in der Lage, seine Forschungen zu betreiben. Luzius trieb sie voran, was unheimlich an seinen Kräften zehrte. Er forderte Reto auf, eine Entziehungskur zu machen, doch Reto lachte ihn nur aus. Bei einem Streit, in dem es ziemlich zur Sache ging, war ich dabei. Ich zitterte die ganze Zeit über und hoffte inständig, dass er mich nicht als Joker in Spiel bringen würde. Daran dachte er glücklicherweise nicht, oder aber er hatte noch einen letzten Funken Anstand.»

«Wann war das?»

«Vor ein paar Wochen, nach einem Gespräch mit dem Mann einer Patientin. Der Name ist mir entfallen.»

«Anton Eisner.»

«Ja, genau! Reto zeigte keinerlei Einsicht. Das Gespräch endete damit, dass Luzius Reto drohte.»

«Womit?»

«Er sagte ihm klipp und klar, dass es noch andere Forscher gäbe, die seine Arbeit weiterführen könnten.»

«Aber Krull gehört ein Drittel der Firma.»

«Richtig. Mein Mann weiss einiges über Reto, immer wieder musste er schlichten. Luzius drohte ihm, dieses Wissen gegen ihn zu verwenden. Er wollte eine dritte Person mit ins Boot holen, nicht als Partner, sondern als Forscher.»

«Und damit konnte sich Krull nicht abfinden.»

«Doch. Reto nannte selbst einige Kandidaten, mit denen er sich vorstellen konnte, zusammenzuarbeiten. Aber mein Mann hatte seine Wahl bereits getroffen.»

«Wer ist der Auserwählte?»

«Es ist eine sie. Sie heisst Susanne Schönbichler.»

«Die Professorin, die wegen ihrem Verhältnis mit einem Studenten ihren Job an der Uni verlor?»

«Sie kennen Sie? Sie verlor ihn wegen Reto. Ich war ziemlich überrascht, dass mein Mann ausgerechnet diese Person ausgewählt hatte. Reto schaute Luzius perplex an und sagte ganz ruhig: ‹Jede, nur die dumme Schlampe kommt mir nicht in die Klinik.› Luzius argumentierte vor- und rückwärts, lobte ihre überragenden Fähigkeiten, meinte, Susanne sei sehr interessiert und zu einer Aussprache bereit. Nur so könne man das Vergangene abschliessen. Reto griff mit finsterer Miene zum iPhone und stellte eine Nummer ein. Es war die von Susanne Schönbichler, wie sich herausstellte. Er brüllte ins Telefon: ‹Ist es dir gelungen, meinen Partner um den Finger zu wickeln? Schlaft ihr zusammen? Nein, das glaube ich nicht. Wer will schon mit einem Brett bumsen. Eines sage ich dir – du Schlampe kommst mir nicht ins Labor, solange ich etwas zu sagen habe.› Dann drückte er sie weg. Ich glaube, sie konnte kein einziges Wort erwidern. Hysterisch lachend verliess Reto das Büro.»

«Wie reagierte Ihr Mann darauf?»

«Er rief Susanne an und entschuldigte sich. Sie vereinbarten, dass er nochmals mit Reto sprechen und sich danach wieder bei ihr melden würde.»

«Wann war das?»

«Am vergangenen Freitag. Ich glaube, dieses Gespräch zwischen ihm und meinem Mann fand nicht mehr statt.»

«Wer hat Krull ermordet?»

«Da kommen einige infrage: Volker Blaser, doch er war an der Geburtstagsparty und kann es daher nicht gewesen sein, Anton Eisner und nicht zu vergessen Lisa Brunner.»

«Den Fall kennen wir. Wissen Sie, wo Sie sich befindet?»

«Erst kürzlich schrieb sie Luzius eine Postkarte aus Teneriffa. Sie arbeitet anscheinend dort in einem Spital und ist mit einem Arzt liiert... Ah ja, eine Mutter könnte es auch gewesen sein... Der Name fällt mir grad nicht ein. Ihre Tochter ist bei Luzius in Behandlung. Als wir in den Staaten waren, benutzte Reto das Mädchen für seine Versuche.»

«Rita Zuber.»

«Ja, richtig. Sie sind gut informiert. Es gibt noch weitere Fälle, doch da kenne ich keine Namen. Fragen Sie Luzius.»

«Tut es Ihnen leid, dass Reto Krull tot ist?»

Miranda Widmer dachte einen Moment nach.

«Nein. Das mag hart klingen, entspricht aber der Wahrheit. Ich bin sogar froh darüber. Eines Tages hätte Luzius von unserer Affäre erfahren, ich konnte Reto einfach nicht trauen. Auch im geschäftlichen Bereich war er eine tickende Zeitbombe. Luzius konnte ja nicht immer auf ihn aufpassen. Irgendwann wäre es zu einem riesigen Skandal gekommen, im schlimmsten Fall zum Tod einer Patientin oder eines Patienten als Folge der verabreichten Medikamente.

Ich darf gar nicht daran denken, welche Lawine dann auf uns zugerollt wäre.»

«Dann gehören Sie oder Ihr Mann ebenfalls zu den Verdächtigen.»

«Wir waren am Geburtstagsfest von Gloria. Na ja, durch das Verhalten von Reto und Volker glich es eher einer Beerdigung. Wenn Sie jemanden von uns verdächtigen, dann mich. Ich bin zu allem fähig, um meine Familie zu beschützen. Mein Mann hingegen ist durch und durch Mediziner. Für ihn zählt nur eins: Das Leben von Menschen zu retten.»

«Was ihm hoffentlich mit der Unterstützung von Susanne Schönbichler gelingen wird.»

«Das wünsche ich ihm von ganzem Herzen.»

«Vielen Dank, dass Sie sich Zeit genommen haben. Soll ich Sie zum Ausgang begleiten?»

«Nicht nötig, ich finde den Weg, Herr Ferrari.»

«Die ist mir nicht geheuer.»

«Mir gefällt sie. Eine starke Frau, sie würde für ihre Familie über Leichen gehen.»

«Ich weiss nicht … Da fällt mir was ein.»

«Ui! Die Cookies liegen noch im Auto.»

«Das kannst du später nachholen. Muss ich dann jedes Mal Männchen machen und hecheln?»

«Wir wollen es nicht übertreiben. Also sag schon, an was denkst du?»

«Reber sagte, dass ihm eine Krankenschwester begegnet sei, die ihren Nachtdienst antrat. Es könnte doch auch eine Professorin gewesen sein, die sich ihre grosse Chance nicht entgehen lassen wollte.»

«Ja, genau! Dafür kriegst du zwei Cookies.»

«Wofür? Und wieso Cookies?», Staatsanwalt Jakob Borer blickte irritiert in die Runde.

«Das ist unsere neue Abmachung, Herr Staatsanwalt. Jedes Mal, wenn Francesco eine geniale Idee hat, bekommt er ein Cookie.»

«Ist er nicht schon dick genug?»

«Also, ich muss schon bitten.»

«Das ist eine Diät. Er darf nur noch Süsses essen, wenn Monika oder ich es ihm erlauben. So haben wir ihn unter Kontrolle. Und um sein Gehirn zu aktivieren, haben wir die Hürde mit der Idee eingebaut.»

«Und das ist mein bestes Team! Gute Nacht, Basel!», Borer schaute den Kommissär kopfschüttelnd an und verliess das Büro.

«Wann lernt er endlich, anzuklopfen?», wandte sich Nadine an ihren Chef.

«Nie. Der ändert sich nicht mehr. Lass uns noch bei Olivia vorbeifahren, bevor wir für heute Schluss machen. Ich will wissen, was sie mit Widmer besprochen hat. Ich rufe sie kurz an, nicht dass wir vor verschlossenen Türen stehen.»

Olivia nahm gut gelaunt ab, säuselte, sie und Eberhard seien gerade nach Hause gekommen und sie freue sich wahnsinnig auf seinen Besuch.

«Und immer schön brav bleiben. Keine Provokationen, sonst landest du wieder im Pool.»

«Jaja. Die wird von Tag zu Tag unberechenbarer. Ist dieser Eberhard… Wie heisst er mit Nachnamen?»

«Moser.»

«Ist dieser Moser ihr neuster Lover?»

«Wenn du das fragst, garantiere ich für nichts.»

«Es würde mich schon interessieren. Das smarte Bürschchen ist sicher zwanzig Jahre jünger.»

«Ich sehe, wir werden einen spannenden Ausklang des Arbeitstags erleben.»

Olivia sass mit Eberhard am Pool. Als sie den Kommissär und Nadine sah, winkte sie wie verrückt. Ferrari nahm einen Stuhl und rückte ihn weg vom Pool.

«Oh, mein Schatzilein ist vorsichtig. Keine Angst, ich tue dir nichts.»

«Das kann sich bei dir schlagartig ändern.»

«Wirklich? Aber nicht doch.»

Sie zupfte ihm am Ohr.

«Lass das. Das hasse ich.»

«Deshalb mache ich es ja. Ein Glas Champagner zur Feier des Tages?»

«Gern.»

«Für mich lieber einen Kaffee. Ich muss Francesco noch heimfahren.»

«Sehr seriös von dir, Nadine. Wie lautet die alles entscheidende Frage, Francesco?»

«Wart ihr erfolgreich?»

«Auf allen Ebenen. Luzius war sofort mit unserem Vorschlag einverstanden.»

«Du hast ihm den Verkauf seiner Anteile ja auch vergoldet. Das hätten wir billiger kriegen können.»

«Höre ich da eine leise Kritik, Eberhard?»

«Es wird sich zeigen, ob die Medikamente wirklich so gut sind. Wenn wir die Zulassung erhalten, wars ein gutes Geschäft.»

«Können Sie schwimmen?»

«Für den Swimmingpool reichts, Frau Kupfer», antwortete Eberhard leicht pikiert.

«Jetzt bitte der Reihe nach: Hast du die Mehrheit der Firma übernommen?»

«Ja und ich bin sehr zuversichtlich. Die Tests waren allesamt erfolgreich.»

«Mit gewissen Einschränkungen.»

«Musst du den Miesepeter spielen? Luzius wird sich dem Problem annehmen. Das war zusammen mit Reto nicht möglich. Der duldete weder Kritik noch Widerspruch. Es gibt einen weiteren Grund, warum ich vom Erfolg überzeugt bin: Luzius brachte seine neue Partnerin mit, sie heisst Susanne Schönbichler. Sie macht einen wirklich guten Eindruck.»

«Das wundert mich nicht.»

«Du kennst sie?»

«Wir sind ihr einmal begegnet.»

«Möchtest du noch ein Glas Champagner, Schätzchen?»

«Gern. Er ist hervorragend.»

«Für dich ist nur das Beste gut genug. Warum wundert es dich nicht, dass mir Susanne gefällt?»

«Du kennst bestimmt ihre Geschichte.»

Nadine stand Ferrari auf den Fuss.

«Sie wurde entlassen, weil sie etwas mit einem ihrer Studenten hatte. Darauf willst du doch hinaus?»

«Exakt. Du stehst auf solche Geschichten.»

«Sprich es ruhig aus. Ich stehe auf solche Geschichten, weil ich selbst auf junge Männer stehe.»

«Das habe ich nicht gesagt.»

«Glaubst du, dass ich mit Eberhard ein Verhältnis habe?»

«Das weiss ich nicht. Es geht mich auch nichts an und es interessiert mich nicht.»

Ferrari füllte sich nochmals das Glas und trank den Champagner in zwei Zügen aus.

«Bleibt Widmer beteiligt?», versuchte Nadine das Thema zu wechseln.

«Ja, aber uns gehört die Mehrheit der Firma sowie die Immobilie auf dem Bruderholz inklusive der Klinik.»

«Die Verhandlung ging ziemlich rasch über die Bühne. Belastete es ihn nicht sehr, sein Lebenswerk aus der Hand zu geben?»

«Doch. Aber er sah die Vorteile. Er wird schneller und besser vorankommen, wenn wir mit im Boot sind.»

«Ein überzeugendes Argument war die Sammelklage, die auf ihn zukommt. Allein hätte er die nicht bewältigen können.»

«Wie sieht Ihre Taktik aus, Herr Moser?»

«Wir werden versuchen, uns mit dem Anwalt aussergerichtlich zu einigen. Es ist bestimmt niemand an einem langen Prozess interessiert. Einige der Kläger sind in einem Alter, in dem sie das Geld bestimmt gut gebrauchen können.»

«Schön gesagt, Eberhard. Im Klartext heisst das, sie gehen demnächst über den Jordan. Wenn sie noch etwas davon haben wollen, sind sie gut beraten, einzulenken. Eigentlich spielte uns alles in die Karten: Der Tod von Reto, die Kläger, die Luzius im Nacken sitzen, und last but not least die geplante Zusammenarbeit mit Susanne Schönbichler. Die beiden sind nun ganz ungestört, ein süsses Paar.»

«Haben die beiden ein Verhältnis?»

«Das interessiert dich wieder … Noch ein Glas?»

«Nein, danke.»

«So verliebt, wie sie ihn die ganze Zeit anschaute, ist es naheliegend. Wobei sie im Vergleich mit Miranda eine graue Maus ist.»

«Das Aussehen ist nicht immer entscheidend.»

«Wie meinst du das, Schatzilein?»

«Francesco meint gar nichts. Wir gehen jetzt. Los, aufstehen.»

«Warum? Was habe ich jetzt wieder falsch gemacht? Man darf doch noch die Wahrheit sagen. Schau dir Olivia an. Sie wäre früher problemlos als Fotomodel durchgegangen.»

«Danke, das ist lieb von dir.»

«Trotzdem liess sie sich mit diesem unscheinbaren Gnom ein. Wo die Liebe hinfällt, schaltet das Gehirn aus.»

«Aufstehen, wir gehen jetzt.»

Nadine zog den Kommissär vom Stuhl hoch.

«Lass dich zum Abschied herzen», Olivia umarmte und küsste Ferrari auf den Mund. «Das ist dafür, dass du mich als schöne Frau bezeichnest … Und das», sie versetzte dem Kommissär einen so kräftigen Stoss, dass er erneut im Pool landete, «dafür, dass ich eine hirnlose Tussi bin.»

«Ich habe dich gewarnt», achselzuckend setzte sich Nadine in den Porsche.

«Die spinnt doch vollkommen. Ich wäre beinahe mit dem Kopf auf den Beckenrand geknallt.»

«Immerhin besitzt du jetzt bereits einen zweiten Designermorgenmantel. Von wem ist er?»

«Versace. Der andere fühlte sich weicher an.»

«Es wird langsam zum Running Gag. Fehlt nur noch, dass wir in eine Polizeikontrolle geraten.»

«Sie hat was mit diesem Eberhard, sonst wäre sie nicht so sauer geworden.»

«Und wenn schon, konzentrieren wir uns lieber auf unseren Fall. Vielleicht wusste Widmer vom Verhältnis seiner Frau mit Krull und plante zusammen mit Susanne Schönbichler den Mord an ihm.»

«Klingt logisch. So können die zwei ungestört zusammenarbeiten … Hatschi!»

«Gesundheit!»

«Ich habe mich erkältet. Das ist Olivias Schuld. Wenn wir das nächste Mal bei ihr sind, packe ich sie und werfe sie in den Pool. Meine Rache wird süss.»

«Für diese Idee bekommst du kein Cookie.»

«Will ich auch nicht. Ich bin satt, bis oben hin. Der Champagner hat mir den Rest gegeben.»

«Das wird Monika freuen.»

«Mist! Dreh um. Wir haben Olivia nicht gefragt, ob Anitas Mann an den Jubiläumsanlass darf.»

«Ich sehe sie morgen Nachmittag, während du mit ihren Schwestern im Les Trois Rois flirten wirst. Ich frag sie dann.»

«Das hätte ich beinahe vergessen. Um fünf, oder?»

«Genau. So, da sind wir. Bitte aussteigen.»

«Kommst du noch mit rein?»

«Gern. Monikas Reaktion lass ich mir nicht entgehen.»

Monika starrte zuerst ihren Partner an und schaute dann fragend zu Nadine.

«Wir waren kurz bei Olivia. Der Morgenmantel ist von Versace und nicht ganz so weich wie der andere.»

«Ich sage besser nichts dazu. Zieh dich um, wir können in einer halben Stunde essen.»

«Ich habe keinen Hunger.»

«Weil er sich den ganzen Tag mit Cookies und Kuchen vollstopft, dazu trinkt der Herr Champagner.»

«Wie bitte? Obwohl ich weiss Gott genug anderes zu tun habe, nehme ich mir die Zeit, um für uns zu kochen, und du isst den ganzen Tag ungesundes Zeug. Am liebsten würde ich das Essen in die Biotonne werfen.»

«Ich bin auch noch da. Was gibts Feines?», erkundigte sich Nadine.

«Baked Potatoes mit Quark, dazu etwas vom Grill und einen gemischten Salat.»

«Dafür musstest du nicht lange in der Küche stehen.»

«Was hast du gesagt?»

«Nichts. Ich gehe duschen. Fangt ruhig ohne mich an.»

Als Ferrari in den Garten kam, waren die beiden Damen bereits am Essen.

«Es ist wirklich gut. Du solltest probieren.»

«Nein, danke. Ich fühle mich nicht wohl.»

«Kein Wunder bei deiner Ernährung.»

«Das kommt nie mehr vor, Monika.»

«Wir werden sehen. Warum provozierst du Olivia immer wieder? Du weisst doch, wie empfindlich sie reagiert.»

«Ich sage nur die Wahrheit. Offenbar bin ich der Einzige, der das tut. Sie scharrt ja lauter Schleimer um sich.»

«Du siehst dich also als Märtyrer.»

«Es ist an der Zeit, dass sie von ihrem hohen Ross runtersteigt. Du müsstest diesen jungen Notar sehen – ihr neuster Lover.»

«Wir wissen nicht, ob er das ist.»

«Von wegen! Ihre Reaktion sprach Bände. Wenn sie ihn anschaut, stammelt er nur noch. Nur weil Olivia über ein paar Milliarden verfügt, glaubt sie, sie sei was Besseres. Sie tut so, als hätte sie den Vischer-Konzern gegründet, dabei hat sie nur geerbt. Wo ist da bitte die Leistung?»

«Oje. Ich freue mich schon auf die nächste Begegnung mit Olivia. Wo möchtest du beerdigt werden?», erkundigte sich Nadine.

«Du denkst wie ich. Nur getraust du dich nicht, es auszusprechen.»

«Was soll das heissen? Hältst du mich für eine Schleimerin?»

«Das habe ich nicht gesagt.»

«Indirekt schon. Du bist der grosse Held, der sich mit Olivia anlegt. Wir anderen sind Kriecher.»

«Nein … Ich meine ja … Du verdrehst meine Worte.»

«Immerhin weiss ich jetzt, wie du von mir denkst.»

«Das stimmt so nicht.»

«Jede weitere Diskussion ist sinnlos. Du machst es nur noch schlimmer. Ich bin sehr enttäuscht von dir.»

«Hm … Ich gehe dann wohl besser ins Arbeitszimmer.»

Wie ein geschlagener Hund schlich Ferrari davon.

«Das war etwas hart.»

«Er wirds verkraften.»

«Nimmst du noch Champagner?»

«Ja, sehr gern. Danke. Wir besuchten heute die Mettlers. Dieser Ariel Wagner ist ein Gauner. Wir wissen zwar noch nicht, welches Ziel er mit seinen Spielchen verfolgt. Aber eins ist sicher, da ist ziemlich viel faul.»

«Hoffentlich bekommt ihr raus, was da gespielt wird. Es geht ja nicht nur um die Existenz von Sophie und Ernst Mettler, sondern auch um die von Tina und ihren Kindern.»

«Anita Kiefer, sie ist Wirtschaftskommissärin, lädt Wagner vor. Der wird ihr nicht standhalten.»

«Darauf trinken wir noch ein Glas.»

«Nur, wenn ich nochmals bei euch übernachten darf.»

«Selbstverständlich. Es hängen jede Menge Jeans und Blusen in meinem Schrank.»

Während die beiden Frauen plauderten, streckte sich der Kommissär auf der Couch aus. Puma leistete ihm Gesellschaft. In seinem Magen gluckste es ununterbrochen. Ich muss unbedingt aufhören, mich mit Süssem vollzustopfen. Aber ich werde auch in Zukunft zu meiner Überzeugung stehen und lasse mich weder von Monika noch von Nadine oder Olivia unterbuttern. Und morgen stelle ich klar, dass mir Nadine nicht immer die Sätze im Mund umdrehen soll. Sie ist keine Kriecherin, nur manchmal zu diplomatisch. Ferrari gähnte und rückte ein Kissen zurecht. Sekunden später tauchte er ins Reich der Träume ab. Gegen

Mitternacht fand ihn Monika laut schnarchend auf der Couch, er hatte es nicht mehr ins Schlafzimmer geschafft.

Ferrari rieb sich den schmerzenden Nacken. Autsch! Das Übernachten auf dem Sofa darf nicht zur Gewohnheit werden. Gähnend trat er mit dem allmorgendlichen Kaffee in den Garten. Einfach herrlich am frühen Morgen, wenn die Welt noch schläft. Naja, zumindest ein Teil davon.

«Guten Morgen, Schatz», begrüsste ihn Monika und küsste ihn zärtlich. «Ich soll dir von Nadine ausrichten, dass sie noch einen Arzttermin hat. Sie kommt ein wenig später ins Büro.»

«Ist sie krank?»

«Nein, nein. Es ist eine normale Routineuntersuchung. Mach dir keine Sorgen … Ich muss los, ich wünsche dir einen schönen Tag.»

«Dir auch», erwiderte der Kommissär zerstreut, denn in Gedanken hing er Nadines Arzttermin nach.

Sie geht doch sonst nie zum Arzt. Was ist los? Ist es wirklich nur eine Routineuntersuchung oder verheimlicht sie mir etwas? Hm. Nervös machte sich der Kommissär auf den Weg ins Büro. Die Fahrt mit dem Dreier dauerte heute doppelt so lange wie sonst. Zumindest fühlte es sich so an. Ich muss wissen, ob

Nadine krank ist. Womöglich leidet sie an einer ernsthaften Krankheit … Ich darf gar nicht daran denken.
Am Eingang des Waaghofs wurde er von Conny Zürcher abgefangen. Der Kollege am Empfang winkte resigniert ab.

«Ich konnte sie nicht abwimmeln. Sie will zu Nadine.»

«Sie kommt später», antwortete Ferrari. «Soll ich ihr etwas ausrichten?»

«Ich muss mit Nadine reden. Es ist dringend.»

Ferrari bemerkte die dunklen Augenringe. Vermutlich hatte sie geweint.

«Kann ich irgendetwas für Sie tun?»

«Nein … Doch. Richten Sie ihr bitte aus, dass ich hier war. Ich muss …»

Die letzten Worte gingen in einem Heulkrampf unter.

«Kommen Sie mit. Wir unterhalten uns in meinem Büro weiter … Möchten Sie einen Kaffee?»

«Sehr gern. Schwarz und mit viel Zucker.»

«Hier bitte, das wird Ihnen guttun. Nadine ist vermutlich in einer Stunde zurück. Sie können solange hier warten», Ferrari wies auf einen seiner Besucherstühle und begann die täglichen Mails zu lesen.

«Ich pack es einfach nicht, alles läuft schief.»

Der Kommissär atmete tief durch, so viel zum morgendlichen Arbeiten, und setzte sich zu Conny an den Tisch.

«Meinen Sie damit Ihre Karriere als Sängerin?»

«Das auch. Gestern fing ich in der Kleiderboutique an zu arbeiten.»

«Das ist doch gut.»

«Überhaupt nicht. Sie warfen mich am Nachmittag raus.»

«Aus welchem Grund?»

«Weil ich nicht im Interesse des Geschäfts handelte.»

«Was heisst das?»

«Ich kann einfach nicht mitansehen, wenn sich eine Frau unvorteilhaft kleidet. Eine dicke Frau …»

«Eine korpulente.»

«Nein, sie war dick. Sie wollte einen viel zu kurzen Rock kaufen. Ich versuchte ihr klarzumachen, dass das unvorteilhaft aussieht, und riet ihr, einen etwas längeren zu nehmen. Und was war der Dank? Sie wurde wütend und beschwerte sich bei Yvette.»

«Das ist Ihre Freundin, die sie eingestellt hat?»

«Ja. Sie übernahm die Kundin und schwatzte ihr Klamotten auf, in denen sie wie eine Wurst aussieht. Offenbar entsprach das ihrem Wunsch. Auch gut, dachte ich. Mir kann es ja egal sein, wie die Frau rumläuft. Wenn die Kundinnen keine wirkliche Beratung wollen, sondern nur eine Verkäuferin, die alles abnickt, bitte, das kann ich auch bieten. Doch der Nachmittag verlief nicht besser.»

«Was ging schief?»

«Mitten im Verkaufsgespräch kam eine Freundin der Kundin dazu. Sie rief grausam aus. Wie ich dazu käme, ihre Freundin dermassen schlecht zu beraten. Sie wurde ziemlich ausfällig.»

«Was sagte sie konkret?»

«Von einer, die tätowiert ist, sei nichts anderes zu erwarten. Sie wolle von einer anständigen Verkäuferin bedient werden, nicht von einer Rockerbraut. Eine Kollegin sprang dann ein. Ich hörte noch, wie die Freundin der Kundin sagte: ‹Wenn ihr weiter solches Pack beschäftigt, seht ihr uns hier nicht mehr.›»

«Das brachte das Fass zum Überlaufen.»

«Allerdings. Das konnte und wollte ich nicht auf mir sitzen lassen. Ich erklärte dieser Person, dass eine Tätowierung noch lange nicht bedeutet, dass man aus der Gosse kommt. Schliesslich gibt es auch Pack in Designerklamotten. Bevor ich den Satz fertig gesprochen hatte, klebte sie mir eine. Ich räumte meinen Spind und ging. Was blieb mir auch anderes übrig.»

«Ich … Ich weiss nicht, was ich dazu sagen soll.»

«Nichts. Sie halten mich ja auch für Abschaum, für eine billige Nutte.»

«Das habe ich nie gesagt.»

«Weil Nadine Sie davon abhielt. Als Krönung rief mich Werner an, sülzte rum und beteuerte, wie leid es ihm tue, dass Volker mich abserviert hat. Ich sagte ihm klar und deutlich, dass er sich bei mir keine Chancen ausrechnen kann … Es läuft alles schief … Was schauen Sie mich so an?»

«Wäre es möglich, dass Sie sich ein bisschen weniger provokativ kleiden?»

«So wie Nadine? Wozu?»

«Ich möchte einen Test machen.»

«Nein, kein Interesse. Ich lass mich nicht an einen braven Bürger verkuppeln, womöglich noch an einen Bullen.»

«Das war nicht meine Absicht. Ich möchte Sie nun doch den Vischer-Schwestern vorstellen.»

«Was soll das bringen?»

«Ich weiss es selbst nicht genau. Vielleicht werden sie Sie unterstützen.»

«Nein, danke. Ich verzichte.»

«Wie Sie möchten, ich respektiere Ihre Entscheidung. Es wäre auf jeden Fall eine Chance, die sich nicht jeden Tag bietet. Aber gut, Nadine wird jeden Augenblick kommen.»

«Halt! Nicht so schnell… Okay, ich bin dabei. Ich habe nichts zu verlieren. Wann soll ich wo sein?»

«Sagen wir um sechs im Foyer des Les Trois Rois.»

«Wow! Da war ich noch nie.»

«Und wie gesagt, ziehen Sie sich bitte einigermassen normal an, sodass meine Bekannten keinen Schock kriegen.»

«Meinen Sie so wie auf dem Geburtstagsfest von Gloria?»

«Ich war zwar nicht dabei, aber ich hörte nichts Negatives.»

«Gut, ich machs. Sie sind ein komischer Kerl. Sie mögen mich nicht und helfen mir trotzdem. Was erwarten Sie dafür von mir?»

«Nichts. Sehen Sie es als gute Tat. Ich wäre froh, wenn Sie erst nach dem Treffen im Les Trois Rois mit Nadine reden. Ich will sie überraschen.»

«Einverstanden.»

Eine Minute später, nachdem Conny das Büro verlassen hatte, stand Staatsanwalt Borer in der Tür.

«Hat die junge Frau mit dem Fall zu tun?»

«Guten Morgen, Herr Staatsanwalt. Das ist die Sängerin, die Krull zuletzt gesehen hat.»

«Eine suspekte Person.»

«Wer sagt das?»

«Sie. Langsam mache ich mir Sorgen. Haben Sie diese Gedächtnislücken schon länger?»

«Nein. Man darf ja wohl noch etwas vergessen. Sie heisst Conny Zürcher.»

«Gehört sie zu den Verdächtigen?»

«Nicht wirklich, höchstens zum erweiterten Kreis. Es gibt andere Favoriten.»

«Sorry, ich musste länger bei der Ärztin warten. Ich bin ziemlich sauer. Sie bestellt mich auf acht und ich komme um Viertel vor neun dran.»

«Guten Morgen, Frau Kupfer. Sind Sie krank?»

«Nur eine Routineuntersuchung. Ich bin topfit. Habe ich etwas verpasst?»

«Der Kommissär wollte mich gerade auf den neusten Stand bringen.»

«Bevor ich es vergesse, Conny Zürcher war da. Sie hat den neuen Job im Modegeschäft nach einem Tag geschmissen.»

«Ich dachte, sie sei Sängerin.»

«Das ist sie auch. Sie wurde von ihrem Manager abgeseilt», erklärte Ferrari dem Staatsanwalt.

«Soll ich sie anrufen?»

«Nicht nötig. Sie meldet sich wieder.»

«Zurück zum Fall, wie weit sind Sie?»

«Wir verfolgen einige heisse Spuren.»

«Luzius Widmer will eine neue Partnerin reinbringen. Vermutlich hat er ein Verhältnis mit ihr.»

«Ausserdem schlief Miranda Widmer mit Reto Krull. Gut möglich, dass ihnen Luzius Widmer auf die Schliche kam.»

«Sodom und Gomorra kann ich da nur sagen. Halten Sie mich weiterhin auf dem Laufenden, Herrschaften. Noch eine Frage, Frau Kupfer. Ist Ihnen aufgefallen, dass Ihr Chef manchmal Gedächtnislücken aufweist?»

«Oh ja, Er erinnert sich oft nicht mehr daran, dass wir mit dem Auto unterwegs sind. Und nicht nur das: Er verwechselt Namen.»

«Wir müssen das beobachten. Vielleicht ist es nur Stress und er benötigt eine Auszeit oder es ist der Beginn einer Krankheit. Sie wissen, was ich meine.»

«Wenn Francesco eine Pause braucht, müssten Sie mir solange jemanden zur Seite stellen.»

«Das ist kein Problem. Sämtliche Kommissäre reissen sich darum, mit Ihnen zusammenzuarbeiten.»

«Gut, zu wissen. Ich werde es beobachten und Sie auf dem Laufenden halten.»

Borer klopfte dem Kommissär auf die Schulter.

«Es wird schon nichts Schlimmes sein. Sie haben meine vollste Unterstützung, falls Sie ein Time-out benötigen.»

«Was war denn das?», Ferrari starrte Nadine irritiert an.

«Wir sind nur besorgt um dich.»

«Sehr nett von euch, aber ich verzichte auf diese rührende Fürsorge.»

«Bitte, wie du willst. Frau Zuber kann übrigens erst am Mittag.»

«Gut. Wer ist labiler – Luzius Widmer oder Susanne Schönbichler?»

«Was für eine Frage, selbstverständlich Widmer. Ihr Männer verfügt über kein Rückgrat. Nimmt man euch in die Mangel, gesteht ihr alles.»

«Dann darfst du jetzt den Beweis für deine Theorie antreten. Los gehts.»

Nadine und Ferrari mussten warten, da Widmer ein Patientengespräch führte. Der Kommissär blätterte eine Zeitschrift durch. Immer werden die gleichen Promis vorgestellt. Vermutlich entspricht das den Erwartungen der Leserinnen und Leser. Bei einem Interview mit Simon Ehammer blieb er hängen und begann zu lesen. Als just in dem Augenblick Widmers Sekretärin grünes Licht gab, riss er kurzerhand den Bericht heraus.

«Spinnst du jetzt vollkommen! Das kannst du doch nicht einfach tun!»

«Ich komme jetzt nicht dazu, das Interview zu Ende zu lesen. Es hat ja niemand gesehen.» Unschuldig lächelnd faltete Ferrari die vier Seiten zusammen und steckte sie ein.

Professor Widmer begrüsste sie an der Tür.

«Eine Erfrischung? Bitte nehmen Sie Platz.»

«Nein, danke, wir wollen nicht lange stören. Sie haben jetzt bestimmt noch mehr zu tun.»

«Nicht wirklich, die Arbeit bleibt im Grossen und Ganzen die Gleiche. Ich musste in den letzten Monaten bereits einiges von Reto übernehmen. Er fühlte sich nicht besonders gut.»

«Potenzmittel, Alkohol und andere Drogen ergeben eine unheilvolle Mischung.»

«Korrekt. Und es lässt sich auf lange Zeit nicht verheimlichen, Herr Ferrari. Das war unser Hauptthema, das immer im Streit endete. Ich bat Reto, eine Entziehungskur zu machen, was er strikt ablehnte.»

«Dann brachten Sie eine weitere Person zur Unterstützung in die Diskussion ein.»

«Sie sind gut informiert. Susanne Schönbichler ist eine hervorragende Forscherin, die perfekte Ergänzung für uns. Ich wusste, dass es schwierig werden würde. Reto lehnte ab und blieb dabei. Mit einer anderen Lösung wäre er vermutlich einverstanden gewesen.»

«Haben Sie andere Kandidaten geprüft?»

«Nein, Susanne ist die Idealbesetzung.»

«Kann es sein, dass Sie sie ins Team aufnehmen wollten, weil sie mehr als eine Kollegin ist?»

«Ich verstehe die Frage, Frau Kupfer, muss Sie aber leider enttäuschen. Ich bin glücklich verheiratet, zudem ist Susanne nicht mein Typ. Wie gesagt, sie hätte uns beide ideal ergänzt, das bestritt Reto nicht einmal, und – sie hätte sofort einsteigen können.»

«Dem steht jetzt nichts mehr im Weg.»

«Wieder korrekt. Sie beginnt nächsten Monat.»

«Olivia Vischer erzählte uns, dass sie die Mehrheit Ihrer Firma übernimmt.»

«Auch das ist richtig.»

«Es muss schwierig sein, nicht mehr das Sagen zu haben.»

«Ja und nein. Die kommende Zeit wird extrem belastend, denn wir müssen uns auf diverse Prozesse vorbereiten. Ohne Unterstützung würden wir diese nicht verkraften. Klar, wir könnten das Ganze hinauszögern, mit extrem hohen Anwaltskosten, zweifelhaftem Erfolg und einem enormen Imageschaden. Zudem wären sämtliche Aktivitäten blockiert. Unter diesen Prämissen blieb mir nichts anderes übrig, als die Mehrheit zu verkaufen. Glücklicherweise will uns Olivia bei der Forschung nicht dreinreden, da sind wir sehr froh. Und – wir sind endlich den hartnäckigen Investor, diesen unsäglichen Sebastian Elber los. Alles in allem war und ist es eine einmalige Chance.»

«Olivia hat Ihren Anteil ja auch vergoldet.»

«Dafür bin ich ihr sehr dankbar. Ich wäre auch mit einem bescheideneren Betrag einverstanden gewesen, nehme aber natürlich gern das Angebot von Olivia an.»

«Für Frau Schönbichler kam Ihr Jobangebot bestimmt überraschend, oder nicht?»

«Ehrlich gesagt kam ich durch Reto auf diese Idee. Einer unserer Assistenzärzte machte mich darauf aufmerksam, dass er einem seiner Patienten eine unvertretbare Dosis verabreichen wollte. Ich schritt sofort ein und nahm Reto zur Seite. Es gab einen riesigen Streit. In der Hitze des Gefechts warf er das Medikament nach mir und schrie, ich könne den Dreck fortan selbst machen oder die kleine Hure mit ins Boot holen. Susanne werde mir ewig dankbar sein und jederzeit die Beine breit machen. Bevor ich antworten konnte, verliess er die Klinik. Danach gingen wir uns aus dem Weg, bis zu unserem letzten Gespräch, das wieder in einem totalen Streit endete.»

«Besitzt Frau Schönbichler einen Schlüssel zur Klinik?»

«Ja, ich gab ihr einen. Auf die Gefahr hin, dass sie Reto unverhofft begegnet. Doch er war in den letzten Wochen praktisch nie im Haus. Ich bat Susanne, vorsichtig zu sein. Sie kam meistens am Abend, um sich in unsere Forschung einzuarbeiten. Ich weiss, es war riskant.»

«Hätte sie das nicht von zu Hause aus erledigen können?»

«Teilweise schon, aber sie hatte immer wieder Fragen. Da war es besser, vor Ort zusammenzuarbeiten.»

«Gibt es einen Grund, dass Sie uns gegenüber den Vorfall mit Lisa Brunner nie erwähnten?»

«Das schien mir nicht mehr relevant. Sie lebt auf Teneriffa und hat mit Krull schon längst abgeschlossen.»

Widmers Sekretärin kam entnervt ins Büro.

«Entschuldigung, dass ich störe. Ein Reporter vom Schweizer Fernsehen ist am Telefon, er ruft jetzt schon zum achten Mal an. Er lässt sich nicht mehr abwimmeln.»

«Kein Problem, Karin. Ich rufe ihn in einigen Minuten zurück … Das ist ein weiterer Punkt, der mich Zeit und Nerven kostet. Wir verfügen zwar über eine Pressestelle, aber die ist heillos überfordert. Sie können sich ja vorstellen, wie sich die Medien auf die Ermordung eines bekannten Forschers stürzen. Kann ich Ihnen noch weitere Fragen beantworten?»

«Vorerst nicht. Vielleicht melden wir uns wieder.»

«Jederzeit.»

«Es klang alles glaubwürdig.»

«Zu glaubwürdig.»

«Am liebsten würde ich jetzt sofort mit Susanne Schönbichler sprechen. Ich glaube, meine Vermutung stimmt und die beiden sind mehr als Kollegen.»

«Von mir aus. Dann verschiebe ich den Termin mit Rita Zuber. Lass mich kurz checken, ob unsere Nuklearmedizinerin überhaupt zu Hause ist.»

Das war nicht der Fall. Offenbar hatte die Forscherin frühmorgens das Haus verlassen, ohne ihre Mutter über ihre Pläne einzuweihen. Auch der Anruf aufs Handy schlug fehl, Nadine landete jedes Mal auf der Combox.

Rita Zuber wohnte mit ihrer Tochter in einer Dreizimmerwohnung an der Jungstrasse im ehemaligen Arbeiterquartier St. Johann. Sie hatte sich im Vorfeld darüber informiert, weshalb sie sie sprechen wollten. Nadine drehte eine Runde nach der anderen, doch einen Parkplatz gab es weit und breit nicht.

«Dann halt so.»

Entnervt stellte sie den Porsche unter den kritischen Augen einer jungen Verkehrspolizistin ins Parkverbotsfeld.

«Wir sind dienstlich hier, Kollegin.»

«In einem Porsche?»

«Undercover. Kommst du, Francesco?»

«Wir sind wirklich im Dienst», bestätigte der Kommissär und hielt der Kollegin seinen Ausweis hin

«Kommissär Ferrari? Freut mich, Sie kennenzulernen. Dann ist alles klar.»

«Was ist klar?»

«Das weiss doch jeder im Corps. Sie verkehren bei den oberen Zehntausend. Da wundert es mich nicht, dass Sie einen Porsche fahren.»

«Tja, Chef. Den Ruf wirst du nie mehr los.»

Eine ungefähr vierzigjährige Frau betrachtete die Szene von ihrem Balkon aus. Als sich Nadine der Eingangstür näherte, wurde ihr aufgedrückt.

«Wir werden erwartet. Los, wir nehmen die Treppe. Das hält fit und munter.»

«Na prima.»

«Es beruhigt mich, dass sogar Polizisten gebüsst werden», empfing sie Rita Zuber in der dritten Etage. «Hier ist es sehr schwierig, einen Parkplatz zu finden, und eine Garage zu mieten, beinahe unmöglich. Wenn ich am Abend nach Hause komme, ich arbeite bei der Spitex, muss ich meistens zehn Minuten rumfahren, bis ich einen Parkplatz finde. Und wehe, ich stelle meine Parkscheibe nicht ganz korrekt. Ihre junge Kollegin ist sehr streng. Bitte, kommen Sie rein.»

«Ist heute Ihr freier Tag?»

«Eigentlich nicht. Normalerweise kann meine Tochter Emma nach der Schule zu einer Nachbarin, doch sie muss heute als Zeugin vor Gericht aussagen. Am Nachmittag ist sie dann wieder zurück. So habe ich für uns zwei gekocht. Improvisieren gehört einfach zu meinem Alltag. Ich will mich auch gar nicht beklagen. Ich bin froh, dass es Emma einigermassen gut geht und dass wir über die Runden kommen. Mein Ex-Mann, er ist Versicherungsvertreter, bezahlt regelmässig die Alimente. Ohne diesen Zustupf würde es schlecht aussehen.»

«Ist Ihre Tochter im Moment stabil?»

«Es ist ein ewiges Auf und Ab. Ich setze meine ganze Hoffnung in Professor Widmer, Frau Kupfer.»

«Würden Sie uns bitte erzählen, was genau geschah, als Luzius Widmer in den Vereinigten Staaten war?»

«Ja, natürlich. Professor Krull empfahl uns ein weiteres Medikament. Emma vertrug es ganz gut, doch nach der zweiten Dosis beklagte sie sich über Atemnot. Ich rief sofort Krull an, er beruhigte mich. Als es in der Nacht schlimmer wurde, wählte ich den Notruf. Der Notarzt kam sofort und versorgte sie mit Sauerstoff. Emma musste zwei Wochen im Spital bleiben.»

«War das die Folge des zusätzlichen Medikaments?»

«Ich denke schon, doch Professor Krull dementierte entschieden. Und die Ärzte im Unispital meinten, es gäbe verschiedene Erklärungen, die zur Atemnot geführt haben konnten. Ich verstand nicht alles, die medizinische Fachsprache ist sehr komplex … Krull war so unverschämt, dass er Emma ohne mein Wissen im Spital aufsuchte. Das habe ich ihm dann verboten.»

«Was geschah, als Widmer zurückkam?»

«Er untersuchte Emma sofort, denn er befürchtete weitere Nebenwirkungen. Und wirklich, die Leberwerte waren viel zu hoch. Das hatten sie auch im Unispital festgestellt. Es traf das schlimmste aller Szenarien ein: Wir mussten die Therapie unterbrechen. Widmer erklärte uns, er könne erst dann fortfahren, wenn die Leberwerte wieder im Normbereich liegen. Wir konnten nichts tun, ausser warten – auf die Gefahr hin, dass der Tumor wieder wächst. Inzwischen weiss ich von Professor Widmer, dass das zweite Medikament eine Substanz enthielt, auf die Emma allergisch reagiert. Das steht sogar in der Krankenakte. Krull hätte ihr das Medikament nie verabreichen dürfen.»

«Wie sieht es aktuell aus?»

«Zum Glück normalisierten sich die Leberwerte und Emma ist wieder in Therapie.»

«Wie sind Sie auf Widmer aufmerksam geworden?»

«Durch unsere Hausärztin, sie empfahl uns Professor Widmer. Die Onkologen hatten Emma nämlich bereits aufgegeben. Herr Widmer machte uns von Anfang an keine zu grossen Hoffnungen, aber die Ergebnisse, die er bei Emma erzielte, waren geradezu sensationell. Der Tumor ging innerhalb eines halben Jahres um die Hälfte zurück.»

«Beeindruckend.»

«Ja, nur kam es während der Zwangspause zu einer Streuung. Ich bete inständig darum, dass Emma gesund wird. Falls nicht, ist es die Schuld von diesem Krull. Ich bin froh, dass er tot ist. So kann er keine anderen Patienten ins Unglück stürzen … Bitte entschuldigen Sie diese harten Worte.»

«Wir verstehen Sie nur zu gut.»

Im Hintergrund hörte man, wie jemand die Wohnungstür aufschloss.

«Ah, das wird Emma sein … Emma, das ist Kommissär Ferrari und seine Kollegin Nadine Kupfer. Sie sind wegen Krull hier.»

Emma legte ihre Tasche auf die Küchenbank.

«Ist er wirklich ermordet worden?»

«Ja. Wir führen die Ermittlungen.»

«Sind Sie auch Kommissärin?», fragte sie Nadine.

«Ich bin die Assistentin von Francesco.»

«Ich stelle mir das sehr spannend vor. Das wäre doch etwas, oder nicht?»

«Ich weiss nicht. Zudem habe schon beim Sohn einer Patientin angefragt.»

«Um was gehts?»

«Wir müssen in der Schule einen Vortrag über einen Beruf halten. Es darf aber nicht derjenige der Mutter oder des Vaters sein. Ich könnte einen Vortrag über Ihre Arbeit machen.»

«Wieso nicht. Wir können einiges über unseren Beruf erzählen.»

«Super!», Emmas Gesicht strahlte. «Ich muss ihn in zwei Monaten halten und er soll zwanzig Minuten dauern. Keine Sekunde länger.»

«Steht der Lehrer mit der Stoppuhr daneben?»

«Schlimmer. Auf seinem Tisch steht eine Uhr. Die kann er auf zwanzig Minuten einstellen. Wenn sie schlägt, musst du sofort aufhören. Der spinnt doch.»

«Emma! Das sagt man nicht.»

«Es ist aber die Wahrheit. Er merkt nicht mal, dass wir ihn schon längst durchschaut haben.»

«Wie das?»

«Wenn er mit deinem Text oder meistens mit der Art und Weise des Vortragens nicht einverstanden ist, steht er auf und verschränkt die Arme. Du musst dann einen Dreh finden, damit er sich wieder entspannt hinsetzt. Zum Beispiel langsamer reden, freier sprechen und viel öfters in die Klasse schauen. So kannst du dich retten und die Note verbessern … Er wird von meinem Vortrag begeistert sein. Darf ich heute in einer Woche zu Ihnen kommen? Wir kriegen fünf Tage, um uns einen Einblick in den Beruf zu verschaffen.»

«Klar, ist notiert. Ich zeige dir den Waaghof …»

«Auch die Zellen?»

«Selbstverständlich. Und Francesco erzählt dir dann aus unserem spannenden Leben. Er ist nämlich der absolute Star unter den Kommissären.»

«Krass! Wenn es mir nicht gut geht, rufe ich Sie vorher an.»

«Dann verschieben wir es. Aber im Moment fühlst du dich wohl?»

«Ja, zum Glück. Die vielen Medikamente, die ich von Professor Widmer bekomme, helfen mir. Das kommt schon alles gut.»

«Das ist die richtige Einstellung.»

«Mam, ich möchte nach dem Essen zu Manuela. Sie hilft mir in Mathe, ich erkläre ihr dafür den Konjunktiv. Darf ich?»

«Natürlich. Du musst dich aber bei Frau Schurter abmelden. Sie kommt um eins und ich muss dann zu einer Patientin.»

«Mach ich. Vielen, vielen Dank, dass ich zu Ihnen kommen darf, Frau Kupfer.»

«Wollen wir uns nicht duzen? Ich bin Nadine.»

«Klar! Das stellt mich total auf, Nadine. Die anderen werden mich beneiden. Ich darf zum berühmtesten Kommissär von ganz Basel! Wie wild ist das denn!?! Ich zieh mich kurz um, bin gleich wieder da.»

«Ich möchte mich auch ganz herzlich bedanken, Herr Ferrari. Das stellt Emma wirklich auf.»

«Bedanken Sie sich bei Nadine. Ich wurde nicht gefragt.»

«Oh, das stimmt … Meine Tochter und ihre Kollegin haben Sie total überrumpelt.»

«Mein Chef wirds verkraften. Wenn man Emma so sieht, kann man gar nicht glauben, dass sie Krebs hat.»

«Ja, nur leider ist es so. Zwei Mal pro Woche fahren wir in die Klinik. Professor Widmer kämpft um ihr Leben. Bisher konnte er verhindern, dass die Ablagerungen und der Haupttumor wieder wachsen, aber es ist noch ein langer beschwerlicher Weg. Da nutzt auch alles Geld der Welt nichts.»

«Wie meinen Sie das?»

«Eine Anwaltskanzlei fragte an, ob ich mich einer Sammelklage gegen Krull anschliessen möchte. Dieser Moser versprach mir eine gigantische Summe.»

«Eberhard Moser?»

«Nein, Ludwig Moser. Ich habe abgelehnt. Mit einer solchen Sammelklage bringe ich auch Professor Widmer in Bedrängnis. Das will ich unter keinen Umständen. Wenn es jemand schafft, Emma zu heilen, dann er. Da kann ich doch nicht gleichzeitig gegen seine Klinik prozessieren.»

Ferrari stand auf und umarmte Rita Zuber.

«Ich wünsche Ihnen von Herzen, dass Emma wieder gesund wird. Und ich freue mich, Ihre Tochter in das Leben von Kriminalkommissären einführen zu dürfen.»

«Worüber denkst du nach?»

«Ich verstehe es einfach nicht. Wie kann ein Arzt nur so fahrlässig handeln. Am liebsten würde ich den Fall zu den ungelösten legen und das Ganze vergessen.»

«Das wird schwierig. Die Presse sitzt nicht nur Widmer, sondern auch unserem Staatsanwalt im Nacken. Er erwartet Resultate, lieber gestern als morgen.»

«Der kann mich mal.»

«Wenn wir nicht liefern, setzt er ein anderes Team darauf an und dann können wir keinerlei Einfluss mehr ausüben.»

«Gut, habs verstanden. Wir ermitteln weiter bis zum bitteren Ende.»

«Braver Chef… Anita ruft an … Ja? … Noch in der Jungstrasse, aber wir fahren gleich los… Okay, wir sind in zehn Minuten da … Sie hat Wagner aufgetrieben. Unser Parallelfall ruft.»

Ariel Wagner, ein Mann Mitte vierzig, von mittlerer Statur und mit kahl rasiertem Schädel, sass der Kommissärin im Verhörraum gegenüber. Nervös wippte er auf dem Stuhl hin und her, Schweiss tropfte von seiner Stirn.

«Möchten Sie ein Glas Wasser?», begann Anita Kiefer das Gespräch, das Nadine und Ferrari in ihrem Büro über den PC mitverfolgen konnten.

«Ja, danke. Es ist sau schwül hier drin.»

«Das stimmt. Leider gibt es keine Klimaanlage.»

«Ich weiss nicht, was Sie von mir wollen. Ich protestiere gegen diese Behandlung. War es wirklich nötig, dass mich zwei Beamten in Zivil abholten? Eine Nachbarin bekam die ganze Szene mit.»

«Das tut mir ausserordentlich leid. Die Kollegen sind übers Ziel hinausgeschossen. Sie hätten lediglich abklären sollen, ob Sie zu Hause sind.»

«Wo sollte ich denn sonst sein? Ich arbeite ja meistens von zu Hause aus.»

«Wenn Sie es wünschen, brechen wir die Unterhaltung ab. Es geht hier um keine Vernehmung, das möchte ich klarstellen. Die Entscheidung liegt bei Ihnen.»

«Jetzt bin ich ja schon hier, also legen Sie los.»

«Es geht um Sophie und Ernst Mettler.»

«Stimmt etwas mit den beiden nicht?»

«Sie baten mich um Unterstützung. Sie befürchten, dass sie ihr Haus verlieren.»

«Diese Befürchtung ist leider nicht unbegründet. Was hat das mit mir zu tun?»

«Mir liegen die Unterlagen vor. Leider verstehe ich einiges nicht, aber Sie werden es mir sicher erklären können.»

«Das hoffe ich doch.»

«Weshalb haben Sie Ihnen eine zweite Hypothek gewährt?»

«Eine gute Frage. Vermutlich, weil ich Mitleid hatte. Kennen Sie die Geschichte?»

«Ja, Sophie und Ernst Mettler wollten die Schulden ihrer Tochter begleichen.»

«Exakt. Es geht um eine grosse Summe. Beim Einkommen von Frau Ruf-Mettler war es unmöglich, diese selbst zu tilgen. Und so liess ich mich dazu verleiten, den Mettlers zu helfen. Heute könnte ich mich dafür ohrfeigen.»

«Warum?»

«Ich überschritt meine Kompetenzen. Wie Sie bestimmt wissen, gibt es Richtlinien, die bei allen Banken in etwa gleich sind. Nach diesen hätte ich den Mettlers keinen Franken mehr geben dürfen. Sie waren mit der ersten Hypothek bereits am Limit. Ehrlich gesagt, bei der Entwicklung der Hypothekarzinsen bereits darüber hinaus.»

«Und jetzt versuchen Sie Ihren Fehler zu korrigieren, indem Sie die zweite Hypothek kündigen.»

«Ich muss. Ich kann es nicht weiter vertreten. Sie bezahlen weder die Hypothekarzinsen noch amortisieren sie die zweite Hypothek. Ich vertrete meine Bank und die muss am Ende des Tages mit mir zufrieden sein, niemand sonst.»

«Könnte es auch einen anderen Grund geben?»

«Wie meinen Sie das?»

«Will sich die Bank oder Sie privat das Haus unter den Nagel reissen?»

Wagner fuhr hoch.

«Das ist eine Unterstellung! Eine absolute Frechheit. Das lass ich mir nicht bieten. Nicht nur, dass Sie mich wie einen Schwerverbrecher abholen lassen, jetzt beschuldigen Sie meine Bank und mich, wir würden krumme Geschäfte machen, uns auf Kosten der Mettlers bereichern. Das ist ein Skandal! Damit ist unser Gespräch beendet. Ich werde mit unserer Rechtsabteilung Kontakt aufnehmen, das hat ein Nachspiel. Verlassen Sie sich darauf.»

Ohne eine Antwort abzuwarten, schlug er die Tür hinter sich zu.

«Starker Abgang.»

«Nehmt ihr ihm seine Empörung ab?», erkundigte sich Anita bei Nadine und Ferrari.

«Es klang glaubwürdig.»

«Finde ich auch. Er oder die Bank befürchten, dass sich dasselbe Szenario wiederholen könnte wie vor einigen Jahren in den USA. Da waren die maroden Häuser viel zu hoch bewertet.»

«Damit sind die Mettlers erledigt.»

«Ich weiss nicht, Francesco. Obwohl sein Ausbruch echt wirkte und es ein Fehler war, dass die beiden Kollegen ihn gleich herbrachten, kam es mir so vor, als ob er nur darauf wartete, dass ich ihm einen Grund für einen starken Abgang liefere. Irgendetwas stimmt nicht. Ich nehme ihm den barmherzigen Samariter nicht ab.»

«Auf was willst du hinaus?»

«Er sagte: ‹Meine Bank muss am Ende des Tages mit mir zufrieden sein, niemand sonst.› Wer so denkt, gibt den Mettlers nicht uneigennützig einen Kredit, der ihn in Schwierigkeiten bringen kann.»

«Guter Punkt! Und jetzt?»

«Lassen wir es erst einmal setzen, Nadine. Ich bleibe auf jeden Fall dran. So schnell gebe ich mich nicht geschlagen.»

«Danke, Anita. Ich treffe heute Abend Olivia und werde sie auf deinen Wunsch ansprechen. Francesco lassen wir da lieber im Moment aussen vor.»

«Aber er ist doch Olivias Darling.»

«Also bitte, man könnte meinen, dass ich ihr Callboy bin.»

«Zurzeit ist es besser, wenn Olivias Schatzilein ein wenig auf Distanz geht. Er schneidet mit absoluter Sicherheit Themen an, die sie gar nicht verträgt. Ich rede mit Olivia, während Francesco mit Olivias Schwestern im Les Trois Rois Champagner schlürft.»

«Wenn du je eine Auszeit nimmst, möchte ich gerne Francescos Assistentin werden.»

«Das geht leider nicht», antwortete Nadine. «Du bist Kommissärin und ein Team besteht meistens nur aus einem Kommissär und einem Assistenten.»

«Jetzt weiss ich, warum es dich nicht reizt, Kommissärin zu werden.»

Eine halbe Stunde später, Ferrari hatte gerade zwei Cappuccino geholt, meldete sich Susanne Schönbichler. Sie sei ganz in der Nähe der Heuwaage und könne vorbeikommen. Der Kommissär holte sie am Empfang ab.

«Ich war noch nie im Waaghof.»

«Sie brauchen nur einen Mord zu begehen und sich von uns erwischen lassen, dann sind Sie schneller hier, als es Ihnen lieb ist.»

«Das klingt nicht wirklich verlockend … Das ist also das Büro eines Kommissärs. Irgendwie habe ich mir das anders vorgestellt.»

«Grösser?»

«Ja, viel grösser und ohne FC Basel-Legenden an der Wand.»

«Sind Sie auch Fussballfan?», erkundigte sich Nadine.

«Im Gegenteil, ich bin eine Fussballgeschädigte. Ich stamme aus einer FCB-verrückten Familie. Meine Eltern liessen kein Spiel aus und ich musste immer brav mit. Ich langweilte mich fürchterlich. Was ist spannend daran, zweiundzwanzig erwachsenen Männern zuzuschauen, wie sie einem Ball nachrennen? Ich verstehe es bis heute nicht. Die Krönung war, als Vater und Mutter eine Fussballerin aus mir machen wollten. Das war der Moment der Rebellion. Ich weigerte mich, auch noch ein einziges Spiel anzuschauen. Stattdessen durfte ich zu den Grosseltern, das genoss ich in vollen Zügen.»

«Francesco ist angefressener Fussballfan. Er drückt bei vielem ein Auge zu, nur nicht, wenn jemand seinen Klub beleidigt.»

«Ich werde nur das Beste über den FCB sagen.»

«Das ist zurzeit sogar für mich schwierig», gestand der Kommissär kleinlaut. «Wir sind im Mai fast ins Finale der Conference League gekommen, doch jetzt …»

«Jetzt ist der international gefürchtete FCB in der Qualifikationsrunde ausgeschieden und belegt in der Super League einen nicht akzeptablen Platz.»

«Ich gebe die Hoffnung nicht auf. In ein, zwei Jahren flehst du mich an, dass ich dich an einen Champions-League-Match mitnehme.»

«Träum weiter …», Nadine wandte sich Susanne Schönbichler zu. «Wir haben von Luzius Widmer gehört, dass Sie demnächst seine neue Partnerin werden.»

«Richtig. Ich konnte es zuerst gar nicht glauben, als er mich kontaktierte. Bei unserem ersten Treffen äusserte ich denn auch meine Bedenken. Mir war klar, dass Reto nie damit einverstanden sein würde.»

«Weshalb erwähnten Sie dieses Gespräch bei unserer ersten Unterhaltung nicht?»

«Weil ich nicht unter Mordverdacht geraten wollte. Meine Bedenken waren begründet, oder etwa nicht?»

«Durch Ihr Verhalten sind Sie jetzt erst recht verdächtig.»

«Kommt dazu, dass ich für Montagabend kein Alibi vorweisen kann, aber das wissen Sie ja schon.»

«Wie lange kennen Sie Luzius Widmer?»

Susanne Schönbichler dachte einen Moment nach.

«Sie bringen mich in eine Zwickmühle, Frau Kupfer. Ich habe vor einer Stunde mit Luzius telefoniert. Er informierte mich, dass Sie ihn aufgesucht haben, und bat mich, über gewisse Themen zu schweigen, vor allem über eins.»

«Über Ihr Verhältnis. Wie lange sind Sie schon liiert?»

«Seit ungefähr einem Jahr. Wir kennen uns schon länger. Es gibt ja nicht allzu viele Forscher auf unserem Gebiet in der Region und so trafen wir uns immer wieder mal an einem Kongress. Ansonsten hatten wir keinen Kontakt. Nach dem Eklat an der Uni rief mich Luzius an und entschuldigte sich für das Verhalten seines Partners. Wenn er etwas für mich tun könne, solle ich es nur sagen. Wir fingen an, gelegentlich essen zu gehen. Unsere Diskussionen über die neusten Forschungen waren sehr inspirierend. Dann, vor gut einem Jahr war er beim Lunch total von den Socken, ich sprach ihn darauf an. Mit zitternder Stimme erzählte er mir, dass Miranda und Reto ein Verhältnis hätten. Bis gestern sei es nur eine Vermutung gewesen, nun wisse er es. Offenbar hatte eine Patientin die beiden bei der Ueli-Fähre beobachtet. Sie machte sogar Fotos, als sie sich küssten.»

«Und wie heisst diese Patientin?»

«Das weiss ich nicht. Luzius war vollkommen am Ende. Ich versuchte, ihn zu trösten… Eine Woche später ist es dann zwischen uns passiert.»

«Widmer erzählte uns, er sei glücklich verheiratet. Er dementierte ein Verhältnis mit Ihnen.»

«Ich weiss. Ich habe Luzius vorhin gesagt, dass ich die Wahrheit erzählen werde, sollten Sie mich darauf ansprechen. Damit war er einverstanden.»

«Warum log er uns an?»

«So komisch es klingen mag, Miranda würde vermutlich die Scheidung einreichen, wenn sie von unserem Verhältnis wüsste.»

«Obwohl sie zuerst fremdging? Das muss ich nicht verstehen.»

«Weiss Miranda, dass Sie die neue Partnerin ihres Mannes sind?»

«Noch nicht. Luzius wird es ihr noch mitteilen.»

«Ist es richtig, dass Sie einen Schlüssel zur Klinik besitzen?»

«Ja, einen Passepartout für alle Räume, sehr wahrscheinlich auch zu Retos Wohnung. Ich habs nie ausprobiert.»

«Wie oft waren Sie in letzter Zeit am Abend in der Klinik?»

«Drei bis vier Mal pro Woche und immer verhältnismässig spät, weil dann nur noch wenige Mitarbeiter vor Ort waren. Ich ging jeweils sofort ins Labor, wo nur Reto, Luzius und ich Zugang hatten, und schloss mich ein, und nur, wenn Luzius auch anwesend war. Ich wollte kein Risiko eingehen. Bei all meinen Besuchen ist mir zum Glück nie jemand begegnet.»

«Waren Sie am vergangenen Sonntag auch in der Klinik?»

«Nein. Obwohl es aufgrund der Geburtstagsfeier von Frau Hunger ein idealer Zeitpunkt gewesen wäre. Da hätte mich Reto bestimmt nicht überrascht. Es war unnötig von Luzius, zu lügen. Irgendwann hätten Sie es erfahren und dann wäre ich zum zweiten Mal arbeitslos.»

«Wieso arbeitslos? Das verstehe ich nicht.»

«Beim Gespräch mit Frau Vischer kamen wir ganz automatisch auf den Mord an Reto zu sprechen. Olivia Vischer lobte Sie beide in den höchsten Tönen. Sie seien eng befreundet und würden den Täter schnappen. Da wäre sie ganz sicher.»

«Nett, dass Sie mich miteinschliessen, aber Olivia redete mit Sicherheit nur von Francesco.»

«An den exakten Wortlaut erinnere ich mich nicht, tut mir leid. Sie erzählte noch, dass ihre beiden Schwestern total in Herrn Ferrari vernarrt seien. Es wäre also mehr als dumm von mir, Sie anzulügen. Ein Anruf bei Frau Vischer, eine kleine Bemerkung über mich und ich fliege hochkant raus. Nach der vergangenen schwierigen Zeit bekomme ich nun eine zweite Chance, eine Herausforderung, die ich mir nie hätte träumen lassen. Das setze ich nicht aufs Spiel.»

«Diese Chance ergab sich nur, weil Krull ermordet wurde.»

«Ich weiss, Frau Kupfer. Mir ist klar, dass ich verdächtig bin. Und ja, ich dachte ab und zu daran, Reto einen Drogenmix unterzujubeln. Niemand wäre auf Mord gekommen. Alle, die seinen Lebenswandel kannten, rechneten früher oder später mit so etwas, aber – ich habs nicht getan.» Susanne Schönbichler blickte auf ihre Uhr. «Ich muss los, ein Coiffeurtermin steht an. Oder haben Sie noch Fragen?»

«Im Moment nicht. Bitte verlassen Sie die Stadt nicht und halten sich zur Verfügung.»

«Keine Sorge, ich gehe nirgendwo hin.»

«Die ist eiskalt», befand der Kommissär. «Bei der würde ich nie etwas trinken.»

«Sie bringt dich nicht um, denn das würde Olivia gar nicht gefallen. Widmer wusste vom Verhältnis seiner Frau mit Krull, das macht ihn noch verdächtiger. Bloss, er hat ein Alibi.»

«Allerdings stammt das Alibi von seiner Frau. Was ist, wenn sie sich gegenseitig decken?»

«Das wäre ein Ding. Du meinst, sie waren es gemeinsam? Sie, um den Mistkerl endlich loszuwerden.»

«Und er, um Susanne ins Boot zu holen, und die tickende Zeitbombe Reto ein für alle Mal aus dem Weg zu räumen.»

«Das ist jetzt aber schon ein wenig weit hergeholt. Bleibt Susanne Schönbichler auf unserer Liste der Verdächtigen?»

«Ja. So, wie sie sich eben geoutet hat, traue ich ihr einen Mord zu. Sie verfügt über kein Alibi, hat einen Schlüssel und ein starkes Motiv. Die Chance ihres Lebens lässt sie sich nicht entgehen, das hat sie selbst gesagt. Und die bekommt sie nur ohne Krull. Für mich ist sie Kandidatin Nummer eins.»

«Zusammen mit Widmer?»

«Das glaube ich nicht. Sie weiss, dass Widmer bei der ersten Vernehmung einknickt. Er ist kein Kämpfer. Das war ein Alleingang von Susanne Schönbichler.»

«Es wird nicht einfach sein, das zu beweisen.»

«Wem sagst du das.» Der Kommissär blickte auf seine Uhr. «Machen wir morgen weiter.»

«Schon klar. Der Herr wird von Agnes und Sabrina zu einem Champagnergelage erwartet. Da darfst du nicht zu spät kommen. Ich begleite noch Gloria Hunger in die Gerichtsmedizin, sie will von Krull Abschied nehmen. Danach mache ich auch Schluss.»

«Gut. Ist Yvo schon zurück?»

«Erst am Sonntag. Keine Sorge, wir verkümmern nicht.»

«Wer ist wir?»

«Monika, Olivia und ich. Währenddem du dir die Lampe füllst, treffen wir uns in der Freien Strasse, flanieren ein bisschen durch die Stadt und gehen dann essen.»

«Von wegen flanieren. Du meinst, ihr unternehmt eine Baustellenbesichtigungstour. Viel Vergnügen.»

Agnes und Sabrina Vischer warteten auf der Terrasse bei einem Glas Champagner auf den Kommissär. Als sie ihn sahen, riefen sie im Chor nach ihm. Ihre Freude war nicht zu überhören. Er küsste beide auf die Wange. Noch bevor er sich setzte, stand bereits ein Glas Champagner vor ihm.

«Hast du den Mörder erwischt?»

«Noch nicht. Es kommen mehrere Personen infrage.»

«Ich tippe auf diese Forscherin, die mit dem Professor bei Olivia war. Die kommt jetzt gross raus, früher kannte sie kein Schwein.»

«Was du immer denkst, Agnes.»

«Vielleicht hängt auch der Professor mit drin, wer weiss.»

«Du meinst, die beiden planten den Mord zusammen? Raffiniert. Die schlafen bestimmt miteinander.»

«Das stimmt», bestätigte Ferrari. «Eigentlich dürfte ich euch das gar nicht erzählen.»

«Siehst du, ich habe recht. Die haben Krull abgemurkst. Ich mochte diesen Knallfrosch nicht. Er hielt sich für unwiderstehlich, zog die attraktiven Frauen mit seinem Blick richtiggehend aus. Widerlich. Dass der umgebracht wurde, wundert mich überhaupt nicht.»

«Wenn nur die Hälfte von dem stimmt, was man so hört, dann hat er halb Basel flachgelegt.»

«Er war mit Sicherheit kein Kostverächter.»

«Lasst uns auf unser Treffen anstossen ... Wir brauchen eine neue Flasche Champagner.» Agnes winkte dem Kellner.

«Mir tut Gloria leid.»

«Warum? Jetzt ist sie den Drecksack los. Vielleicht kommt endlich Volker zum Zug. Er schmachtet seine Gloria schon lange an. Der könnte übrigens auch der Mörder sein, zusammen mit diesem Möchtegernkomponisten.»

«Meinst du Werner Reber?»

«Ja, genau. Seine Kompositionen sind der reinste Müll. Der hält sich für weiss was. Dabei ist er ein Luftheuler, genau wie Volker.»

«Du wirst den Täter schon überführen, Francesco. Es ist so schön, dass wir uns wieder einmal sehen und in Ruhe reden können.»

«Das finde ich auch.»

Die nächste halbe Stunde unterhielten sie sich über Basel, Fussball, Reisen und vor allem darüber, dass Agnes und Sabrina sich ein wenig langweilten.

«Dabei könnt ihr doch alles machen, was ihr wollt.»

«Das ist der Fluch des Geldes und die Qual der Wahl. Jeden Tag kommen hundert Bettelbriefe rein und Angebote, an denen wir uns beteiligen sollen. Darunter sind auch wirklich gute Ideen, aber wir wurden schon ein paar Mal über den Tisch gezogen.»

«Deshalb gehen wir auch nicht mehr häufig in den Ausgang. Wir wissen nicht, wer sich wirklich für uns interessiert und wer nur auf unser Geld scharf ist.»

«Eigentlich wollte ich euch jemanden vorstellen, doch jetzt getraue ich mich gar nicht mehr.»

«Einen Freund von dir?»

«Eine Bekannte. Sie heisst Conny Zürcher und ist Sängerin.»

Der Kommissär erzählte ihnen vom unglücklichen Werdegang und auch vom Besuch im Kommissariat am Morgen.

«Und wo ist sie?»

«Sie wartet im Foyer. Soll ich sie holen?»

«Klar! Sabrina, bestell noch eine Flasche Schämpis und einen neuen Kübel. Das Eis ist geschmolzen.»

Ferrari hielt im Foyer Ausschau nach Conny, konnte sie aber nicht finden.

«Hier bin ich.»

«Wow! Ich habe Sie gar nicht erkannt. Sensationell.»

«Verkleidungen sind meine Stärke. Es ist gut, dass Sie kommen. Ich fühle mich gar nicht wohl, die Leute starren mich dumm an.»

«Sie bewundern Ihre Schönheit.»

«Wers glaubt.»

«Dann wollen wir mal. Wir werden draussen auf der Terrasse erwartet.»

Als Conny die Vischer-Schwestern sah, stieg Panik in ihr auf. Sie blieb wie angewurzelt stehen.

«Das… Ich schaff das nicht. Sorry. Ich muss hier raus.»

«Doch, Sie können das.»

Ferrari schob die junge Frau vor sich her an den Tisch.

«Das ist Conny Zürcher und Conny, das sind Agnes und Sabrina Vischer», übernahm der Kommissär die Vorstellungsrunde.

«Sie sind doch die junge Frau, die an Glorias Party für Ärger sorgte.»

«Ja, genau. Du kamst mit Volker Blaser, diesem Schaumschläger.»

«Er wollte sich bei uns einschmeicheln. Setz dich. Ein Glas Champagner?» Sabrina schenkte ein, bevor Conny antworten konnte. «Dann bist du mit Krull abgehauen. Vielleicht hat Conny den Typen umgebracht, Agnes.»

«Dann würde Francesco sie uns nicht vorstellen.»

«Ich… Ich möchte gehen, Herr Ferrari. Sie meinen es gut, aber ich fühle mich katastrophal.»

«Du bist mit Conny per Sie?»

«Ich mache nicht so schnell Duzis.»

«Oh, wie süss. Jetzt ist er eingeschnappt. Also, erzähl uns ein wenig von dir, Conny. Du bist Sängerin, richtig?»

«Nein. Ich bin ein schlecht bezahltes Callgirl, als Sängerin tauge ich nichts. Volker hat mich an den Geburtstag geschleppt, weil er mich mit Reto verkuppeln wollte. Vor den Augen seiner Freundin. Und ich dumme Kuh bin wegen meiner Karriere darauf eingestiegen. Nur hats nicht funktioniert. Alles ging schief und zum Schluss warf mich auch noch Volker raus. Normalerweise laufe ich nicht in solchen Klamotten herum. Es war der Wunsch von Herrn Ferrari. Ich soll einen guten Eindruck auf Sie machen. Wenn ich gewusst hätte, wie mies ich mich fühle, wäre ich nicht gekommen, Frau Vischer.»

«Wir duzen uns. Ich bin die Agnes und das ist Sabrina. Und warum wärst du nicht gekommen?»

«Weil es offensichtlich ist, was der Zweck des Treffens ist. Herr Ferrari …»

«Sag nicht immer Herr Ferrari. Das ist Francesco.»

«Francesco glaubt, er sei mir was schuldig. Aber dass er mir gerade die reichsten Frauen der Schweiz vorstellt, die sicher Besseres zu tun haben, ist dumm von ihm. So, und jetzt gehe ich.»

«Du bleibst. Setz dich wieder hin», befahl Sabrina. «Was meint Conny damit, du seist ihr etwas schuldig, Francesco?»

«Ich habe Conny falsch eingeschätzt, sie nur nach ihrem Aussehen und dem Abend bei Gloria Hunger beurteilt beziehungsweise verurteilt. Im Gegensatz zu mir realisierte Nadine sofort, dass es auch eine andere Conny gibt. Eine, die eine Chance verdient. Deshalb wollte ich sie euch vorstellen.»

«Das war eine hervorragende Idee. Wir möchten etwas von dir hören. Am besten einen Song, der dir selbst gut gefällt.»

«Ich kann euch einen auf dem Handy abspielen … Zum Beispiel diesen.»

Sie hörten sich den Song an.

«Nicht schlecht. Wir möchten ihn live hören.»

«Bitte sing.»

«Hier? Die werden uns rauswerfen.»

«Es muss nicht der ganze Song sein. Werfen sie uns danach raus, Sabrina?»

«Nur, wenn sie schlecht singt.»

«Worauf wartest du?»

Conny nahm allen Mut zusammen und sang die erste Strophe des Songs. Agnes und Sabrina applaudierten lautstark, während die anderen Gäste erstaunt herüberschauten.

«Jetzt fühle ich mich noch mieser. Alle schauen zu uns. Das war keine gute Idee mit dem Singen.»

«Der Song gefällt mir und deine Stimme auch. Du wirst dich daran gewöhnen müssen, dass die Leute dich anstarren.»

«Das war keine gute Idee von dir», befand Agnes.

«Meinst du? Dann zahlen wir jetzt und suchen uns einen anderen Ort.»

Agnes winkte dem Kellner und gab ihm ihre Kreditkarte.

«Francesco, kennst du ein anderes gutes Restaurant?»

«Am besten spazieren wir ins Kleinbasel. Da finden wir ein Lokal, das uns passt.»

Conny trottete wie ein geschlagener Hund neben dem Kommissär her.

«Ich bringe allen nur Unglück, Herr Ferrari.»

«Francesco, du darfst mich gern duzen.»

«Wirklich? Sie sind ja praktisch dazu gezwungen worden.»

«Francesco muss man manchmal ein bisschen forcieren. Das sagt Nadine und wir glauben, sie hat recht.»

Im Hotel Merian fanden sie einen freien Tisch mit Blick auf den Rhein. Die Schwestern bestellten Champagner und eine Flasche Mineralwasser.

«Wir sollten etwas essen.»

«Gute Idee. Sabrina, bestell uns die Karte.»

«Olivia schickt mir eine SMS. Sie sind im Les Trois Rois. Sie will wissen, wo wir hingegangen sind.»

«Das passt mir zwar nicht, aber wir kennen unsere Schwester. Sie wird nicht aufgeben. Schreib ihr, wo wir sind … Jetzt will ich wissen, was deine Pläne sind.»

«Ich … Ich kriege dich und Sabrina dazu, mich bei der Finanzierung meines ersten Albums zu unterstützen. Damit klappere ich dann die Manager im deutschsprachigen Raum ab und vielleicht gelingt es mir, einen für meine Songs zu begeistern.»

«Was kostet uns das?»

«Etwa dreissigtausend Franken. Höchstens.»

«Aber dann bist du noch nicht bekannt. Wie machen das die grossen Stars?»

«Viele Künstler haben einen Komponisten, der die Lieder schreibt, und einen Manager, der einen Vertrag mit einer Plattenfirma aushandelt, Konzerte organisiert und Werbung macht.»

«Und wie findet man einen Manager und einen Komponisten?»

«Es gibt einige, die bekannt sind, jedoch nicht über das notwendige Geld verfügen, um jemanden gross rauszubringen.»

«Gut, ich verstehe. Lasst uns bestellen. Wir nehmen den Salm nach Basler Art, viermal … Das ist Neuland für uns. Da musst du uns helfen, Francesco.»

«Wobei?»

«Einen Manager zu finden, der etwas taugt, und einen genialen Komponisten.»

«Der Manager soll aber nur noch für dich arbeiten. Exklusiv.»

«Ich weiss nicht … Das kostet eine Unmenge.»

«Wie viel ist eine Unmenge?»

«Das kann mehrere Millionen Franken kosten. Und es gibt keine Erfolgsgarantie.»

«Gut. Was meinst du, Sabrina?»

«Ich hätte lieber das Cordon Bleu bestellt, das sieht hervorragend aus. Der junge Mann am Nachbarstisch hat … Ach so, ja, das machen wir. Das wird ein Riesenspass.»

«Du solltest den Lachs essen, Conny. Er ist sehr fein. Zudem kannst du ein paar Kilo mehr auf den Rippen gut vertragen. Erstaunlich, dass du so singen kannst. Es heisst doch immer, es brauche ein gewisses Volumen.»

«Ich … Ich …»

Conny stand auf und rannte die Treppe zum Rhein hinunter.

«Hol sie zurück, Francesco. Schnell!»

Zum Glück esse ich schnell. Monika würde sagen, zu schnell. Ferrari stand auf und rannte Conny nach. Sie stand weinend unter der Brücke.

«Ist der Gedanke so schlimm, dass dich Agnes und Sabrina fördern wollen?»

«Nein, bloss nicht so. Das kostet gigantisch viel Geld.»

«Das sie im Überfluss besitzen. Glaub mir, sie werfen ihr Geld nicht zum Fenster hinaus. Sie investieren nur, wenn sie von jemandem überzeugt sind. Gehen wir zurück. Sag ihnen, dass du einverstanden bist.»

«Ich … Ich kann das nie gutmachen», Conny umarmte den Kommissär.

«Das musst du nicht. Komm, sie warten auf dich.»

Als sie an den Tisch traten, sassen Olivia, Nadine und Monika am Nachbartisch. Conny küsste Nadine.

«Es sind dieses Mal wohl eher Freudentränen.»

«Ja. Ich … Ich kann es nicht glauben.»

«Darf ich dir meine Lebenspartnerin Monika vorstellen? Monika, das ist Conny. Olivia kennst du ja bereits.»

«Allerdings» antwortete Olivia schnippisch. «Ich habe von den Plänen meiner Schwestern gehört. Ich bin nicht begeistert.»

«Sie sind selber gross und können allein entscheiden.»

«Nur ist es meine Aufgabe, sie vor Unheil zu bewahren. Meine Schwestern vergessen schnell und, sagen wir, ihnen fehlt manchmal der Überblick. Denn das ist ein Schlag ins Gesicht von Gloria. Diese – ich beherrsche mich jetzt – diese junge Frau hatte am Geburtstagsfest nur ein Ziel: Reto anzumachen.»

«Das stimmt», gab Conny zu. «Ich erzählte Ihren Schwestern die Wahrheit.»

«Und dann stritten Sie mit Miranda, weil Sie Ihnen den Kopf wusch.»

«Auch das stimmt. Sie gab mir unmissverständlich zu verstehen, dass ich die Finger von Reto lassen soll.»

«Und so eine wollt ihr unterstützen?»

«Ich war wenigstens ehrlich zu Ihren Schwestern und treibe kein doppeltes Spiel.»

«Was soll das bitte heissen?», Olivias Stimme klang wütend.

«Ihre ach so liebe und nette Miranda hat den Arsch voller Probleme. Sie wurde nämlich von Reto erpresst. Hätte sie nicht weiter mit ihm geschlafen, wäre er zu Widmer gegangen und hätte ihm alles erzählt.»

«Das ist eine Lüge.»

«Ist es nicht, aber der seriösen Ärztefrau glaubt man, mir nicht.»

«Stimmt das, Conny?»

«Ich schwörs, Nadine. Auf dem Weg zu Retos Wohnung beschwerte ich mich über Miranda. Ich erzählte ihm, wie sie mich herablassend behandelt hatte. Da sprudelte es nur so aus ihm heraus: Er habe ein Verhältnis mit Miranda, mit der er machen könne, was er wolle. Sie sei vollkommen in seiner Gewalt. In diesem Moment wäre ich am liebsten aus dem fahrenden Auto gesprungen … Wenn … Wenn Sie glauben, dass Agnes und Sabrina zu schnell entschieden haben, sollen sie es sich nochmals überlegen. Ich will keinen Familienstreit auslösen. Ich … Es war schön, euch kennenzulernen.»

«Tu etwas», flüsterte Monika dem Kommissär zu.

«Ich finde es nicht in Ordnung, wie du dich benimmst, Olivia. Anstatt Agnes und Sabrina zu unterstützen, schreibst du ihnen vor, was sie tun und lassen sollen. Du bist nicht ihre Mutter.»

«Du hältst dich gefälligst da raus, Darling. Sonst landest du im Rhein.»

«Hört bitte auf», bat Conny. «Ich bin euch sehr dankbar, aber ich verzichte auf euer grosszügiges Angebot», Conny stand auf.

«Du bleibst. Unsere Entscheidung ist gefallen. Akzeptier das gefälligst, Schwesterherz. Sonst hinterfragen wir in Zukunft deine Geschäftspraktiken.»

«Was heisst das?»

«Wir lassen überprüfen, ob der Kaufpreis, den du Luzius Widmer vorgeschlagen hast, angemessen ist oder nicht.»

«So weit kommts noch.»

«Was meinst du, Agnes?»

«Uns gehören zwei Drittel der Firma, dir nur einer. Wir haben dir zwar die Vollmacht ausgestellt, in unserem Namen zu handeln, doch das können wir jederzeit widerrufen.»

Olivia schaute ihre Schwestern überrascht an und wandte sich dann an Ferrari.

«Das hast du fein eingefädelt.»

«Moment. Damit habe ich nichts zu tun. Ich wusste nicht einmal, dass ihr alle mit einem Drittel beteiligt seid. Die Diskussion bringt sowieso nichts. Agnes und Sabrina brauchen dich, aber du solltest ihnen ihren Spass lassen. Conny hat eine Chance verdient.»

«Und wenn du ihr keine gibst, ändert das nichts an unserer Entscheidung. Conny, jetzt setz dich wieder. Wir diskutieren morgen, wer als dein Manager infrage kommt und wer Songs komponieren soll.»

Ferrari deutete Conny an, sich neben ihn zu setzen.

«Okay, ich gebe mich geschlagen. Ihr macht ja sowieso, was ihr wollt. Und du ...»

«Au! Spinnst du? Du hast mir eine Rippe gebrochen.»

«Das hast du nur gemacht, um dich an mir zu rächen ... So, was gibts hier zu trinken?»

Die Cocktail-Karte hatte einiges zu bieten. Nach gefühlten fünfzig Drinks fuhren um Mitternacht mehrere Taxis vor, um die fröhliche Gesellschaft nach Hause zu bringen.

«Willst du mitfahren, Conny?»

«Nein, danke. Ich muss noch ein wenig meinen Kopf lüften. Ich kann das alles nicht glauben. Gestern war ich vollkommen am Ende. Heute schwebe ich über den Wolken.»

«Was du über Miranda erzählt hast, stimmt das wirklich?»

«Ja, ich schwörs. Zumindest erzählte Reto mir das. Ob es wirklich wahr ist, weiss ich natürlich nicht. Vielleicht bluffte er nur.»

«Das glaube ich weniger.»

«Monika, darf ich deinen Mann küssen?», fragte Conny.

«Du bist nicht die Einzige, die das will. Nur fragen meine Freundinnen nicht, ob sie dürfen.»

«Ihr könnt euch gar nicht vorstellen, was alles in meinem Kopf abgeht.»

Sie küsste Ferrari auf den Mund.

«Ich kann dir und Nadine nicht genug danken. Ihr seid mega cool. Wie soll ich das nur je wiedergutmachen?»

«Ganz einfach: Werde weltberühmt. Dann kommen wir als VIP-Gäste an all deine Konzerte.»

«Abgemacht.»

Glücklich winkte ihnen Conny zum Abschied und spazierte über die Mittlere Brücke ins Kleinbasel.

«Das war eine gute Idee, sie Agnes und Sabrina vorzustellen.»

«Ja, das finde ich auch.»

«Wow, ein Lob von euch?! Könnt ihr das nochmals wiederholen? Ich möchte es mit dem iPhone aufnehmen.»

«Das würde dir so passen», erwiderte Monika.

«Übrigens, ich soll dich von Gloria grüssen.»

«Danke. Wie nahm sie es?»

«Sehr gefasst. Die Verabschiedung von Krull dauerte nur ein paar Minuten, danach habe ich sie zu einer Freundin gebracht. Ihr Bruder hat sich Gloria angenommen.»

«Wie meinst du das?»

«Er kümmerte sich rührend um sie.»

«Meinst du …?»

«Bitte verschont mich, ich will nicht hören, wer mit wem, wann, wo und warum. Ich bin müde, lass uns fahren, Monika.»

Ohne eine Antwort abzuwarten, setzte sich Ferrari ins Taxi.

«Wir sehen uns morgen.»

«Hoffentlich kriegst du ihn zu Hause wieder wach», kicherte Nadine.

Der Dreier fuhr am Aeschenplatz geradeaus Richtung Bahnhof. Ferrari, der sich voll auf sein Handy konzentrierte, merkte es zu spät. Mürrisch stieg er bei der Markthalle aus und ging die Innere Margarethen runter.

«Schlecht gelaunt, Ferrari?», begrüsste ihn der Erste Staatsanwalt.

«Der Dreier fuhr über den Bahnhof.»

«Das weiss sogar ich. Beim Bankverein ist die Fahrleitung defekt. Es stehen mindestens zehn Tramzüge hintereinander, die nicht weiterfahren können. Das wurde bestimmt kommuniziert.»

«Jaja. Es reicht mir so langsam. Jeden Tag gibt es eine neue Schikane, die ganze Innenstadt gleicht einer einzigen Baustelle. Und sobald eine aufgehoben ist, dauert es zwei Wochen, bis die gleiche Stelle erneut aufgerissen wird.»

«Das lässt sich nicht ändern. Seien wir doch froh, dass man hier in Basel nicht alles verlottern lässt.»

«Was machen Sie überhaupt an einem Samstag im Waaghof?»

«Ich muss eine Anklage vorbereiten. Dazu brauche ich Ruhe. Übrigens, Sie sind in der Zeitung.»

«Was?!»

«Das Foto ist gelungen, Sie und die Vischer-Schwestern sitzen für einmal nicht im Les Trois Rois, sondern im Merian.»

«Und wie lautet die Schlagzeile?»

«Es ist ein kurzer Bericht unter Vermischtes.» Borer schlug die Zeitung auf und las vor: «‹Der Vischer-Clan berät seinen neusten Coup. Wie immer mit dabei Kommissär Ferrari, seine Assistentin Nadine Kupfer und zwei unbekannte Schönheiten.› Das ist interessant. Wer sind die unbekannten Schönheiten?»

«Monika und Conny Zürcher, die junge Frau, die gestern Morgen hier war.»

«Jetzt, wo Sie es sagen. Ich hatte sie auf dem Foto nicht wiedererkannt, sie ist elegant gekleidet … Sie gehen mit einer Verdächtigen essen?»

«Ah, ihr wisst es schon», Nadine trat ins Büro. «Ich habe bei der Zeitung angerufen. Ich will wissen, wer der Paparazzo ist. Der kann sich auf was gefasst machen.»

«Damit müssen Sie rechnen, wenn Sie mit den Vischer-Schwestern ausgehen.»

«Zu Ihrer Beruhigung – wir haben Conny von der Verdächtigenliste gestrichen. Wir konzentrieren uns vorerst auf Susanne Schönbichler und Luzius Widmer.»

«Ich kann mir durchaus vorstellen, dass Sie damit richtig liegen, Frau Kupfer.»

«Sie sind meiner Meinung ohne Widerrede? Keine Kritik?»

«Forscher waren mir schon immer suspekt. Die kennen nichts, ordnen alles ihrer Forschung unter. Ihre Vermutung mit dem Verhältnis stimmt sehr wahrscheinlich auch. Zuerst bringen sie den lästigen Partner um und danach die Frau von Widmer. Das würde mich nicht erstaunen.»

«Malen Sie den Teufel nicht an die Wand. Bisher gab es keinen weiteren Mord.»

«Jetzt können wir die beiden als Hauptverdächtige streichen», befand Nadine lakonisch.

«Wieso das denn? Im Gegenteil. Holen Sie sie her und nehmen Sie sie in die Zange.»

«Du meinst, wenn Staatsanwalt Borer sie verdächtigt, können sie es nicht gewesen sein.»

«Exakt.»

«Das ist eine Frechheit. Meine Intuition trügt mich nie.»

«Gut, dann verhaften wir jetzt Widmer.»

«Von mir aus, die Verantwortung tragen Sie, Herr Staatsanwalt.»

«Ich will beim Verhör dabei sein. Sie sind imstande und versauen es.»

«Kein Problem. Zuerst müssen wir jedoch einen kleinen Umweg machen, Anita hat Neuigkeiten.»

«Anita Kiefer? Was hat die Wirtschaftskommissärin mit Ihrem Fall zu tun.»

«Nichts. Es geht um eine private Angelegenheit.»

«Sie spannen eine Kommissärin für private Dinge ein?» Borers Stimme überschlug sich.

«Es ist eine Win-win-Situation. Im Gegenzug erweisen wir ihrem Mann einen Gefallen. Ausserdem ermittelt sie in ihrer Freizeit, heute ist Samstag.»

«Ich will nichts davon hören. Irgendwann fliegen Sie auf. Das ist so sicher wie das Amen in der Kirche.»

«Tja, dann stehen Sie ganz allein da. Unser Korruptionsnetz spannt sich über das gesamte Corps.»

«Das glaube ich nicht, Frau Kupfer. Aber es ist fein gesponnen und die wichtigsten Personen sind Teil davon. Rufen Sie mich, sobald Widmer hier ist. Man sieht sich, Herrschaften.»

«Willst du wirklich Widmer verhaften?»

«Natürlich nicht, der spinnt doch. Wir unterhalten uns nur mit ihm, und zwar ohne Borer.»

Anita Kiefer, die ausnahmsweise für Nadine und Ferrari eine Zusatzschicht einlegte, erwartete sie in ihrem Büro.

«Bevor ich es vergesse, Olivia schickt dir zwei Einladungen für den VIP-Anlass.»

«Fantastisch! Einen grösseren Gefallen hättest du mir nicht machen können. Danke.»

«Und dein Mann soll nicht kündigen. Eberhard Moser wird nämlich nicht mehr lange für sie arbeiten.»

«Wieso nicht? Ich dachte, sie hat was mit ihm.»

«Mag sein. Das ändert aber nichts an der Situation. Wir sprachen gestern mit Rita Zuber, ihre Tochter ist eine Patientin von Luzius Widmer, über die Sammelklage. Der Anwalt ist Eberhards Bruder. Das kann kein Zufall sein. Wetten, das Ganze wurde von beiden inszeniert, um Krull und Widmer in Angst und Schrecken zu versetzen.»

«Ohne Wissen von Olivia?»

«Ja. Das heisst, jetzt weiss sie es. Sie schäumte vor Wut, ich musste sie beruhigen. Eberhard unterliess es, Olivia über alles zu informieren. Ein grober Fehler, denn sie will das Spiel jederzeit kontrollieren. Immerhin war die drohende Sammelklage bei den Kaufverhandlungen ein Ass in ihrem Ärmel. Ich glaube, wenn alles geregelt und die Sammelklage vom Tisch ist, wirft sie ihn raus. Dein Mann könnte den Job erben, falls er sich am Anlass nicht allzu dumm anstellt.»

«Schön wärs, aber ihm fehlt das Feingefühl. Falsche Bemerkungen in den unpassendsten Momenten gehören zur Tagesordnung – exakt so wie bei Francesco.»

«He! Das stimmt überhaupt nicht.»

«Das ist nicht schlimm. Monika liebt dich vermutlich genau deshalb.»

«Und Olivia. Lass es auf dich zukommen. Falls dein Mann in ihrem Swimmingpool landet, ist er ganz oben angekommen.»

«Ich weiss nicht, ob ich das will. Warten wir den Anlass ab … Ich konnte den Ex-Mann von Tina Ruf-Mettler auftreiben. Robert Ruf arbeitet jetzt in einer Druckerei in Aarau.» Sie blickte auf die Uhr. «In zehn Minuten kommt er vorbei. Er war ein wenig erstaunt über meine Vorladung. Ihr könnt das Gespräch wieder auf dem Monitor mitverfolgen.»

Robert Ruf sass nervös vor einem Becher Kaffee.

«Ich war und bin erstaunt über Ihren Anruf, Frau Kiefer. Ist das ein Verhör? Habe ich gegen das geltende Recht verstossen?»

«Wir untersuchen einen Fall von Wirtschaftskriminalität, bei dem die Familie Mettler die Geschädigten sind. Wir hoffen, dass Sie uns dabei weiterhelfen können. Gegen Sie liegt nichts vor, keine Sorge.»

«Seit der Scheidung habe ich keinen Kontakt zu meinen Ex-Schwiegereltern. Aber bitte, fragen Sie.»

«Sie besassen eine kleine Druckerei, ist das richtig?»

«Ja. Sie lief sehr gut, doch mit der Scheidung veränderte sich mein Leben. Es war an der Zeit, neue Wege zu gehen, und so verkaufte ich sie.»

«Sie haben sie verkauft?», wiederholte Anita Kiefer ungläubig.

«Ja. Das Angebot konnte ich nicht ausschlagen. Eine grosse Druckerei übernahm mein Geschäft und bot mir sogar eine Stelle an. Das wollte ich nicht. Die Erinnerungen hätten mir nicht gutgetan … Ich verkaufte und nahm einen Job in Aarau an.»

«Das heisst, Ihre Druckerei ging nicht Konkurs?»

«Sicher nicht. Wer behauptet das?»

«Es wurde uns so zugetragen.»

«Da sind Sie falsch informiert. Bei allem persönlichen Unglück war der Verkauf ein gutes Geschäft, sozusagen ein Geschenk des Himmels. Das Geld teilten wir fair durch vier. Sobald die Kinder achtzehn sind, können sie über das Geld verfügen: sich eine Weiterbildung leisten, reisen und vieles mehr.»

«Darf ich wissen, wie viel Sie für Ihre Druckerei bekommen haben?»

«Selbstverständlich, das ist kein Geheimnis. Ich erhielt für meinen Betrieb eine Million Franken. Davon musste ich Betriebskredite in der Höhe von zweihunderttausend ablösen. Sie müssen wissen, meine Maschinen waren auf dem neusten Stand und meine Kundschaft absolut loyal. Ich baute sie über Jahre auf. Dazu gehörten grosse Pharmafirmen, Banken und Versicherungen. Ich hatte auch einige Staatsaufträge.»

«Also blieben achthunderttausend Franken übrig.»

«Genau. Für jedes Kind legten wir zweihunderttausend an, Tina und ich erhielten je die gleiche Summe.»

«Verzeihen Sie mir die etwas komische Frage: Hinterliessen Sie Schulden, für die Tina geradestehen muss?»

«Behauptet sie das?»

«Nein, sie nicht.»

«Da steckt mit Sicherheit dieser Ariel Wagner dahinter, das ist ein Betrüger. Ich warnte Tina vor ihm. Ich traue ihm durchaus zu, dass er Tina ausgenommen hat und auch meine Ex-Schwiegereltern. Zum Glück ist das Geld der Kinder gut angelegt. Da kommt niemand ran.»

«Noch eine persönliche Frage, wenn Sie mir diese erlauben.»

«Nur zu.»

«Haben Sie noch Kontakt zu Ihren Kindern?»

«Ja, natürlich. Ich sehe sie alle zwei Wochen, Tina bringt sie immer zu mir. Zu Beginn hoffte ich, dass wir wieder zueinander finden, aber sie will nicht mehr.»

«Wie sieht Ihr Verhältnis zu den Ex-Schwiegereltern aus?»

«Die sind nicht gut auf mich zu sprechen. Man könnte sogar sagen, sie hassen mich. Für sie existiere ich nicht mehr. Tina erzählte mir, dass sie unseren Kindern verbieten musste, bei ihnen über mich zu reden. Das würde die alten Leute zu sehr aufregen. Ich kann damit leben, solange das Verhältnis zu Tina und meinen Kindern so bleibt, wie es jetzt ist. Haben Sie noch weitere Fragen?»

«Das ist im Moment alles. Danke, dass Sie sich die Zeit genommen haben.»

«Puh! Die Geschichte nimmt eine unerwartete Wendung. Wieso behauptet Tina, dass ihr Ex-Mann Schulden hinterlassen hat?»

«Die Frage sollten wir ihr stellen.»

«Vermutlich hat Robert Ruf recht und Wagner zockte sie ab.»

«Unglaublich. Wir reden mit ihr.»

«Haltet mich bitte auf dem Laufenden. Ich bin gespannt, wie das Drama ausgeht.»

Ferrari wollte das von Conny Gehörte sofort verifizieren. Nadine lud daher Miranda Widmer zu einem weiteren Gespräch ein, das sie in der Confiserie Bachmann an der Gerbergasse führten. Minutenlang überlegte Ferrari hin und her, ob er sich ein Carac gönnen sollte, bestellte dann aber doch nur einen Cappuccino.

«Warum schaust du dir die ganze Zeit die Konfekte an und bestellst am Ende einen Kaffee?»

«Weil es noch zu früh für Süsses ist. Das hole ich am Mittag nach.»

Nadine schüttelte den Kopf.

«Man darf ja wohl noch schauen, was es gibt. Ich reklamiere ja auch nicht jedes Mal, wenn du fragst, was es für Teesorten gibt. Dann leiert die Bedienung sämtliche Tees runter und was bestellst du?»

«Einen Rooibostee.»

«Genau. Du könntest von Anfang einen Rooibostee bestellen.»

«Das ist ganz was anderes. Vielleicht gibt es ja einen Tee, den ich noch nicht kenne. Ich bin eben offen für Neues.»

Miranda Widmer trat an den Tisch. Sie wirkte sichtlich angeschlagen und hatte dunkle Ringe unter den Augen.

«Entschuldigen Sie die Verspätung. Ich musste noch auf meine Haushaltshilfe warten.»

«Kein Problem.»

«Können wir unser Gespräch rasch hinter uns bringen? Es geht mir nicht gut. Luzius eröffnete mir gestern, dass er sich scheiden lassen will.»

«Aus welchem Grund?»

«Einerseits, weil ich mit Reto ein Verhältnis hatte. Eine seiner Patientinnen, den Namen verriet er mir nicht, muss uns beobachtet und Fotos gemacht haben. Er zeigte sie mir, sie sind eindeutig und kompromittierend. Ich bin selber schuld. Der zweite Grund ist die bittere Tatsache, dass er sich in jemanden verliebt hat. Auch hier rückte er nicht mit dem Namen heraus. Wir verhandelten die halbe Nacht. Ich versuchte unsere Ehe zu retten, doch Luzius will nicht mehr. Es ging ihm lediglich darum, zu klären, was wem bei der Scheidung zugesprochen wird.»

«Das tut uns leid. Und jetzt belästigen wir Sie auch noch mit Fragen.»

«Schiessen Sie los. Ich bin einfach froh, wenn unser Gespräch nicht allzu lange dauert.»

«Stimmt es, dass Krull Sie erpresste?»

Miranda Widmer blickte irritiert.

«Er stellte sie vor die Wahl: Entweder schlafen Sie weiterhin mit ihm oder er würde Ihren Mann über Ihr Verhältnis informieren.»

«Ja, das stimmt. Woher wissen Sie es?»

«Krull prahlte damit bei einer jungen Frau. Er habe Sie in der Hand und könne alles mit Ihnen machen.»

«Er war noch eine viel grössere Sau, als ich dachte. Trotz allen Drohungen war ich seit sechs Monaten nicht mehr mit ihm zusammen.»

«Das akzeptierte er?»

«Reto war mit normalen Mitteln nicht zu stoppen. Ich ... Luzius erzählte mir vom Mann einer Patientin, der auf Reto losging. Er schlug ihn zusammen und warf ihn beinahe aus dem Fenster.»

«Anton Eisner.»

«Ja. Reto hatte panische Angst vor diesem Mann. Also drohte ich ihm: Wenn er mich nicht in Ruhe lasse, würde ich Eisner die Krankenakte seiner Frau zuspielen.»

«War das realistisch?»

«Luzius und ich hatten zuvor intensiv über den Fall geredet. Ich sagte ihm, dass ich das alles nicht glauben könne. Zum Beweis legte er mir das Dossier vor. Ich kopierte die brisanten Stellen. Daraus geht hervor, dass Helen Eisner für Reto ein ideales Versuchskaninchen war. Sie hätte nichts mehr zu verlieren und sei daher, die ideale Person, an der man das neue Medikament austesten könne.»

«Unglaublich.»

«Reto bekam richtig Angst um sein kümmerliches Leben. Seither liess er mich in Ruhe.»

«Spielten Sie Eisner die Krankenakte zu?»

«Ja, denn je länger ich über meine Beziehung zu Reto nachdachte, desto grösser wurde meine Wut. Ich traf ihn und gab ihm die Kopien. Er war sehr aufgewühlt, seiner Frau ging es gar nicht gut. Die Ärzte befürchteten das Schlimmste, weil einige lebenswichtige Organe als Folge der Therapie stark geschädigt waren.»

«Seine Frau liegt auf der Intensivstation des Unispitals. Es sieht leider nicht gut aus.»

«Das tut mir sehr leid … Reto hat den Tod verdient. Nicht einmal, sondern hundert Mal. Ich hätte mich nie auf ihn einlassen sollen. Jetzt steht meine Ehe vor einem Scherbenhaufen, das ist die bittere Quittung.»

Einen Moment lang hing jeder seinen Gedanken nach.

«Wie geht es für Sie weiter?», fragte Ferrari in die Stille hinein.

«Das kann ich Ihnen sagen, Herr Kommissär. Gestern Abend war ich total geschockt und zu keiner Antwort fähig, aber so langsam kehren meine Lebensgeister zurück. Wenn Luzius die Scheidung wirklich will, kann er sie bekommen. Ich bin die Schuldige und muss mit den Konsequenzen leben, immerhin hinterging ich ihn mit seinem Partner. Wir werden eine Lösung finden, die für beide stimmt. Ich will keinen Rosenkrieg.»

«Sie sind sehr einsichtig.»

«Ja und nein. Zuallererst werde ich herausfinden, in wen Luzius verliebt ist. Sollte ich dabei feststellen, dass sein Verhältnis schon länger dauert, möglicherweise vor meinem Verhältnis mit Reto begann, lernt er mich von einer ganz anderen Seite kennen. Dann packe ich in der Öffentlichkeit aus und mache ihn fertig: Luzius weiss nämlich schon lange, dass Reto mit seinen Patientenversuchen Straftaten beging. Er liess ihn gewähren, weil es ihrer Forschung diente.»

«Ist es das wert?»

«Keine Sorge, er wird es nicht so weit kommen lassen. Sein guter Ruf als erfolgreicher Wissenschaftler bedeutet ihm alles. Das lässt er sich niemals kaputtmachen. Er wird daher mit meinen Bedingungen einverstanden sein und die werden verhindern, dass er mit seiner neuen Liebe in Saus und Braus leben kann. So, das Gespräch mit Ihnen hat mich aufgestellt. Was starren Sie mich so an?»

«Sie sind eine eiskalte Frau.»

«Nur, wenn es die Situation verlangt, Herr Ferrari. Haben Sie weitere Fragen?»

«Nein.»

«Dann verabschiede ich mich. Sie können mich jederzeit kontaktieren und vorladen. Ich werde Luzius informieren, dass wir miteinander gesprochen haben.»

«Puh! Eine beeindruckende Frau.»

«Findest du? Mir lief es eiskalt den Rücken runter.»

«Dann ist jetzt der richtige Moment für etwas Süsses. Wie wärs mit einer Glace?»

«Nein, danke. Mich frierts bei so viel Kälte.»

«Sie erholte sich erstaunlich rasch während unseres Gesprächs. Der liebe Luzius wird wie ein Huhn gerupft, sollte er nicht mit allem einverstanden sein.»

«Anton Eisner könnte unser Mörder sein. Bestimmt rastete er aus, als er die Krankenakte las.»

«Du vergisst, dass er ein Alibi hat. Er verbrachte die ganze Nacht am Bett seiner Frau.»

«Das haben wir nicht überprüft.»
«Stimmt.»
«Lass es uns sofort nachholen.»

Die Leiterin der Intensivpflege musste Nadine und Ferrari vertrösten. Die Pflegefachpersonen, die von Sonntag auf Montag Spätdienst hatten, könnten eben erst am Abend zu Schichtbeginn befragt werden. Allerdings bezweifle sie, dass jemand bemerkte hätte, wenn Anton Eisner für eine oder zwei Stunden weggegangen wäre. Die meisten Besucherinnen und Besucher würden ja auch mal frische Luft schnappen, sich die Beine vertreten und etwas essen gehen. Schliesslich stünden die Patienten im Fokus, nicht die Angehörigen. Und normalerweise endete die Besuchszeit um acht Uhr abends auf der Intensivstation. Doch wenn eine Patientin oder ein Patient um elf Uhr notfallmässig eingeliefert werde, wie im Fall von Frau Eisner, könne man ihren Mann nicht einfach wegschicken. Die Angehörigen dürften zumindest solange bleiben, bis sie wüssten, wie es weitergeht – natürlich nicht direkt auf der Intensivstation, sondern im Aufenthaltsraum.

«Das wird nichts. Die können sich bestimmt nicht mehr erinnern. Wir hätten sofort nachfragen sollen.»
«Allerdings, ein dummer Anfängerfehler. Wann sind wir bei Widmer angemeldet?»
«Am Nachmittag um zwei.»

«Gut. Somit bleibt noch Zeit, um mit Tina Ruf-Mettler zu reden. Irgendetwas ist faul. Vermutlich zieht Wagner die alten Mettlers oder Tina über den Tisch. Wie genau, finden wir heraus. Und dann nehmen wir ihn uns zur Brust.»

«Mit Vergnügen.»

Sie hatten Glück, Tina Ruf-Mettler zog sich gerade die Schuhe an, als sie klingelten. Sie wollte ins Einkaufszentrum Paradies, um den Wochenendeinkauf zu erledigen.

«Das gibt immer einen Rieseneinkauf. Mein Sohn und meine Tochter machen beide Sport und verschlingen Unmengen.»

«Welchen Sport betreiben Ihre Kinder?»

«Morris macht Leichtathletik. Vermutlich wird er sich auf Weit- oder Hochsprung konzentrieren. Er hat sich noch nicht definitiv entschieden. Mein Ex-Mann wollte aus ihm einen Spitzenfussballer machen, aber diesen Traum musste er begraben.»

«Wenn er in mehreren Disziplinen gut ist, sollte er den Zehnkampf in Betracht ziehen.»

«Das habe ich ihm auch vorgeschlagen. Leider sind die Laufdisziplinen nicht seine Stärke, hier müsste er sich stark verbessern.»

«Und Ihre Tochter?»

«Meret spielt leidenschaftlich gern Tennis, Frau Kupfer. In der nächsten Woche entscheidet es sich, ob sie in ein Förderprogramm aufgenommen wird.»

«Dann ist sie ziemlich gut.»

«Die Trainer sagen ihr eine grosse Karriere voraus. Sie trainiert viel, viel zu viel nach meiner Meinung. Solange es Spass macht, sage ich nichts. Wenn ich jedoch feststelle, dass es zur Belastung wird, breche ich das Ganze ab … Aber Sie sind nicht wegen meinen Kindern hier.»

«Wir trafen Ihren Ex-Mann. Er erzählt eine ganz andere Geschichte als Ihre Eltern.»

«Was sagt er, Herr Ferrari?»

«Dass er nicht abgetaucht ist, sondern Sie und seine Kinder regelmässig sieht. Dass er Ihnen keine Schulden hinterliess, sondern die Druckerei gewinnbringend verkaufte. Sie erhielten je zweihunderttausend Franken.»

«Das … Das ist richtig.»

«Dann stimmt es auch, dass Ihre Kinder den gleichen Betrag erhielten?»

«Ja. Sie bekommen das Geld am achtzehnten Geburtstag.»

«Können Sie uns erklären, warum Sie Ihren Eltern ein Märchen auftischten?»

«Ich … Beinahe das ganze Geld ist weg … Was sollte ich denn tun?»

«Hängen Ihre finanziellen Schwierigkeiten mit Ariel Wagner zusammen?»

«Ja. Er legte mein Geld in einer Kryptowährung an. Die ist ins Bodenlose gefallen. Die Zweihunderttausend, die ich vom Verkauf der Druckerei erhielt, sind weg. Einfach so. Aber das ist noch nicht alles. Bei der Bank, in der Ariel arbeitet, liegt auch das Geld der Kinder. Da es am Anfang so gut lief, bat ich ihn, weitere zweihundertfünfzigtausend vom Geld der Kinder abzuzweigen und ebenfalls anzulegen. Es war ja kein Risiko, die Kryptowährung stieg und stieg.»

«Sind Sie sicher, dass er das Geld so anlegte?»

«Absolut. Ariel hielt mich immer auf dem Laufenden. Ich konnte sehen, wie meine Investition zuerst Gewinn erwirtschaftete. Der Kurs war am Anfang vierzig Cents, dann stieg er kontinuierlich auf sechs Dollar. Und plötzlich fiel er auf zehn Cents ... Ich bin total verzweifelt. Ich habe vierhundertfünfzigtausend Franken verspielt, darunter auch das meiste Geld meiner Kinder. Das ist für mich das Schlimmste.»

«Deshalb kam Wagner auf die Idee, die Hypothek Ihrer Eltern zu erhöhen, um das Konto Ihrer Kinder auszugleichen.»

«Ich war zuerst dagegen, aber ... ich sah keine andere Möglichkeit, um aus dem Schlamassel rauszukommen.»

«Auf die Gefahr hin, dass Ihre Eltern das Haus verlieren.»

«Denken Sie, das ist mir egal? Ich kann seither nicht mehr schlafen. Sobald meine Kinder etwas selbstständiger sind, werde ich wieder hundert Prozent arbeiten und meinen Eltern jeden einzelnen Rappen zurückzahlen. Bitte entschuldigen Sie mich ...» Tina rannte ins Badzimmer.

«Gut gemacht, Chef. Drück nur immer weiter fest in die Wunde.»

«Hm.»

Nach einigen Minuten kam sie mit verweinten Augen zurück.

«Es tut mir leid.»

«Schon gut, Herr Ferrari. Es ist alles meine Schuld. Ich denke jeden Abend daran, was ich mit meiner Gier angerichtet habe.»

«Ich weiss, ich wiederhole mich, aber: Sind Sie wirklich sicher, dass Wagner das ganze Geld in einer Kryptowährung investierte?»

«Wie meinen Sie das, Frau Kupfer?»

«Gibt es dafür Unterlagen, die wir einsehen können?»

«Nein, es lief alles über ihn. Über eine Plattform konnte ich täglich verfolgen, ob der Wert stieg oder fiel. Glauben Sie, dass er mich betrogen hat?»

«Möglich wärs. Wir klären das ab. Sie hören wieder von uns.»

Aufgrund dieser neuen Erkenntnisse lud Anita Kiefer Wagner nochmals in den Waaghof vor.

«Er war gar nicht erfreut, aber er ist soeben eingetroffen.»

«Gut. Die Gier mancher Menschen ist unglaublich.»

«In der Tat, Francesco. Manchmal stellen sie es auch ziemlich raffiniert an.»

«Wie meinst du das?»

«Du wirst es gleich sehen und hören. Ihr wisst ja, wie der PC funktioniert. Dann kümmere ich mich jetzt um meinen Gast.»

Ariel Wagner sprang auf, als die Kommissärin eintrat. Er schäumte förmlich vor Wut.

«Das lasse ich mir nicht gefallen. Ich werde Sie verklagen.»

«Danke, dass Sie so rasch kommen konnten. Nehmen Sie bitte Platz. Unser Gespräch dauert nur ein paar Minuten.»

«Was wollen Sie von mir? Ich bin ein ehrenwerter Bürger.»

«Nur leider sind Sie aufgeflogen.»

«Was heisst das?»

«Wo haben Sie die vierhundertfünfzigtausend Franken von Tina und ihren Kindern angelegt?»

«In einer Kryptowährung, dummerweise in der falschen.»

«Gut. Jetzt dürfen Sie Ihren Anwalt anrufen.» Anita Kiefer schob ihm ihr Handy über den Tisch. «Sie werden ihn brauchen. Wir behalten Sie bis am Montag hier, die Begründung lautet Verdunklungsgefahr. Das sollten Sie Ihrem Anwalt mitteilen.»

«Was soll das?»

«Wir werden am Montag früh die Kontenbewegungen auf den Konten der Kinder überprüfen. Sie können sich und uns Zeit ersparen, indem wir das Ganze bilateral lösen. Bisher ist noch niemand zu Schaden gekommen. Die Entscheidung liegt ganz bei Ihnen.»

«Kann ich kurz mit Tina reden?»

«Zuerst legen Sie die Fakten auf den Tisch. Danach sehen wir weiter.»

«Okay, Ich … Es war meine Idee.»

«Sind Sie mit Tina Ruf-Mettler liiert?»

«Ja, ich bin ihr Freund. Wir haben nicht spekuliert, das Geld liegt sicher auf der Bank.»

«Wofür war das Geld von Sophie und Ernst Mettler gedacht? Ich meine damit das Geld aus der zweiten Hypothek.»

«Tina ist total wütend, weil sie bisher keinen einzigen Franken von ihren Eltern bekam. Sie sind echt knausrig und speisten sie immer mit den Worten ab: ‹Du erbst einmal das Haus.›»

«Und deshalb heckten Sie gemeinsam die Idee mit der Schuldenfalle aus.»

«Ja … Kann ich jetzt gehen?»

«Sobald Sie das Protokoll unterschrieben haben. Sie müssen vermutlich mit einer Strafanzeige rechnen. Und Ihren Job sind Sie auch los.»

«Damit muss ich leben.»

«Meine Assistentin wird Ihnen das Protokoll zur Unterzeichnung vorlegen. Bitte begleiten Sie mich.»

«Genial. Wie ist sie darauf gekommen?», frohlockte der Kommissär.

«Fragen wir sie.»

Sie fanden Anita Kiefer in ihrem Büro. Triumphierend wedelte sie mit dem unterschriebenen Protokoll.

«Du bist die Grösste. Einfach genial», befand Ferrari.

«Danke. Das ist lieb von dir, aber Robert Ruf hat mir das Material dazu geliefert.»

«Wie das?»

«Er hat mir gesagt, dass das Geld seiner Kinder sicher angelegt ist. Es komme niemand ran. Aus Erfahrung kann ich das bestätigen, in dieser Beziehung sind die Banken knallhart. Deshalb gab es zwei Möglichkeiten: Entweder zieht Wagner Tina über den Tisch oder sie machen gemeinsame Sache und betrügen Tinas Eltern. Letzteres gab er soeben zu.»

«So eine Sauerei. Und ich nahm dieser unsäglichen Person ihre Tränenshow ab.»

«Verhaftest du nun beide?», fragte Anita Kiefer.

«Ich denke nicht. Wir müssen den Mettlers ein Märchen erzählen, weil sie sonst ihre Enkel nie mehr sehen. Das trifft sie mit Sicherheit härter, als wenn sie ihr Haus verlieren.»

«Das gefällt mir gar nicht.»

«Es muss nur den Mettlers gefallen.»

«Bevor du es versaust, Chef, rufe ich Monika an. Sie soll den Mettlers die frohe Botschaft verkünden und die heile Welt wiederherstellen.»

«Die kommen also ungeschoren davon?»

«Ja, das ist zu befürchten. Nichtsdestotrotz bist du unsere Heldin der Stunde … Hast du mit deinem Mann gesprochen?»

«Hab ich. Er ist nicht abgeneigt, den Job von diesem Moser zu übernehmen.»

«Du kannst ihm sagen, dass er ihn kriegt. Francesco sorgt dafür.»

«Ich dachte, sein Verhältnis zu Olivia Vischer sei nicht besonders gut.»

«Doch, doch. Es ist alles wieder beim Alten. Sie schlägt ihn wieder.»

«Die Rippe macht immer noch weh.»

«Olivia wird Eberhard nach der Sammelklage hochkant rauswerfen. Dann bringt Francesco deinen Mann in Position. Falls das nicht reicht, zieht er den Joker – Agnes und Sabrina. Sie werden Olivia so lange bearbeiten, bis sie einverstanden ist.»

Monika war richtig schockiert, nachdem Nadine ihr die Wahrheit über Tina am Telefon erzählt hatte. Sie fragte mehrmals nach, ob sie sich bestimmt nicht irren würden. Tina sei schliesslich die eigene Tochter. Niemals hätte sie so etwas gedacht. Die eigenen Eltern ins Verderben zu treiben, das sei ein starkes Stück.

«Puh, ich muss kurz durchatmen. Das ist … Ohne Worte.»

«Redest du mit den Mettlers?»

«Ja, das mache ich. Aber ich werde Sophie und Ernst die Wahrheit erzählen. Es ist ihre Entscheidung, wie sie sich ihrer Tochter gegenüber verhalten wollen. Und was ist, wenn Tina ein neuer Dreh einfällt?»

«Sag den Mettlers, dass wir in Kontakt bleiben. So sind wir hoffentlich rechtzeitig zur Stelle, sollte es eine Fortsetzung geben. Eine Garantie gibt es natürlich nicht, halt wie im richtigen Leben.»

«Gut. Weisst du, Nadine, es gibt Momente, da ist die Versuchung gross, solchen Menschen Jake oder diesen Belinski auf den Hals zu hetzen. Das ist so einer dieser Momente. Küss meinen Mann von mir, aber nur küssen.»

«Klar. Bis später.» Nadine packte den Kommissär am Kragen und küsste ihn. «Der ist von Monika … Du errötest immer noch, nach beinahe zwanzig Jahren.»

«Was meint sie?»

«Sie ruft Jake oder Samir an und erledigt die Sache auf die harte Tour.»

«Hm!»

Dieses Mal wurden Nadine und Ferrari vom Professor sofort empfangen. Luzius Widmer führte sie in sein Büro.

«Kann ich Ihnen etwas anbieten?»

«Wie wärs mit der Wahrheit, Herr Professor? Sie führen uns seit Tagen an der Nase herum. Mal halten Sie uns eine wichtige Information vor, mal machen Sie eine Falschaussage. Wir sind ziemlich sauer. Entweder reden Sie jetzt Tacheles oder wir laden Sie vor.»

«Ich … Ich kann Ihre Verärgerung nachvollziehen, Herr Kommissär. Es stimmt, Susanne und ich haben seit einem Jahr ein Verhältnis. Wir kennen uns schon länger, aber das hat Ihnen Susanne ja alles erzählt. Sie unterstützte und beriet mich auch immer wieder in meiner Forschungstätigkeit. Deshalb wusste ich auch mit Sicherheit, dass sie die optimale Verstärkung unseres Teams ist.»

«Seit wann wissen Sie vom Verhältnis zwischen Ihrer Frau und Krull?»

«Schon länger, Frau Kupfer. Mir wurden kompromittierende Fotos gezeigt. Ich war total überrascht. Nie im Leben hätte ich gedacht, dass die beiden miteinander schlafen. Im ersten Moment wollte ich darüber hinwegsehen, doch mein Ego war total gekränkt.»

«Obwohl Sie selbst fremdgehen?»

«Ja, ist schon irgendwie komisch. Ich dachte immer, ich sei nicht der eifersüchtige Typ. So kann man sich irren. Seit ich vom Verhältnis zwischen Miranda und Reto weiss, realisiere ich, wie viel mir meine Frau bedeutet. Sie war und ist der wichtigste Mensch in meinem Leben. Aus diesem Grund stritten Susanne und ich auch. Susanne drängte mich, zu sehr muss ich betonen, endlich einen Schlussstrich zu ziehen und mich von meiner Frau zu trennen. Ich konnte mich aber nicht entscheiden, ich war total hin- und hergerissen.»

«Und trotzdem wollen Sie jetzt die Scheidung?»

«Ja. Das Paradoxe stellt die Normalität auf den Kopf. In den letzten Tagen ist mir einiges klar geworden. Ich muss mit dem Alten abschliessen, nach vorne blicken und neu beginnen. Ich bot Miranda an, dass wir eine Auszeit nehmen. Ich hätte mir eine Wohnung gesucht, doch damit war sie nicht einverstanden. Meine Frau will alles oder nichts… Das war schon immer so, sie ist eine sehr starke Frau. Ich bat sie, sich das Ganze nochmals zu überlegen. Vergebens, Miranda beharrt auf der Scheidung.»

«Sie behauptet aber, dass die Initiative von Ihnen ausgeht – Sie wollen sich scheiden lassen.»

«Das ist korrekt, zumindest bin ich mit dieser Absicht ins Gespräch gegangen. Doch je länger es dauerte, desto mehr suchte ich nach einer anderen Lösung. Mir ist klar, dass sich das alles widersprüchlich anhört. Genauso ist es auch. Einerseits kann ich mir ein Leben ohne Miranda nicht vorstellen und auf der anderen Seite muss ich einen Schritt nach vorne tun, mich aus den alten Strukturen befreien.»

«Erzählten Sie Ihrer Frau von Ihrem Verhältnis mit Frau Schönbichler?»

«Nein! Das wäre das definitive K.-o.-Kriterium. Sie denkt und fühlt wie ich. Wenn zwei das Gleiche tun, ist es noch lange nicht dasselbe. Ich spielte bei unserem Gespräch zuerst den Grossmütigen, sagte ihr, ich würde ihr die Affäre mit Reto vergeben – in der Hoffnung, dass meine Beziehung mit Susanne nicht auffliegt.»

«Das Ganze wird wohl in Zukunft nicht einfacher, da Sie nun bald mit Susanne Schönbichler zusammenarbeiten werden.»

«Ja und nein.» Er dachte einen Moment nach. «Manchmal setzt der Verstand aus und die Emotionen gewinnen die Oberhand, was meistens nicht gut endet. Ich habe in letzter Zeit einige Fehler gemacht. Zum Beispiel forderte ich Reto in der vergangenen Woche auf, Miranda in Ruhe zu lassen. Er lachte mich nur aus. Da setzte irgendetwas in meinem Hirn aus. Ich schnappte mir ein Skalpell und bedrohte ihn. Er war total entsetzt, hatte Todesangst. Es war ein unbeschreibliches Gefühl, ich genoss diese Sekunden der Überlegenheit und der Macht.»

«Und was geschah dann?»

«Ich kam Gott sei Dank zur Besinnung, legte das Skalpell zurück und ging. Nach gut einer halben Stunde stand Reto plötzlich in meinem Büro. Ich hatte ihn nicht bemerkt, denn ich telefonierte gerade mit Susanne. Ich musste mit jemandem über das eben Geschehene sprechen. Dass ich offenbar fähig bin, jemanden kaltblütig umzubringen, schockierte mich. Reto muss einen Teil des Gesprächs mitbekommen haben. Was genau, weiss ich nicht. Auf jeden Fall zog er die richtigen Schlüsse. Mit süffisantem Lächeln erklärte er mir, dass es mit Miranda vorbei sei. Seine Karriere bedeute ihm mehr, denn sie habe ihm mit der Veröffentlichung von brisanten Akten gedroht, die ich ihr gegeben habe. Dann zitierte er aus der Bibel, Johannes 8,7: Wer unter euch ohne Sünde ist, der werfe den ersten Stein. Im Klartext drohte er mir: Sollte ich je wieder die Hand gegen ihn erheben, würde er Miranda und der ganzen Belegschaft von meinem Verhältnis mit Susanne erzählen.»

«Das war deutlich.»

«Und keine leere Drohung, Frau Kupfer. Ich musste danach meinen Kopf auslüften und ging eine Runde spazieren. Es tat gut und irgendwann wusste ich, was zu tun war: Ich würde mich von Susanne trennen und Miranda um eine Auszeit bitten. Mit dieser Entscheidung fing der Ärger erst richtig an.»

«Wie reagierte Susanne Schönbichler darauf?»

«Sie machte mir eine Szene. Ich versuchte ihr zu erklären, dass Reto unberechenbar und daher das Risiko, aufzufliegen, viel zu gross sei. Ich redete mir den Mund fusselig und letzten Endes bat mich Susanne um Bedenkzeit. Das beruhigte mich einigermassen. Mein Trumpfass war der Job. Wir würden zusammenarbeiten, aber nicht mehr zusammen schlafen. Am letzten Freitag gab sie mir unter Tränen ihr Einverständnis. Es würde zwar schwierig werden, weil sie mich noch immer liebe, doch sie wolle es versuchen. Die Forschung sei ihr Leben. Somit war die erste Hürde genommen.»

«Und am folgenden Montag wurde Krull ermordet.»

«Ja. Im Nachhinein hätte ich mir einiges ersparen können. Leider gehört Hellsehen nicht zu meinen Fähigkeiten», Widmer lachte bitter.

«Was geschah dann?»

«Nachdem ich Susannes Zusage hatte, diktierte ich Reto meine Bedingungen: Er lässt Miranda in Ruhe und macht eine Entziehungskur. Ich trenne mich von Susanne, was ja bereits Fakt war, und im Gegenzug steigt sie bei uns als Forscherin ein. Ich liess klar durchblicken, dass ich ansonsten alles auffliegen lassen würde. Die Akten enthielten genügend Zündstoff. Es war mir mittlerweile egal, was aus unserer Firma wurde. Reto nickte und stellte Gegenforderungen: Susanne werde nicht beteiligt, wir akzeptieren das Angebot von Vischer. Sollte Olivia die Mehrheit anstreben, sind wir einverstanden. Das passte für mich. Blieb noch meine Patientin Emma Zuber. Reto forderte, dass ich sie ab sofort nicht mehr behandle. Denn nur so würde ihre Mutter es sich zwei Mal überlegen, ob sie bei der Sammelklage mitmacht. Damit war ich nicht einverstanden und bat um Bedenkzeit. Inzwischen muss ich mich nicht mehr entscheiden.»

«Und was ist mit Frau Eisner? Es geht ihr nicht gut. Sie befindet sich auf der Intensivstation.»

«Ich weiss, ich war gestern bei ihr. Sie wird es nicht überleben. Es ist ein Warten auf den Tod, so brutal das auch klingt. Ein absolut tragischer Fall und ein unnötiger Tod. Ich hätte ihr helfen können.»

«Und Emma?»

«Darüber darf ich eigentlich auch nicht reden, ich bin an die ärztliche Schweigepflicht gebunden. Emma ist stark, eine richtige Kämpferin. Ihre Fortschritte sind klein, aber ich bin zuversichtlich. Natürlich kann es jederzeit einen Rückfall geben. Ihre Mutter spielt in dieser positiven Entwicklung eine entscheidende Rolle, sie ist für Emma eine grosse moralische Stütze.

Wissen Sie, die Therapie ist das eine. Genauso wichtig ist es, dass man daran glaubt, gesund zu werden, und dass das Umfeld stimmt. In Emmas Fall trifft beides zu. Gemeinsam mit ihrer Mutter wird sie es packen.»

«Wissen Sie, wo der Vater von Emma ist?»

«Das müssen Sie Frau Zuber fragen. Soviel ich weiss, kennt ihn Emma nicht. Jetzt fällt mir noch etwas ein – Reto stellte eine weitere Bedingung. Er wollte wissen, wer die kompromittierenden Fotos gemacht hat. Doch diese Information gab ich ihm nicht.»

«Von wem stammen sie?»

«Von Rita Zuber. Nach einem Patientenbesuch machte sie am Rhein eine kurze Pause. Da fiel ihr das Paar bei der Fähre auf. Sie erkannte Krull und glaubte, es sei seine Frau. Frau Zuber wollte mich hochnehmen. Während ich arbeiten würde, mache sich mein Kollege einen schönen Tag mit seiner Frau. Als Beweis zeigte sie mir die Fotos auf ihrem Handy … Ich versuchte die Fassung zu bewahren und erwiderte, einer müsse ja den Karren am Laufenden halten. Sie merkte zum Glück nicht, wie geschockt ich war.»

«Nebst der Sammelklage wäre dies für Krull ein weiterer Grund gewesen, warum Sie Emma nicht weiter behandeln sollten.»

«So ist es. Vergangenen Samstag führte ich mit Frau Zuber ein längeres Gespräch, bei dem ich die Karten offen auf den Tisch legte. Ich erzählte ihr von Retos

Bedingungen, liess sie aber gleichzeitig wissen, dass ich Emma niemals im Stich lassen werde. Sie garantierte mir im Gegenzug, dass sie sich an der Sammelklage nicht beteiligen würde. Ich rief sofort Reto an, doch der traute der Sache nicht. Deshalb schlug ich ein Gespräch zu dritt vor, womit Reto einverstanden war. Hier zeichnete sich Entwarnung ab. Wir wollten es am letzten Mittwoch führen. Dazu kam es ja nicht mehr.»

«Wie sind Sie mit Eisner verblieben?»

«Er hält an der Sammelklage fest. Allerdings weiss ich nicht, ob er jetzt nach Retos Tod seine Meinung ändert, denn es ging ihm eindeutig um ihn. Er sagte wörtlich, wenn seine Frau sterbe, würde er Reto fertigmachen. Ich …» Er atmete tief durch. «Halten Sie mich bitte nicht für pietätlos, aber ich konnte damit leben, mit der Behandlung seiner Frau aufzuhören. Helen Eisners Überlebenschancen sind leider auf den Nullpunkt gesunken.»

«Dank Krull.»

«Ja. Bei der Diskussion mit Reto ging es mir in erster Linie um Emma. Sie hat ihr Leben noch vor sich. Ich tue mein Möglichstes, dass sie es auch gesund verbringen kann.»

«Ist das die Wahrheit?»

«Ja, ich schwöre es, Frau Kupfer. Ich möchte mich entschuldigen, falls ich Sie durch mein Verhalten auf eine falsche Fährte geführt habe. Das war wirklich nicht meine Absicht.»

«Was meinst du – Eisner oder Schönbichler?»

«Ich tippe auf Susanne Schönbichler. Fahren wir zurück ins Kommissariat. Wir müssen uns eine gute Strategie ausdenken, wie wir sie festnageln können. Das wird ein harter Brocken.»

Die Laune des Ersten Staatsanwalts verbesserte sich schlagartig, nachdem ihn Nadine und Ferrari über die neusten Entwicklungen informiert hatten.

«Grossartig. Endlich kommt Bewegung in die Sache. Wie wollen Sie Susanne Schönbichler überführen?»

«Das wissen wir noch nicht.»

«Soll ich einen Haftbefehl ausstellen? Die Indizien genügen, um sie mindestens eine Nacht einzusperren.»

«Wenn sie die ohne Probleme durchsteht, wird es noch schwieriger, sie zu überführen. Nein, wir müssen uns etwas Besseres überlegen.»

«So wie ich die Situation einschätze, kommen Sie nur über Professor Widmer an sie heran. Ob er mitspielt, ist eine andere Frage.»

«Keine schlechte Idee. Wenn er uns nicht freiwillig hilft, machen wir Druck über Olivia.»

«Was hat Frau Vischer damit zu tun?»

«Sie kaufte diese Woche die Mehrheit der Firma. Widmer ist nur noch ein Angestellter, ebenso Frau Schönbichler.»

«Wir müssen auch die Möglichkeit in Betracht ziehen, dass Widmer und Schönbichler unter einem Hut stecken und die Tat an Krull gemeinsam planten.»

«Sie wieder! Entweder jagen Sie dem Falschen hinterher und lösen einen Fall nur mithilfe des Zufalls oder Sie haben bei einem ganz offensichtlichen Fall nichts als Einwände. Ich finde die Idee von Frau Kupfer, Olivia Vischer einzuweihen und Druck auf Widmer auszuüben, genial.»

«Darf ich kurz stören?», Kollege Moser stand in der Tür. «Ein junges Mädchen fragt nach dir, Francesco. Sie heisst Emma Zuber.»

«Danke, du kannst sie raufschicken.»

«Leg in Zukunft bitte den Hörer richtig auf.»

«Sorry, Stephan.»

«Wer ist diese Emma Zuber?»

«Eine Schülerin. Sie macht einen Vortrag über den Berufsalltag eines Kommissärs.»

«Dagegen ist nichts einzuwenden. Wir können fähigen Nachwuchs gebrauchen. Die jungen Menschen müssen von Anfang an gut ausbildet werden. Früher war das leider anders. Jeder, der laufen konnte, ging zur Polizei. Man sieht ja, wohin das führt.»

«Also bitte! Das ist eine Unverschämtheit.»

«Betroffene Hunde bellen, dabei dachte ich eigentlich nicht an Sie. Gern trage ich meinen Teil dazu bei und stehe der jungen Dame für ein Interview zur Verfügung. Ach ja, noch etwas: Wem kann ich die Kosten für die Arbeit von Kommissärin Kiefer in Rechnung stellen? Ihnen oder Frau Kupfer? Sie investierte immerhin einen ganzen Tag. Über die beiden

Beamten, die zwei Mal Wagner abholen mussten, sehe ich grosszügig hinweg.»

«Die Rechnung geht an mich», antwortete Ferrari.

«Sie sind bereit, die Kosten zu tragen?»

«Selbstverständlich.»

«Sie überraschen mich immer wieder, Ferrari. Aber ich bin ja kein Unmensch. Für dieses Mal lasse Gnade vor Recht walten.»

«Sie stellen keine Rechnung? Das steckt doch mehr dahinter.»

«Ich bin einfach grosszügig. Ah, da ist ja die junge Dame. Dann will ich nicht weiter stören.»

«Darf ich reinkommen?», fragte Emma Zuber.

«Klar, setz dich. Möchtest du ein Glas Wasser?»

«Ja, sehr gern. Wer war das?»

«Unser Boss, der Erste Staatsanwalt.»

«Wow! Ein ganz hohes Tier.»

«Naja, wie mans nimmt. Wir haben eigentlich erst nächsten Freitag abgemacht.»

«Ich weiss. Mam muss in der Steinenvorstadt etwas erledigen. Da hat sie mich für eine halbe Stunde hier abgesetzt. Der Lehrer glaubt mir nämlich nicht, dass Sie mich unterstützen. Können Sie ihn vielleicht anrufen?»

«Kein Problem, gib mir die Nummer. Du kannst inzwischen Francesco ein paar Fragen stellen.»

«Ich … Ich bin darauf nicht vorbereitet.»

«Macht nichts. Dann unterhalten wir uns einfach so. Wir waren heute bei Professor Widmer. Er sagt, du seist stark, eine Kämpferin. Viel konnte er uns natürlich nicht erzählen, wegen der Schweigepflicht.»

«Er ist total in Ordnung. Ich mag vor allem, dass er Mam und mich über jeden Schritt informiert. Das nimmt mir ein wenig die Angst.»

«Das verstehe ich.»

«Als er in den USA war, wollte ich nicht mehr zur Therapie gehen. Krull kümmerte sich überhaupt nicht um mich. Ich kam mir vor wie ein Tier, dem man eine Spritze gibt, und dann schaut, wie es reagiert. Nach der zweiten Therapie bekam ich Atemnot und musste ins Spital. Wenn Widmer nicht rechtzeitig zurückgekommen wäre, würde es mir bestimmt wie Helen gehen.»

«Helen Eisner?»

«Ja. Wir hatten meistens zur gleichen Zeit Therapie.»

«Wie fühlst du dich?»

«Super. Manchmal bin ich ziemlich schlapp, doch das geht schnell vorbei. Widmer sagt, dass wir auf gutem Weg sind. Er will sogar die Dosis verringern, Mam ist dagegen. Sie sagt, wir machen so weiter, solange ich das Medikament ohne Nebenwirkungen vertrage.»

«Nachdem Krull für Widmer eingesprungen war, hast du oder deine Mutter mit ihm gesprochen?»

«Ich bin ihm ab und zu in der Klinik begegnet, er schaute aber immer weg. Mam wollte mit ihm reden, doch sie erwischte ihn nie. Erst letzten Samstag klappte es. Ich nahm das Telefon ab. Zuerst war ich nicht sicher, ob er es wirklich ist. Mam sprach nur kurz mit ihm. Sie wollten sich treffen und alles in Ruhe besprechen.»

«Weisst du, wann dieses Treffen stattfinden sollte?»

«In dieser Woche. Aber wann genau, weiss ich nicht. Wenn Mam etwas abmacht, ist es eigentlich immer am Abend. Edith, das ist unsere Nachbarin, schaut dann jeweils kurz bei mir rein. Als ob ich noch ein Baby wäre.»

«Muss deine Mutter abends oft weg?»

«Etwa zwei Mal in der Woche geht sie zu ihren Patienten. Manchmal muss sie auch notfallmässig los, wie zum Beispiel letzten Dienstag. Eine alte Frau ist im Wohnzimmer gestürzt und konnte nicht mehr allein aufstehen. Am Sonntag war es ein ganz normaler Einsatz.»

«So, der Lehrer ist beruhigt», berichtete Nadine. «Er wird sich bei dir für sein Misstrauen entschuldigen. Und er fände es toll, wenn der Herr Kommissär nach dem Vortrag noch Fragen beantworten würde.»

«Oh ja, bitte.»

«Selbstverständlich.»

«Das ist so toll. Meine Freundinnen sind richtig neidisch, dass ich Sie mir gekrallt habe. Und die Jungs fragen, ob ich bei einem Einsatz dabei sein darf. Ich habe ein bisschen geflunkert und Ja gesagt. Sie verraten mich doch nicht?»

«Bestimmt nicht. Wir setzen sogar noch eins drauf: Du warst bei einer Razzia dabei, bei der es eine wilde Schiesserei mit mehreren Verletzten gab.»

«So geil. Oh, Mam wartet unten. Ich freue mich auf nächsten Freitag.»

Sie umarmte beide und rannte die Treppe hinunter.

«Ich habe noch mit Anita telefoniert. Jaköbeli war tatsächlich bei ihr, doch sie warf ihn hochkant raus … Hörst du mir überhaupt zu?»

«Ja … schon.»

«Was habe ich gerade gesagt?»

«Ich … Ich weiss es nicht.»

«Na, bravo!»

«Wo arbeitet Rita Zuber?»

«Bei einer Spitex. Wieso?»

«Kannst du rausfinden, bei welcher? Und frag bitte nach, ob es einen täglichen Rapport gibt.»

«Nein, nur das nicht!»

«Es ist nur ein vager Verdacht.»

Nachdenklich tigerte der Kommissär im Büro auf und ab. Nein, Rita Zuber darf nicht die Täterin sein. Ich muss mich irren. Für einmal spielt mir meine Intuition einen Streich. Wir müssen uns auf Susanne Schönbichler konzentrieren, sie hat ein Motiv, kein Alibi und besitzt einen Klinikschlüssel.

«Im Tagesrapport vom Sonntag steht nichts von einem Nachteinsatz», informierte Nadine zerknirscht.

«Oh nein!»

«Das will nichts heissen. Vielleicht traf sie einen Freund, den sie vor Emma verheimlicht, oder sie verbrachte einen schönen Abend mit einer Freundin.»

«Ruf sie bitte an. Wo können wir uns mit ihr ungestört unterhalten?»

«Da Yvo erst morgen zurückkommt, schlage ich seine Villa im Gellert vor. Wir können dort im Garten ungestört reden.»

«Gut, sie soll dorthin kommen. Sagen wir in einer Stunde.»

«Was erzähle ich ihr, wenn sie wissen will, warum?»

«Sag ihr, wir hätten noch einige Fragen. Wenn mein Verdacht stimmt, und bei allem, was mir heilig ist, hoffe ich inständig, dass ich mich täusche, aber wenn mein Verdacht stimmt, wird sie nicht fragen, sondern einfach kommen.»

Bleich setzte sich Rita Zuber an den Gartentisch, Nadine stellte ihr ein Glas Eistee hin.

«Ich weiss, weshalb Sie mich sprechen wollen. Wie sind Sie darauf gekommen?»

«Emma lieferte mir unbewusst Informationen, die mich stutzig machten. Waren Sie am Sonntag bei Krull?»

«Ja. Professor Widmer informierte mich über sein Gespräch mit Krull. Nebst anderen Punkten, die ich nicht kenne, verlangte er, dass Professor Widmer die Behandlung von Emma einstellt. Es ging um die

Sammelklage, gegen die ich ja von Anfang an war. Ich weigerte mich, diesem Moser eine Vollmacht auszustellen. Er bedrängte mich, aber ich blieb bei meinem Entschluss.»

«Nur glaubte Krull das nicht.»

«Ja, er traute wohl niemandem. Professor Widmer schlug ein Gespräch zu dritt vor, der Termin wäre am Mittwoch gewesen, doch ich konnte nicht warten. Der Umstand, dass Emmas Behandlung nicht weitergehen würde, belastete mich wahnsinnig. Ich musste was tun und so rief ich Krull mehrmals an, aber er reagierte nicht. Erst gegen Abend rief er zurück. Ich war überrascht, als mir Emma sagte, Krull sei am Apparat. Wir verabredeten uns am Sonntagabend um 23 Uhr. Ich wusste natürlich, was er von mir erwartete. Schliesslich kannte ich seinen Ruf. Dennoch wollte ich die Chance packen, mit ihm ein Gespräch unter vier Augen zu führen. Alles andere war für mich kein Thema. Er schlug vor, dass wir uns bei ihm zu Hause auf dem Bruderholz treffen. Ich sagte zu und fragte, ob seine Frau bei der Besprechung auch dabei sei.»

«Krull ist Single.»

«Das wusste ich bis zu diesem Moment nicht. Seine Reaktion liess jedoch keine Zweifel offen. Er fragte, wie ich darauf käme, dass er verheiratet sei. Ich erklärte ihm, dass ich ihn bei der Ueli-Fähre mit seiner attraktiven Frau gesehen hätte. Das war ein Fehler. In aggressivem Ton sagte er: ‹Sie waren das. Jetzt freue ich mich umso mehr, mit Ihnen zu diskutieren.› Ich weiss bis heute nicht, was er damit meinte.»

«Die attraktive Frau war Miranda Widmer.»

«Um Himmels willen. Jetzt verstehe ich… Krull hatte eine Affäre mit Frau Widmer und ich zeigte die Fotos dem Professor!»

«Am Anfang hatten die beiden ein Verhältnis. Zum Zeitpunkt, als Sie die Fotos schossen, erpresste Krull Frau Widmer.»

«Wie bei mir, Frau Kupfer. Ich wusste, was in der Sonntagnacht passieren wird. Wenn ich mit ihm schlafe, stimmt er den weiteren Behandlungen durch Professor Widmer zu.»

«Was ist genau passiert?»

«Ich bin früh los und war bereits um halb elf in seiner Wohnung, er hatte mir den Code für die Eingangstür gegeben. Mein Auto stellte ich in einer Seitenstrasse ab. Dann schlug es elf, niemand kam. Also wartete ich, es blieb mir ja nichts anderes übrig. Irgendwann verlor ich die Geduld, ganz offensichtlich hatte er den Termin vergessen. Doch plötzlich hörte ich, wie Krull und eine Frau die Wohnung betraten.»

«Er war in Begleitung von Conny Zürcher.»

«Ich versteckte mich im Arbeitszimmer, von wo ich jedes Wort hörte. Krull lallte und wollte gleich zur Sache kommen. Dann wurde es lauter, die junge Frau schrie: ‹So nicht› und verpasste ihm eine Ohrfeige. Zumindest hörte es sich so an. Etwas fiel um und jemand rannte die Treppe hinunter. Kurz darauf verliess auch die zweite Person die Wohnung. Einige Minuten später kam Krull zurück, er sah mich total überrascht an… Mich habe er vollkommen vergessen. Ich sei besser als gar nichts. Total verladen zog er mich ins Schlafzimmer. Ich versuchte, normal mit ihm zu reden, erklärte ihm, dass ich nicht an der Sammelklage beteiligt sei und Emma ohne die Therapie keine Überlebenschance habe.»

«Wie reagierte er?»

«Er… Er sah mich lächelnd an und sagte: ‹Zeig mir, was dir das Leben deiner Tochter wert ist. Zieh dich aus.› …Da wusste ich, dass ich mir die Begegnung hätte sparen können. Ich rannte aus dem Zimmer. Er holte mich ein und riss mich an sich. Mit einem Schlag in die Genitalien konnte ich mich befreien. Ich war bereits unten an der Treppe, als er durch die ganze Villa brüllte: ‹Du wirst den heutigen Abend so schnell nicht vergessen, wenn du siehst, wie deine Emma langsam verreckt.› Diese Worte trafen mich im Innersten. Ich… Ich ging zurück. Er küsste mich, schenkte uns im Wohnzimmer einen Gin ein und warf ein paar Tabletten ein. Plötzlich sah ich ein Messer, es lag neben der Früchteschale.»

«Ein Chirurgenmesser.»

«Wie in Trance tastete ich nach dem Messer und stach zu. Seinen überraschten Blick werde ich nie mehr vergessen. Er fiel rückwärts auf den Boden. Als er reglos dalag, fiel eine riesige Last von mir ab. Ich dachte nicht daran, dass ich soeben einen Menschen umgebracht hatte, sondern nur an Emma. Jetzt würde sie ihre verdiente Chance erhalten.»

«Ich weiss nicht, was ich dazu sagen soll», gestand der Kommissär leise.

«Geistesgegenwärtig wischte ich meine Fingerabdrücke auf dem Messer ab und fuhr nach Hause. An die Fahrt kann ich mich nicht mehr erinnern. Irgendwann lag ich im Bett und mir wurde mit einem Schlag klar, was ich getan hatte und was die Konsequenzen sein würden, sollte ich erwischt werden. Emma würde zwar eine Chance bekommen, gesund zu werden, aber ohne meine Unterstützung. Der Gedanke versetzte mich in Panik. Was wird aus Emma?»

«Wo ist ihr Vater?»

«Irgendwo auf der Welt. Als ich ihm damals voller Stolz erzählte, dass wir ein Kind bekommen, heuchelte er mir vor, wie sehr er sich darüber freue. Eine Woche später waren all seine persönlichen Sachen aus der Wohnung verschwunden und er mit ihnen. Ich habe nie mehr etwas von ihm gehört.»

«Und Ihre Eltern?»

«Sie leben in einem kleinen Dorf in Graubünden, Frau Kupfer. Es ist die Heimat meines Vaters, meine Grosseltern waren Bergbauern. Es ist wunderschön dort, die Ruhe und die intakte Natur tun so gut. Wir besuchen meine Eltern sehr oft in den Ferien.»

Der Kommissär räusperte sich und stand langsam auf.

«Gehen Sie nach Hause, Frau Zuber.»

«Sie verhaften mich nicht, Herr Ferrari?»

«Im Moment nicht. Wir müssen das eben Gehörte zuerst einmal verdauen und intern besprechen. Sie dürfen nach Hause unter einer Bedingung: Sie müssen uns garantieren, Basel nicht zu verlassen.»

«Ich gebe Ihnen mein Ehrenwort. Ich bleibe bei meiner Tochter hier in Basel, Emma ist mein Ein und Alles, sie ist mein Leben. Was ich getan habe, ist eine Straftat. Es war keine Notwehr. Ich stach bewusst zu, um meine Tochter zu schützen. Es musste sein. Professor Widmer ist ein sehr guter Arzt und ein feiner Mensch, aber er hätte Krull nachgegeben. Er war diesem Scheusal einfach nicht gewachsen. Irgendwie bin ich jetzt erleichtert. Die Vorstellung, den Rest meines Lebens mit der Angst zu leben, entdeckt zu werden, hätte mich vermutlich zermürbt. Nur …»

«Ja?»

«Nur eines müssen Sie mir glauben, ich … ich bin eine Mörderin, aber kein schlechter Mensch.»

«Scheisse! Verfluchte Scheisse! Und jetzt?»

«Ich weiss es nicht, Nadine. Ich weiss es wirklich nicht. Wie sie sagt, es war keine Notwehr.»

«Aber Krull hätte keine Ruhe gegeben und Emma wäre auf der Strecke geblieben.»

«Ja. Fahren wir in den Waaghof und besprechen die Angelegenheit mit unserem Staatsanwalt.»

«Ich weiss nicht, ob das eine gute Idee ist.»

«Eine andere Lösung fällt mir nicht ein.»

Jakob Borer hörte sich die Geschichte in Ruhe an.

«Unglaublich! So etwas habe ich noch nie in meinem Leben gehört. Ist die Mörderin verhaftet worden?»

«Sie ist bei ihrer Tochter Emma.»

«Verstehe, also in Freiheit. Sie gehen damit ein Risiko ein, Ferrari. Das ist Ihnen bewusst, oder?»

«Sie soll sich in Ruhe, wenn das überhaupt möglich ist, von ihrer Tochter verabschieden.»

«Wie viele Jahre kriegt sie?»

«Schwer zu sagen, Frau Kupfer. Die Verteidigung muss herausstreichen, dass Reto Krull kein angenehmer Zeitgenosse war, um nicht zu sagen ein sadistisches Ekelpaket. Das wird nicht schwer sein. Und dann würde ich das krebskranke Kind in den Mittelpunkt rücken. Ein Professor, der sich für Gott hält und über Leben und Tod des Mädchens entscheidet. Je nachdem, ob die Mutter mit ihm schläft oder nicht. Einfach krankhaft. Krull war ein Monster und verdiente den Tod.»

«Sie sollten die Verteidigung übernehmen.»

«Ich stehe auf der anderen Seite, falls Sie das vergessen haben. Der Staatsanwalt wird dagegenhalten, dass die Tat bewusst geschah. Wir reden hier von Mord. Je nachdem, wie das Gericht urteilt, bekommt sie acht Jahre bis lebenslänglich.»

«Und was wird aus Emma?»

«Sie muss zu ihren Grosseltern.»

«Und wie sieht es mit der Therapie aus? Die Grosseltern leben in einem kleinen Dorf in Graubünden.»

«Das hätte sich Frau Zuber vorher überlegen sollen. Sie sind so schweigsam, Ferrari.»

«Übernehmen Sie die Anklage?»

«Die Antwort lautet, nein, nein und nochmals nein.»

«Weshalb nicht?»

«Weil der Ankläger in diesem Fall nur verlieren kann. Auf der einen Seite haben wir das geltende Recht, die Faktenlage ist klar und eindeutig, die Mörderin ist sogar geständig, und auf der anderen Seite sehen wir uns mit den Empfindungen des Volkes konfrontiert. Sobald publik wird, wer und wie Reto Krull in Wirklichkeit war, stellt sich der Mehrheit auf die Seite der Täterin, einer Mutter, die um ihr krebskrankes Kind kämpft. Wer hat da kein Verständnis? Nach der Verurteilung wird es zu einem Aufschrei in der Bevölkerung kommen. Und dieselben, die sich vehement für den Buchstaben des Gesetzes einsetzen, werden das Gericht und die Staatsanwaltschaft an den Pranger stellen.»

«Mit guter Führung ist Frau Zuber in fünf bis sieben Jahren wieder draussen.»

«Das hilft Emma nicht.»

«Gibt es keine andere Möglichkeit?»

«Sie meinen die unkonventionelle Kupfer-Ferrari-Methode? Doch, die gibt es», antwortete Staatsanwalt Borer mit verschmitzter Miene.

«Und die wäre?»

Jakob Borer erhob sich und ging zur Tür.

«Ich bin von Ihnen beiden sehr enttäuscht. Da präsentieren Sie mir jede Menge Verdächtige, aber bei keinem reichen die Indizien aus, um Anklage zu erheben. Ich befürchte, dieser Fall wird als ungelöst zu den Akten gelegt. Damit sinkt die Erfolgsquote meines besten Ermittlungsteams. Ein herber Schlag.»

«Und wenn es Fragen gibt?»

«Die internen werde ich selber beantworten, das wird sich rasch legen. Die Medien müssen Sie übernehmen.»

«Wie stellen Sie sich das vor?»

«Olivia Vischer hat doch die Firma gekauft. Sie ist eine Frau der klaren Worte und könnte eine Pressekonferenz einberufen, an der sie ihre Neuerwerbung bekannt gibt und nebenbei etwas total Negatives über Krull erzählt. Ich dopple dann nach, berichte von den vielen Verdächtigen, die wir mit Hochdruck verhören. Aber das braucht natürlich Zeit, sehr viel Zeit. In einem Monat redet niemand mehr davon, dann ist ein anderer Skandal aktuell. Dank unserer schnelllebigen Welt wird Krull in zwei Monaten vergessen sein.»

Nadine küsste den Staatsanwalt auf die Wange.

«Danke!»

«Nichts zu danken. Ich hoffe, Ihnen ist bewusst, dass Ihr Versagen einige Kollegen freuen wird. Damit müssen Sie leben.»

«Das werden wir, sogar sehr gut.»

Der Kommissär weihte Olivia in ihren Plan ein. Wie erwartet war sie Feuer und Flamme und versprach, gleich am Montag eine Pressekonferenz einzuberufen.

«Das wird ein Spass. Du kannst dich auf mich verlassen. Ich habe auch schon einen Plan: Eberhard wird vorab einem der Journalisten stecken, dass wir die Sammelklage fürchten. An der Pressekonferenz wird er danach fragen. Das ist absolut vorhersehbar. Diese Frage nehme ich als Aufhänger, um über Krull zu reden. Mir wird bestimmt einiges einfallen. Ich bin ja sehr kreativ.» Olivia lächelte. «Danach wird Ruhe im Stall herrschen.»

«Sehr gut. Und übrigens, Eberhard war zusammen mit seinem Bruder bei Rita Zuber. Die beiden machten wegen der Sammelklage mächtig Druck.»

«Das glaube ich jetzt nicht! So eine Sauerei! Schickt mir den Mann dieser Kommissärin vorbei. Ich will ihn prüfen. Eberhard wird demnächst Flugstunden nehmen.»

«Das machen wir gern. Anita wird begeistert sein. Danke für deine Unterstützung.»

«Gerne, Darling. Ich mache alles für dich. Wann kommst du wieder auf einen Sprung in den Pool vorbei?»

«Hm.»

Ferrari beendete das Gespräch. Als er den Hörer auflegte, entdeckte er Emmas Handy auf dem Schreibtisch.

«Gehen wir, Nadine. Emma vermisst bestimmt ihr Smartphone.»

Rita Zuber sass mit ihrer Tochter am Küchentisch. Es herrschte eine traurige und bedrückende Stimmung. Anscheinend hatten sie über den Mord gesprochen.

«Emma weiss es, ich musste es ihr erzählen. Es soll keine Geheimnisse zwischen uns geben. Ich packe nur einige Sachen zusammen, dann können wir gehen. Meine Nachbarin kümmert sich um Emma, bis meine Eltern sie abholen.»

«Du hast dein Handy bei mir im Büro liegen lassen.»

«Danke. Ich habe es die ganze Zeit gesucht.»

«Dann sehen wir uns am nächsten Freitag zu unserer ersten Sitzung.»

«Ich … Ich bin dann nicht mehr hier.»

«Das glaube ich nicht. Sie müssen nicht packen, Frau Zuber.»

«Wie meinen Sie das?»

«Wir werden im Fall Krull nicht weiter ermitteln. Es gibt zu viele Ungereimtheiten und zu viele Verdächtige.»

«Und leider auch zu wenig Beweise, um jemanden anzuklagen», ergänzte Nadine.

«Wirklich? Ich …» Rita Zuber begann zu weinen.

«Du solltest deine Mutter trösten, Emma. Also, wir sehen uns am nächsten Freitag. Abgemacht?» Emma fiel dem Kommissär um den Hals. «Du siehst, wir lösen auch nicht alle Fälle. Wer weiss, vielleicht wirst du später Kommissärin. Und dann erinnerst du dich hoffentlich an unsere erste Begegnung... So, und jetzt gehen wir.»

Rita Zuber begleitete sie zur Tür.

«Warum lassen Sie mich laufen?»

«Weil Emma Sie braucht. Gemeinsam sind Sie stark und nur mit Ihnen an der Seite wird Ihre Tochter auch gesund. Krull war ein Unmensch, eine widerliche, unberechenbare Kreatur, ein Monster. Zum Glück kann er nun keinen weiteren Schaden anrichten.»

Sie umarmte beide lange.

«Ich kann Ihnen gar nicht genug danken. Sie werden Ihre Entscheidung nicht bereuen.»

Erleichtert liess sich Ferrari auf den Recarositz fallen.

«Ich habe dir schon tausend Mal gesagt, dass du dich nicht reinplumpsen lassen sollst. Das mag mein Porsche nicht.»

«Es geht nicht anders. Die Schuhschachtel liegt viel zu tief... Das haben wir gut hingekriegt.»

«Ja, das haben wir.»

«Lass uns feiern. Ich rufe Monika an. Im Kleinbasel kenne ich einen guten Italiener. Ich lade euch zwei ein.»

«Oh, grosszügig. Kannst du dir das leisten? Wieso lachst du?»

«Er schuldet mir noch was. Es wird mich nicht allzu viel kosten.»

«Schöne Einladung, aber ich nehme sie gern an. Weisst du, wir sind ein tolles Team.»

«Das beste.»

Ferrari lehnte sich glücklich zurück. Heute ist ein guter Tag. Wir haben zwar dem Rechtssystem einen derben Schlag versetzt, aber ich bin sicher, dass wir der Gerechtigkeit zum Sieg verholfen haben.

Wichtige Personen der Anne-Gold-Krimis

Francesco Ferrari: Kommissär bei der Mordkommission in Basel-Stadt
Monika Wenger: Apothekerin und Lebenspartnerin von Francesco Ferrari, beste Freundin von Nadine Kupfer
Nicole (Nikki) Wenger: Tochter von Monika Wenger
Nadine Kupfer: Langjährige Assistentin von Francesco Ferrari, beste Freundin von Monika Wenger
Hexenclub: regelmässiges Freundinnentreffen. Mit dabei sind: Monika Wenger, Nadine Kupfer sowie Cloe, Li, Sandra, Stefanie und Birgit
Yvo Liechti: Stararchitekt und Lebenspartner von Nadine Kupfer
Martha Ferrari: Mutter von Francesco Ferrari, beste Freundin von Hilde Wenger
Hilde Wenger: Mutter von Monika Wenger, beste Freundin von Martha Ferrari

Jakob Borer: Erster Staatsanwalt und Vorgesetzter von Francesco Ferrari und Nadine Kupfer
Peter Strub: Leitender Polizeiarzt
Big Georg: Leiter der Fahndung Basel-Stadt
Stephan Moser: Kommissär bei der Fahndung Basel-Stadt

Olivia Vischer: Inhaberin eines Pharmakonzerns, Milliardärin, sehr gute Freundin von Francesco Ferrari und Nadine Kupfer
Agnes und Sabrina Vischer: Schwestern von Olivia Vischer, Mitbesitzerinnen des Pharmakonzerns, Milliardärinnen, sehr gute Freundinnen von Francesco Ferrari und Nadine Kupfer
Ines Weller: Inhaberin einer grossen Transportfirma, Milliardärin, Freundin von Olivia Vischer sowie von Francesco Ferrari und Nadine Kupfer
Mark Hotz: Inhaber eines Nightclubkonzerns, guter Freund von Francesco Ferrari und Nadine Kupfer
Michelle Hotz: Tochter von Mark Hotz, gute Freundin von Francesco Ferrari und Nadine Kupfer
Jake Förster: Geschäftsführer und Stellvertreter von Mark Hotz, Lebenspartner von Michelle Hotz, Karateka und im Milieu gefürchtet, guter Freund von Francesco Ferrari und Nadine Kupfer
Samir Belinski: Rotlichtmilieu-König aus Osteuropa, zusammen mit seiner Frau Miranda gute Freunde von Francesco Ferrari und Nadine Kupfer

Krimis von Anne Gold

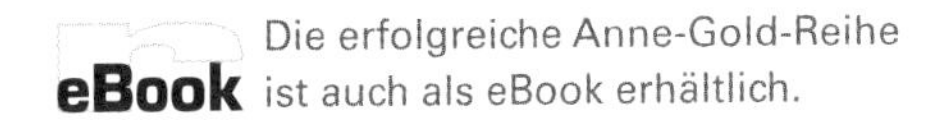

Anne Gold

Das Ende aller Träume (Band 17)

Maya, die 18-jährige Tochter von Sheila, einer guten Freundin von Nadine Kupfer, verschwindet nach einem Nachtclubbesuch spurlos. Die sofort eingeleitete Suche bleibt erfolglos. Als zudem ein Model, das bis vor Kurzem bei Sheilas Agentur unter Vertrag stand, ermordet wird, übernehmen Nadine und Kommissär Francesco Ferrari den Fall. Ist es Zufall, dass Maya verschwindet und beinahe zeitgleich ein Model ermordet wird? Obwohl sich die beiden jungen Frauen kannten, scheint es keine Verbindung zwischen der Entführung und dem brutalen Mord zu geben. Die Ermittlungen stellen sich als extrem schwierig heraus, und so stösst das bewährte Duo an seine Grenzen. Als Nadine zudem einen Alleingang wagt, kommt es beinahe zur Katastrophe ...

304 Seiten, gebunden mit Schutzumschlag
ISBN 978-3-7245-2575-2, CHF 29.80

Anne Gold

Über den Tod hinaus (Band 16)

Am frühen Morgen wird im St. Alban-Park ein Mann tot aufgefunden, ermordet durch mehrere Messerstiche. Das Opfer ist ein erfolgreicher Junganwalt, der mit zwei gleichaltrigen Kollegen eine Kanzlei führte. Kommissär Francesco Ferrari und seine Assistentin Nadine Kupfer übernehmen den Fall und vermuten den Täter im beruflichen Umfeld des Toten. Dieser Verdacht erhärtet sich, als sie erfahren, dass zwei Klienten dem Anwalt offen drohten, weil sie durch dessen Schuld viel Geld verloren hatten. Kurze Zeit später kommt der zweite Anwalt ums Leben. Wer steckt hinter diesem brutalen Racheakt? Geht es wirklich um Geld oder verbirgt sich mehr dahinter? Und gelingt es dem eingespielten Ermittlungsduo, den Dritten im Bunde zu beschützen? Die Uhr tickt. Einmal mehr blicken Nadine und Ferrari in menschliche Abgründe und versuchen, das Unmögliche möglich zu machen.

280 Seiten, gebunden mit Schutzumschlag
ISBN 978-3-7245-2511-0, CHF 29.80

Anne Gold

Im Sinne der Gerechtigkeit (Band 15)

Der Schwiegersohn eines guten Freundes von Kommissär Ferrari wird des Mordes beschuldigt. Die Beweislage ist eindeutig, und so drängt Staatsanwalt Borer darauf, den Fall abzuschliessen und mit vereinten Kräften eine mysteriöse Mordserie aufzuklären. Ferrari lehnt entschieden ab, er und seine Assistentin Nadine Kupfer wollen sich ein eigenes Bild machen. Nach heftiger Diskussion schlägt Borer einen Deal vor: Er gibt ihnen achtundvierzig Stunden Zeit, um weitere Ermittlungen anzustellen. Im Gegenzug müssen sie die Aufklärung der Mordserie übernehmen, bei der die Kollegen in einer Sackgasse gelandet sind. Die Abmachung gilt und der Wettlauf gegen die Zeit beginnt.

288 Seiten, gebunden mit Schutzumschlag
ISBN 978-3-7245-2439-7, CHF 29.80

Anne Gold

Vergib uns unsere Schuld (Band 14)

Die Abdankungsfeier zu Ehren der Selfmade-Unternehmerin und Grande Dame der Aerobicszene Irina von Tomai findet im Basler Münster statt. Pfarrer Roman Minder hält eine brillante und würdige Rede, die viele zu Tränen rührt. Doch nur wenige Stunden später liegt er tot in seinem Arbeitszimmer. Ist es Zufall oder besteht eine Verbindung zur morgendlichen Predigt? Ferrari und Nadine übernehmen die Ermittlungen und entdecken schon bald ein perfekt gewobenes Netz aus Erpressungen und Intrigen. Gelingt es dem bewährten Duo, die düsteren Abgründe des Seelsorgers zu durchleuchten und den Täter zu überführen?

288 Seiten, gebunden mit Schutzumschlag
ISBN 978-3-7245-2364-2, CHF 29.80

Anne Gold

Der Gesang des Todes (Band 13)

Kommissär Francesco Ferrari langweilt sich unsäglich an einer Benefizveranstaltung im Theater Basel. Beim anschliessenden Galadinner in der Kunsthalle läuft er hingegen rasch zur Hochform auf. Doch der feuchtfröhliche Abend nimmt eine abrupte Wendung, als die weltberühmte Sopranistin tot in ihrer Garderobe aufgefunden wird. Wer bringt eine Operndiva um, die nur für ihre Tochter und ihre Musik lebt? Handelt es sich um ein Beziehungsdelikt? Oder geht es einmal mehr um Geld und Macht? Ferrari und seine Kollegin Nadine Kupfer tauchen in eine unbekannte, geheimnisvolle Welt ab. Werden sie auch ihren 13. Fall in bewährter Manier lösen oder steht dieser unter einem schlechten Stern?

296 Seiten, gebunden mit Schutzumschlag
ISBN 978-3-7245-2295-9, CHF 29.80

Anne Gold

Wenn Engel sich rächen (Band 12)

In Kleinhüningen wird das Gelände des Unternehmers Gerhard Nufener von Alternativen bewohnt. Doch eine Zwangsräumung steht kurz bevor. Während sich die Polizei auf ihren Einsatz vorbereitet, wird Nufeners Tochter tot in den Langen Erlen aufgefunden. Besteht ein Zusammenhang mit der Besetzung? Für den Unternehmer ist der Fall mehr als klar. Das bewährte Duo Kommissär Francesco Ferrari und Nadine Kupfer versucht mit allen Mitteln, eine drohende Eskalation zu verhindern, und gerät immer tiefer in den Strudel menschlicher Abgründe.

320 Seiten, gebunden mit Schutzumschlag
ISBN 978-3-7245-2230-0, CHF 29.80

Die weiteren Krimis von Anne Gold

Band 1: Tod auf der Fähre
gebunden mit Schutzumschlag, ISBN 978-3-7245-1433-6, CHF 29.80
Taschenbuch, ISBN 978-3-7245-1691-0, CHF 14.80

Band 2: Spiel mit dem Tod
gebunden mit Schutzumschlag, ISBN 978-3-7245-1471-8, CHF 29.80
Taschenbuch, ISBN 978-3-7245-1762-7, CHF 14.80

Band 3: Requiem für einen Rockstar
Taschenbuch, ISBN 978-3-7245-1794-8, CHF 14.80

Band 4: Und der Basilisk weinte
gebunden mit Schutzumschlag, ISBN 978-3-7245-1610-1, CHF 29.80
Taschenbuch, ISBN 978-3-7245-1882-2, CHF 14.80

Band 5: Helvetias Traum vom Glück
Taschenbuch, ISBN 978-3-7245-1994-2, CHF 14.80

Band 6: Das Auge des Sehers
Taschenbuch, ISBN 978-3-7245-2044-3, CHF 14.80

Band 7: Das Schweigen der Tukane
Taschenbuch, ISBN 978-3-7245-2106-8, CHF 14.80

Band 8: Die Tränen der Justitia
gebunden mit Schutzumschlag, ISBN 978-3-7245-1930-0, CHF 29.80
Taschenbuch, ISBN 978-3-7245-2213-3, CHF 14.80

Band 9: Wenn Marionetten einsam sterben
gebunden mit Schutzumschlag, ISBN 978-3-7245-2018-4, CHF 29.80
Taschenbuch, ISBN 978-3-7245-2277-5, CHF 14.80

Band 10: Das Lachen des Clowns
gebunden mit Schutzumschlag, ISBN 978-3-7245-2081-8, CHF 29.80

Band 11: Unter den Trümmern verborgen
gebunden mit Schutzumschlag, ISBN 978-3-7245-2150-1, CHF 29.80

Die neue Roman-Serie von Anne Gold

Anne Gold

Eine Münze für Anna (Band 1)

Nationalrat und Staranwalt Markus Christ kann nur schwer den plötzlichen Tod seiner geliebten Frau verkraften. Wie geht es nun weiter ohne die gute Seele und treibende Kraft der Familie? Gelingt es Markus, die Familie zusammenzuhalten? Will er überhaupt noch Bundesrat werden? Zum ersten Mal in seinem Leben steht Markus vor einem düsteren Abgrund.

312 Seiten, gebunden mit Schutzumschlag
ISBN 978-3-7245-2321-5, CHF 29.80

Anne Gold

Das Gesetz der Unerbittlichen (Band 2)

Markus Christ und Nicole Ryff, seine Assistentin, versuchen herauszufinden, warum sein Freund, Richter Nico Peters, äusserst harte Urteile fällt. Währenddessen wird Tina, die Ärztin und zweitälteste Tochter von Markus, mit einem schwierigen Fall konfrontiert. Obwohl ihr Patient in Lebensgefahr schwebt, will er sich aus religiösen Gründen nicht operieren lassen.

304 Seiten, gebunden mit Schutzumschlag
ISBN 978-3-7245-2413-7, CHF 29.80

Anne Gold

Tausend Kompromisse (Band 3)

Pfarrer Florian Christ, der Jüngste des Geschwistertrios, fühlt sich noch immer von seiner Lebenspartnerin Sara hintergangen. Die Situation spitzt sich extrem zu, als Sara versucht, einer verzweifelten Mutter von zwei Mädchen zu helfen, die am Rande eines psychischen Zusammenbruchs steht.

288 Seiten, gebunden mit Schutzumschlag
ISBN 978-3-7245-2476-2, CHF 29.80

Kurzgeschichten von Autor:innen
aus dem Friedrich Reinhardt Verlag

Schwarzer Holunder
Kurzgeschichten von Anne Gold, Helen Liebendörfer, -minu, Elisa Monaco, Rolf von Siebenthal und Dani von Wattenwyl

Es ist das erste, aber hoffentlich nicht das letzte Mal, dass sechs Bestsellerautorinnen und -autoren aus dem Friedrich Reinhardt Verlag mit Kurzgeschichten in einem Sammelband aufwarten. Spannende und überraschende Geschichten, die Sie einzeln oder am Stück geniessen können. Von der humorvollen Erzählung über einen spannenden Kurzkrimi bis hin zur mystisch inspirierten Lektüre finden Sie alles in diesem Band – ein garantierter Lesespass zur Ferienzeit.

312 Seiten, kartoniert
ISBN 978-3-7245-2582-0, CHF 24.80

Rolf von Siebenthal
im Friedrich Reinhardt Verlag

Letzte Worte

Die Berner Ständerätin Eva Bärtschi wird in ihrem Haus in Worb erschossen. Zunächst sieht alles nach einem simplen Raubmord aus, doch so einfach ist der Fall leider nicht. Informationen, die Politiker und Firmenchefs zu Fall bringen könnten, sollen sich in verschlüsselter Form auf dem Computer der Ständerätin befinden. Alex Vanzetti macht sich auf die Suche nach dem Täter und erhält von der pensionierten Journalistin Lucy Eicher Unterstützung, die sich Antworten erhofft, die sie seit 40 Jahren quälen.

440 Seiten, gebunden mit Schutzumschlag
ISBN 978-3-7245-2227-0, CHF 29.80

Kaltes Grab

Nach dem überraschenden Rücktritt eines Bundesrats stehen in Bern Ersatzwahlen an. Als Favorit für den freien Sitz gilt der erfolgreiche Zürcher Nationalrat Adrian Ott. Dieser soll in illegale Börsengeschäfte verwickelt sein, das geht jedenfalls aus Unterlagen hervor, die der Journalistin Zoe Zwygart zugespielt werden. Eine Exklusivgeschichte witternd, beginnt sie zu recherchieren. Zunächst nur widerwillig nimmt sie dabei auch die Hilfe von Alex Vanzetti in Anspruch. Doch sie merkt bald, dass sie jede erdenkliche Unterstützung brauchen wird. Sonst wird sie diesen kalten Januar nicht überleben.

480 Seiten, kartoniert, ISBN 978-3-7245-2296-6, CHF 19.80

Römerschatz

Raab ist ein Gauner aus Überzeugung. Heckt er nicht gerade seinen nächsten Coup aus, hilft er bei Schülergrabungen in Augusta Raurica mit. Als dabei ein Skelett gefunden wird, wird eine Verbrecherbande auf ihn aufmerksam, auf deren Abschussliste Raab seit Jahren steht. Der Bandenchef stellt ihn vor die Wahl: Entweder treibt Raab die verschollenen Stücke des Silberschatzes von Augusta Raurica auf oder er stirbt ...

536 Seiten, kartoniert, ISBN 978-3-7245-2516-5, CHF 19.80

Sternenfeld

Der Basler Einbrecher Raab nimmt einen Routineauftrag an: Er soll das Gemälde eines niederländischen Malers stehlen, damit dessen Besitzer das Geld der Versicherung kassieren kann. Doch der Einbruch endet in einer Katastrophe. In der Folge hat Raab nicht nur die Polizei auf den Fersen, er muss sich auch mit skrupellosen Berufskollegen herumschlagen. Raab erkennt, dass der Schlüssel zur Lösung seiner Probleme in der Vergangenheit liegt. Er begibt sich auf Spurensuche in Birsfelden, das er als Teenager fluchtartig verlassen musste. Die Wunden von damals sind bis heute nicht verheilt. Überall stösst Raab auf Feinde – und einer von ihnen will seinen Tod.

432 Seiten, kartoniert, ISBN 978-3-7245-2598-1, CHF 19.80